LA PIRE MISSION DE MA VIE N'EST PAS FINIE

L'édition originale de ce livre a été publiée pour la première fois en anglais
aux États-Unis en 2014 sous le titre *Going Rogue* par Walker Books for Young Readers,
une filiale de Bloomsbury Publishing Inc.

Loi n° 49-956 du 16 juillet 1949 sur les publications destinées à la jeunesse,
modifiée par la loi n° 2011-525 du 17 mai 2011

ISBN : 978-2-09-254819-6

LA PIRE MISSION DE MA VIE N'EST PAS FINIE

Robin Benway

Traduit de l'américain par Anne Delcourt

Nathan

Il me semble qu'hier encore, je croyais qu'il n'y avait rien sous ma peau que de la lumière. Si on m'avait ouvert, j'aurais brillé.

Billy Collins

On Turning Ten

Going in circles, it's a vicious cycle
This is a crash course, this ain't high school.
[Tourner en rond, c'est un cercle vicieux
Ce truc, c'est pas le lycée, c'est un cours intensif.]

Jay-Z

« American Dreamin' »

PROLOGUE

En septembre 2004, la police parisienne découvrit une salle cachée dans les galeries souterraines. Elle contenait un écran de cinéma, du matériel de projection, un couscoussier, une installation électrique de type professionnel et au moins trois lignes de téléphone. Les films allaient des classiques en noir et blanc des années cinquante aux derniers thrillers.

Quand la police revint sur les lieux trois jours plus tard, le téléphone et l'électricité avaient été coupés et il y avait un mot par terre :

« Ne nous cherchez pas. »

Article paru sur www.futilitycloset.com/2005/03/14/underground-cinema

1

– **Roux ?**

Pas de réponse.

– Roux ?

Toujours rien.

– Roux !

– Chut ! Je réfléchis.

J'ai levé les yeux de ma serrure pour regarder ma meilleure amie, concentrée sur un petit échiquier magnétique.

– Tu mets combien de temps pour déplacer une pièce ? Ça va faire une heure que tu es là-dessus.

– Est-ce qu'on a demandé à la Grande Catherine combien de temps elle avait mis pour s'emparer de l'armée de son mari ? m'a rétorqué Roux sans quitter l'échiquier des yeux. Ou à Élisabeth Ire pour faire… je ne sais quoi ? Hein ? Non. Alors chut.

– C'était des reines, je te signale. Alors que toi, tu…

– Je te mets au défi de finir cette phrase. Vas-y…

Je me suis rappuyée sur le dossier de ma chaise avec un soupir. On avait passé les trois quarts de l'après-midi dans un stage de préparation au SAT[1] (Roux s'y était inscrite contrainte et forcée par ses parents fantômes, qui sortaient l'idée d'un magazine lu dans un avion pour Milan ; et j'avais dû la suivre, parce qu'elle m'avait menacée de ne plus être mon amie), mais Roux n'était pas pressée de partir. On se trouvait dans une salle de lecture de l'université de New York qui présentait l'avantage d'avoir l'air conditionné. On était fin août et Manhattan était plombé par une canicule depuis bientôt huit jours. J'avais nettement l'impression qu'on n'était pas les seules à assister à ce cours pour échapper à la chaleur, plus que par passion pour les analogies et les techniques secrètes de réussite aux examens.

Roux restait penchée sur son échiquier en marmonnant dans ses moustaches. Angelo, un ami de ma famille que je considérais pratiquement comme mon oncle, lui avait appris à jouer au printemps. Ils s'étaient lancés dans une partie sans fin, qui durait depuis le début de l'été. Et comme il refusait de jouer en ligne, Roux se baladait partout avec son échiquier de voyage.

« Elle m'a l'air d'être une très bonne tacticienne », avait observé Angelo un peu après le début de leur partie.

1. Le SAT (Scholastic Aptitude Test) est l'examen national d'admission aux universités américaines. Il se présente sous forme de questionnaire à choix multiple (QCM).

« Et ça t'étonne ? » lui avais-je demandé.

« Touché. »

Mais Roux avait aussi un côté sentimental, et je connaissais peu de gens aussi dignes de confiance.

« En fait, tu es un genre d'œuf de Pâques, avais-je tenté de lui expliquer un jour. Tu as une coque extérieure dure, mais tu es toute pâteuse et sirupeuse à l'intérieur. »

Elle avait attendu quelques secondes avant de me balancer un coup de coude dans l'épaule.

« Aïe ! »

« Et ça, ils savent le faire, les œufs de Pâques ? Bien ce que je pensais. »

Malgré sa susceptibilité, on était amies depuis notre rencontre l'année d'avant. Et c'était l'une des deux personnes au monde à connaître mon secret : le fait qu'Angelo, mes parents et moi, on travaillait comme espions pour une société secrète appelée le Collectif.

Je décrirais le Collectif comme une sorte d'organisation clandestine à la Robin des Bois. On essayait de redresser des torts, de rendre l'argent piqué sur des comptes d'épargne retraite, de dénoncer les criminels, sans jamais laisser soupçonner notre existence. Avec mes parents, on a voyagé dans le monde entier. Il y a un an, on était à Reykjavík pour dénoncer un réseau de trafic d'êtres humains. Mais on avait frôlé la catastrophe peu de temps avant et, depuis, on s'est posés à Manhattan.

En tout cas pour l'instant.

– Attends un peu, a dit Roux en se redressant avec un sourire diabolique. Aaattends voir. Oh, Angelo, tu es cuit. *God saves the Queen*, parce que la voilà.

D'un geste de pro, elle a déplacé une pièce en laissant le doigt dessus jusqu'à ce qu'elle soit sûre d'elle, puis l'a lâchée avec un cri de triomphe.

– Il va pleurer toutes les larmes de son corps quand il verra ce coup de maître ! a-t-elle croassé. Tu pourras lui répéter que j'ai dit ça !

– J'ai trop hâte. Bon, on peut y aller, maintenant ? Ce truc me tape sur les nerfs. Je n'ai qu'une envie, c'est de le jeter par la fenêtre.

J'ai désigné avec rage la serrure posée devant moi. C'était un gros engin constitué de plusieurs verrous imbriqués, qui ressemblait à un instrument de torture médiéval. Elle était compliquée, et j'avais fait zéro progrès pour l'ouvrir.

Roux s'est penchée sur cette horreur.

– C'est quoi, ce machin ?

J'ai soupiré.

– Il n'y a rien de plus énervant que des serrures énervantes. Angelo voulait que j'essaie de l'ouvrir pendant son absence, mais je n'avance pas d'un pouce.

– Oui, c'est vrai qu'il a des côtés pénibles, a acquiescé Roux en hochant la tête avec compassion. Il revient quand ?

– Aucune idée, ai-je répondu en donnant un petit coup d'ongle sur la serrure, qui ne s'est pas ouverte pour autant. Ça fait presque deux mois qu'il est parti. C'est long.

– À qui le dis-tu ! a-t-elle soupiré, dans une vague tentative de solidarité. Imagine un peu de devoir jouer aux échecs avec quelqu'un qui ne se trouve même pas dans le même pays que toi ! Mais bon, tu es la meilleure perceuse de coffres et ouvreuse de serrures que je connaisse. Je sais que tu peux le faire ! C'est sûr ! Oh, bon sang, je n'arrive même pas à simuler l'enthousiasme avec cette chaleur. Je dois économiser mon énergie.

– Ah, parce que tu en connais beaucoup, des perceurs de coffres ? ai-je fait en haussant un sourcil.

– Bah, sûrement des centaines. Avec les espions, va savoir.

Un point pour elle.

– Bon, on se bouge, ai-je décrété. Je m'y remettrai plus tard.

– À ce propos, où se promène notre ami tueur ? m'a-t-elle demandé en prenant son sac.

– Pour la millionième fois, Angelo n'est pas un tueur,

lui ai-je rappelé d'un ton las. Il s'occupe des papiers et de l'argent. Point.

– C'est cela, oui. Tu ne peux pas me le dire parce que tu ne veux pas me mettre en danger. J'ai pigé.

Pour ponctuer son raisonnement, elle m'a gratifiée d'un clin d'œil appuyé, assaisonné d'un coup de coude dans les côtes.

Je ne lui mentais pas, pourtant. Angelo n'était pas un tueur mais un faussaire. Son rôle était de nous fournir des papiers : faux passeports et certificats de naissance, faux permis de conduire, fausses cartes de Sécurité sociale, tout ce dont on pouvait avoir besoin.

Ma mère est la hackeuse de la bande. Elle est capable d'entrer dans des unités centrales énormes, d'en sortir des mails que personne d'autre n'arriverait jamais à trouver et d'effacer ses traces en un claquement de doigts. Mon père, lui, est notre linguiste et statisticien. Ça paraît moins excitant à première vue, jusqu'à ce qu'on l'entende brailler en allemand pour créer une diversion le temps que ma mère glisse un traqueur dans la poche d'un homme d'affaires véreux. (Il faut avoir échangé des gros mots à tue-tête en allemand avec son père dans un aéroport tokyoïte pour savoir ce que c'est que la vie.)

Quant à moi, comme le mentionnait Roux si gentiment, je suis très douée pour ouvrir les serrures et percer les coffres-forts. Angelo m'a initiée aux finesses du métier alors que je savais à peine marcher, et depuis, l'élève a dépassé le maître.

«Prends ton envol, petite Jedi», m'a-t-il dit l'an dernier quand j'ai réussi à ouvrir le coffre qu'il m'avait offert au Noël précédent.

Ça m'a fait plaisir, parce que ça voulait dire qu'il avait regardé les DVD de *Star Wars* que je lui avais offerts, moi.

Tandis qu'on ramassait nos affaires, mon portable a sonné et j'ai découvert que j'avais deux messages de Jesse, mon petit ami. J'ai rangé mon portable sans les lire. Je ne sais pas pourquoi, je préfère le faire en privé. Ça les rend plus personnels, plus spéciaux, plus à moi.

– C'est Jesse ? s'est enquise Roux. T'as ton air béat enamouré.

– Tais-toi, toi, ai-je répondu avec un grand sourire. Tu es prête ?

– À affronter cette implacable chaleur luciférienne ? Non.

– Tu devrais écrire des romans.

Elle a accueilli ma suggestion avec un rire dédaigneux.

– Ça doit être ennuyeux à *mourir* ! Bon, allons-y, histoire que tu puisses rappeler ton chéri pour lui susurrer toutes sortes de choses baveuses.

– Oh, c'est tout à fait moi, ça.

– Tu es une espionne, non ? Tu as des tas de secrets.
– Que tu connais quasiment tous, je te signale.
– Merci infiniment. Grâce à toi, je me sens privilégiée.
On a descendu l'étroit escalier qui menait à la sortie. Au moment où Roux poussait la porte d'un coup de hanche, deux filles sont arrivées en sens inverse et on a frôlé la collision.
– Tiens, voilà la garce, a dit l'une des deux.
Roux s'est figée, la hanche contre la porte, tandis qu'elles s'éloignaient en sautillant avec des gloussements.
– On ne vous a pas appris la politesse ? leur ai-je crié.
Mais elles ne se sont pas retournées et le temps que je regarde Roux, elle avait retrouvé son éternelle expression « Ouiiii, ça ou autre chose... ».
– Tu les connais ? ai-je demandé.
– Nan. Elles doivent faire partie de la prochaine fournée d'arrivants à Harper. Un nouveau bataillon de petites oies prêtes à me harceler.
Quand j'ai rencontré Roux, c'était le mouton noir du lycée Harper, une boîte privée de l'East Village... Elle avait d'abord été la Reine des abeilles, ou la Peste, comme on voudra, jusqu'à ce que le karma pointe sa tête hideuse et fasse d'elle une lépreuse sociale. Elle en parlait rarement, mais cette histoire lui avait fait beaucoup de mal. J'avais cru que la situation s'était un

peu arrangée, mais il était clair qu'elle appréhendait la rentrée. Et si ces deux filles inconnues étaient un indicateur, elle n'avait pas tort.

On a oublié l'incident dès qu'on a mis un pied dehors, où on a foncé dans un mur d'air brûlant et humide.

– Laisse tomber, a dit Roux en repassant la porte dans l'autre sens. Je vais rester ici jusqu'à Thanksgiving. Ou peut-être Noël.

Je l'ai saisie par la manche pour la tirer dehors.

- D'accord, c'est horrible, mais on va souffrir ensemble. Et on n'est qu'à deux rues du métro.

Au bout de quatre pas, je me suis dit que j'aurais peut-être mieux fait de l'écouter.

– Mes cheveux commencent à fondre, ai-je grommelé.

– Et moi, je crois que ma peau est en train de cloquer, a enchéri Roux.

Elle a inspecté son bras pour vérifier.

– En plus, tu paries combien que ça va nous faire prendre dix ans en dix minutes ? On ne peut pas s'exposer à une chaleur pareille sans attraper un paquet de rides sur le front, si ?

– Je ne suis pas spécialiste, ai-je admis en me bricolant un semblant de chignon avant de m'éventer la nuque. Mais si je m'évanouis, jure-moi que tu enverras quelqu'un récupérer mon corps.

– Si l'insolation ne m'a pas rendue dingue, promis.

– Merci, tu es une véritable amie.

On a traversé la rue et remonté Broadway en direction du métro, sur les pas des quelques autres zombies égarés dans Manhattan. La ville était déserte depuis quinze jours, tous ceux qui le pouvaient ayant profité des vacances pour fuir la chaleur. Même Jesse avait levé les voiles pour aller rendre visite à sa mère dans le Connecticut. Quand on s'est connus, ses parents venaient de se séparer, sa mère avait quitté leur appartement en ville et Jesse ne la voyait pratiquement pas. Mais leurs relations s'étaient bien améliorées depuis, et j'étais super contente qu'ils passent du temps ensemble.

– Jesse rentre ce soir ? m'a demandé Roux en glissant une paire de Ray-Ban sur son nez.

– Oui. Il m'appellera quand son train sera à Grand Central Station. Il passera peut-être me voir après.

– Il a intérêt. C'est presque votre premier anniversaire.

Je lui ai lancé un regard en biais.

– Notre anniversaire, c'est le jour d'Halloween. C'est dans deux mois.

– Aussi tard que ça ? Vous ne vous êtes pas rencontrés fin septembre ?

– Si, mais on ne sortait pas vraiment ensemble. Il faisait encore partie de ma mission.

Bon… hum. À ce propos. Comme je ne vois pas

comment raconter ça sans passer pour quelqu'un d'horrible, je vais faire court.

Au départ, j'avais reçu pour mission de me rapprocher de Jesse parce que son père était le rédacteur en chef du magazine *Memorandum*, un gros truc. Il s'apprêtait à publier un article de fond qui révélait tout sur le Collectif, y compris les noms de ses membres, et mon boulot était de l'en empêcher. Sauf que j'ai flashé à mort sur Jesse. Après quoi il a flashé à mort sur moi et on s'est mis à sortir ensemble, sans qu'il sache, évidemment, que j'étais une sorte d'agent double. Jusqu'à ce qu'on découvre que son père ne comptait plus publier l'histoire. Mais quand j'ai voulu expliquer ça à mes parents, ils ont compris que j'étais tombée amoureuse de Jesse et ils n'ont pas voulu me croire.

Ç'a été une période un peu dingue. Et je ne vous ai pas encore parlé de la tentative de kidnapping. Ni de comment on s'est fait courser sur deux kilomètres dans les rues de New York par un salopard qui voulait notre peau, avant qu'Angelo ne débarque en hélico pour nous sauver, Roux, Jesse et moi.

Sans vouloir me vanter, ma vie a des côtés palpitants.

Bref, Jesse m'a pardonné de lui avoir menti et on est toujours ensemble. On se dit tous les deux que si notre relation a résisté à ça, ça prouve qu'on s'est bien trouvés. À part Roux, il est le seul à savoir qu'Angelo, mes parents et moi sommes des espions et il n'a jamais vendu la mèche. (Sans doute parce qu'il doit aussi prendre Angelo pour un tueur. Roux sait faire preuve d'une grande force de conviction.)

– Tu viens chez moi ? ai-je proposé à Roux tandis qu'on marchait le plus possible à l'ombre des auvents. Je crois que mon père a prévu une sorte de barbecue ce soir.

– Je ne peux pas, j'ai taekwondo.

– Ah, j'avais oublié.

Au cours de notre évasion de l'an dernier, elle avait réussi à casser le nez de notre agresseur et elle s'était lancée à fond dans l'autodéfense, voire dans la capacité de démolir son voisin.

– De toute façon, je crois que mes parents rentrent ce soir aussi, a-t-elle poursuivi en inspectant sa manucure. Si je veux les faire culpabiliser d'être partis cinq semaines, ça marchera mieux si je suis à la maison.

– Tu pourrais même en profiter pour te faire offrir un poney.

– Le dernier truc dont j'ai besoin, c'est d'une bestiole qui hennit et qui fait caca partout sur les tapis.

Elle a rejeté ses cheveux en arrière et remonté ses lunettes.

– Ne t'inquiète pas pour moi, je me vengerai quand ils seront vieux et que l'heure de la retraite aura sonné.

Si j'ai mon mot à dire, ils feront du macramé dans un hospice jusqu'à leur dernier jour.

Les parents de Roux sont ridiculement riches. Genre «Mais comment peut-on avoir autant de fric en *vrai*?» Ça peut paraître génial, mais le gros revers de la médaille est qu'ils ne sont jamais là. Ils ont un appartement gigantesque dans l'Upper East Side[1], dans lequel Roux a l'air d'habiter toute seule. Son père passe son temps en réunions au bout du monde et sa mère l'accompagne toujours.

– Il faut bien que quelqu'un aille vérifier que les spas de luxe de la planète sont à la hauteur, commente Roux.

Mais c'est dur de ne pas remarquer la tristesse qu'il y a dans ses yeux. Outre les réunions, il y a les foires d'art contemporain de Londres et de Miami, les ventes aux enchères d'antiquités à Rome, les vacances à Bora Bora, etc.

Ça rend mes parents fous, parce qu'ils aiment bien Roux et qu'ils trouvent ça moche qu'elle s'élève pratiquement seule, mais qu'est-ce qu'on peut y faire?

« On pourrait entrer par effraction sur les comptes en ligne de ses parents et transférer tout leur argent sur un compte pour Roux», a suggéré ma mère alors que

1. *L'Upper East Side est le quartier le plus huppé de Manhattan, lui-même le plus riche des cinq* districts *de New York.*

je lui en parlais il y a quelques mois. Mon père et moi, on a mis une heure à la convaincre de renoncer.

Quand on est hackeuse, on ne se refait pas.

– Tu salueras tes parents de ma part, ai-je dit à Roux tandis qu'on traversait au feu rouge. Même s'ils ne m'ont jamais vue.

– Ha ha. Tu rigoles ! Ils seraient capables de me croire si je leur soutenais qu'ils t'ont rencontrée l'an dernier à une réception donnée en l'honneur d'un chimpanzé célèbre. Au fond, t'as peut-être raison pour le poney. Je pourrais même l'appeler Prix de Consolation.

– Super idée, ai-je approuvé.

J'ai compris depuis un moment que Roux fait des plans à longueur de temps et les oublie la minute d'après. D'ailleurs, elle était déjà passée à autre chose :

– Tu t'ennuies ?

– Quoi ? Tu veux dire, là, maintenant ? Pas vraiment. Enfin, il ne se passe rien de spécial, mais...

– Non, je te parle en général. Dans ta vie, quoi.

J'ai soupiré. Je savais où nous menait cette conversation et j'ai préféré couper court.

– Non, Roux, je ne pars nulle part pour une nouvelle mission. Je te l'ai dit, je fais un break. Au moins jusqu'à ce que j'aie passé mes exams à la fin de l'année.

– Mais si tu y étais obligée ? Genre, si la sécurité nationale était menacée ?

– Le gouvernement n’est même pas au courant qu’on existe. Il y a peu de chances qu’on reçoive un coup de fil du ministère dans le genre : « Dites, vous auriez un peu de temps, tous les trois ? Parce qu’on a juste un petit problème… »

On s’est arrêtées en face de la station de métro d’Astor Place et elle m’a scrutée par-dessus ses lunettes.

– Tu mens, a-t-elle fini par déclarer. Tes yeux partent vers le coin supérieur gauche.

– Et ça, ça veut dire que je mens ?

– Oui. Je me suis renseignée sur les expressions faciales.

– Ça m’a l’air fascinant. Et je ne *mens* pas. Tu prends le métro avec moi ou pas ?

– Non, je dois repasser chez moi prendre mes affaires.

Roux est descendue sur la chaussée pour héler un taxi juste au moment où un homme sautait sur le trottoir devant nous. Il portait un vieux costume et une cravate froissée qui n’avaient visiblement pas été lavés depuis un bout de temps, et une barbe de plusieurs semaines lui mangeait les joues.

– Toi ! m’a-t-il lancé en pointant l’index à quelques centimètres de mon visage.

Ses ongles étaient noirs de crasse, mais je n’ai pas cillé. Toute une vie à apprendre comment garder son sang-froid en situation de stress, ça m'a bien servi à New York.

– C'est toi, la prochaine à qui ils s'en prendront ! m'a-t-il crié. Toi, en particulier !

– Super, merci pour la nouvelle, a marmonné Roux en me prenant par le bras pour m'écarter de lui. Viens, pas la peine de s'éterniser dans l'île aux Dingues.

– Trop bizarre, ai-je commenté en le regardant disparaître en zigzag dans la foule.

– Tu le connais, ce type ?

– Jamais vu.

– Toi ! Toi, en particulier ! a répété l'homme, cette fois à une nounou qui poussait un landau et qui n'a même pas réagi.

– Bienvenue à Manhattan, a observé Roux.

Elle a levé le bras pour appeler un taxi.

– Il est presque quatre heures, ça va être le moment du changement de service pour les chauffeurs. Et je n'attends pas sur un quai de métro par cette chaleur.

Elle s'est avancée au milieu de la circulation pour que le prochain ait le choix entre s'arrêter et lui rouler dessus. Elle n'a pas reculé d'un centimètre quand l'un d'eux a failli la frôler avant de piler. Je n'ai pas entendu le chauffeur, mais je lis assez bien sur les lèvres pour vous dire qu'il avait un langage plutôt coloré.

Ils allaient s'entendre parfaitement tous les deux.

– Je t'envoie un SMS tout à l'heure ? m'a-t-elle lancé avant de monter dans le taxi.

– J'y compte ! Amuse-toi bien ! Et ne casse pas trop de nez.

– J'te promets rien !

Elle s'est arrêtée, le temps de relever ses lunettes sur son front.

– Tu es sûre que tu ne t'ennuies pas ?

Maintenant, j'entendais parfaitement le chauffeur de taxi, ainsi que les klaxons des automobilistes furieux qu'elle bloque la circulation.

– Je ne m'ennuie pas une seconde, lui ai-je assuré. Crois-moi, c'est fini. J'ai quitté le service. C'est de l'histoire ancienne.

Et j'étais sérieuse.

Jusqu'à ce que je rentre à la maison et que j'apprenne la nouvelle.

2

J'ai perçu le premier signe d'anomalie en tournant dans Spring Street, quand notre loft est apparu dans mon champ de vision. Tout avait l'air normal, un jour comme un autre à Soho. À part la musique d'opéra qui s'échappait à plein tube de nos fenêtres fermées et flottait dans la rue jusqu'à moi.

C'était « Der Hölle Rache kocht in meinem Herzen » de *La Flûte enchantée* de Mozart.

Traduction : « La vengeance de l'enfer bouillonne dans mon cœur. »

J'ai couru jusque chez moi.

On habite dans ce loft depuis notre retour de Reykjavík l'an dernier. Au départ, c'était censé n'être que temporaire, comme la plupart de nos adresses précédentes. Nos logements ressemblent parfois plus à des décors qu'à de vrais foyers, quatre murs avec des acteurs à l'intérieur, qui jouent leur rôle avant de passer au décor et au rôle suivants. J'ai perdu le compte de tous les endroits où on a habité, mais on a vécu sur six des sept continents. (Il faut dire que l'Antarctique a un taux de criminalité assez faible. Il y fait trop froid pour même penser à commettre un crime.) Je crois qu'on n'est jamais restés au même endroit aussi longtemps, et c'est assez sympa. Moi qui ai toujours eu des ailes plutôt que des racines, voilà que je me réveille tous les matins entre les mêmes murs en portant le même prénom : Maggie.

L'aria autrichienne m'a rappelé à quelle vitesse tout ça pouvait basculer.

J'ai foncé dans la rue et je me suis engouffrée dans l'ascenseur en pilonnant le bouton. L'engin s'est enfin mis en branle. Le staccato de la soprano faisait comme un bruit de pierres heurtant un étang, et mon cœur s'est mis au diapason. On n'écoutait jamais ce morceau, *jamais*.

Il y avait un problème.

L'ascenseur s'est rouvert avec une lenteur si désespérante que j'ai carrément essayé de forcer le mécanisme avec les mains. J'étais devant notre porte, avec notre numéro 3 un peu miteux collé au milieu, contrastant assez violemment avec le scanner à empreinte digitale qui flanquait notre sonnette.

Le scanner en question avait ceci de particulier – outre le fait d'être un scanner à empreinte digitale fixé à l'entrée d'un appartement – d'avoir été installé l'an dernier par Angelo à l'insu du Collectif, en complément de notre nouvelle porte blindée. Si quelqu'un essayait de la démolir, il serait vite arrêté par un quintal de métal. C'était cool, si on faisait abstraction de la raison pour laquelle on en avait besoin :

Quand j'avais quatre ans, un dénommé Colton Hooper a tenté de m'enlever parce que j'avais apparemment un don unique pour percer les coffres-forts, et qu'il comptait exploiter mes talents à son profit personnel. Comme il avait engagé quelqu'un pour le faire, personne n'est remonté jusqu'à lui à l'époque. Heureusement, Angelo et mes parents avaient eu vent du complot et m'avaient fait quitter le pays. Après quoi Colton a tué son homme de main pour protéger son identité.

Encore plus dingue, Colton était l'un des cadres du Collectif. C'était notre contact, chargé de nous assigner nos missions, de nous fournir nos diverses identités et de nous trouver nos logements. Il s'est avéré en prime qu'il mangeait à tous les râteliers et que c'était lui qui cherchait à vendre des informations sur le Collectif au magazine du père de Jesse. À défaut de m'avoir mis la main dessus, il fallait bien qu'il se fasse du fric, non ?

Erreur.

Sans vouloir me vanter, je ne suis pas peu fière qu'on ait démasqué Hooper. On, c'est-à-dire Roux, Jesse et moi. J'ai un peu – d'accord, totalement – enfreint les règles du métier en leur parlant de ma famille et du Collectif. Mais ils ont génialement réagi en m'aidant à prouver que Colton Hooper était un menteur et une menace.

Ça s'est fini par le fameux coup de poing de Roux dans la figure de Colton, une course-poursuite, et Angelo tombant du ciel pour nous sauver, le tout couronné par la chute du traître. Ce qui a fait dire à mes parents : « Qu'est-ce que c'est que cette histoire de fous ? »

Croyez-moi, cette semaine-là a été longue. Je n'en suis pas encore remise, alors que ça date de presque un an.

Voilà en résumé la raison du scanner à empreinte digitale. J'ai plaqué l'index dessus en trépignant. Évidemment, j'aurais pu forcer le verrou (à quoi bon savoir crocheter une serrure si on ne peut même pas entrer chez soi sans la clé ?), mais j'aurais mis plus de temps.

N'empêche que chaque seconde m'a paru durer des heures.

J'ai poussé la porte dès qu'elle s'est débloquée et failli tourner les talons tellement la musique braillait. Il n'y a que deux explications possibles à un volume pareil : 1) on fait une fête, ou 2) on a besoin de faire du bruit pour en couvrir un autre.

J'étais à peu près sûre que mes parents n'avaient pas organisé de fête.

Ma mère était adossée à l'îlot central de la cuisine, bras croisés et sourcils froncés. Elle m'a vue la première, et a aussitôt changé d'expression pour me sourire, en se redressant et en décroisant les bras.

– Salut! m'a-t-elle lancé.

C'est ce que j'ai lu sur ses lèvres, parce que je n'ai pas entendu un son.

Mon père se tenait en face d'elle avec le même air soucieux, mais il lui a fallu quelques secondes de plus pour masquer ses émotions. Il s'est contenté d'agiter la main, puis il a fait semblant de chanter en play-back avec l'aria, mais je n'étais pas d'humeur pour les embrouillaminis paternels. Et puis il y avait une casserole sur le feu, tout aussi mauvais signe que l'opéra. Mon père mange quand il est stressé. Il a pris cinq kilos après l'affaire Colton Hooper.

Angelo se tenait à côté de lui, plus calme et distingué que jamais. Il portait un costume en seersucker, une chemise blanche à col gris et une cravate en soie à rayures roses et grises. Je me suis demandé comment il faisait pour ne pas fondre par cette chaleur, mais c'est du pur style Angelo. C'est l'espion parfait, parce qu'on dirait un mirage, comme s'il existait à la fois dans ce monde-ci et dans un monde parallèle. On a même parfois du mal à croire qu'il est réel.

Mais il était on ne peut plus réel, debout au milieu de

la cuisine et, je le savais, principal responsable du fait que la musique beuglait à plein tube dans les enceintes.

Il m'a adressé un petit signe de la main et un sourire angélique tandis que je me précipitais pour le serrer dans mes bras.

– Tu es nul d'être parti aussi longtemps, ai-je hurlé pour couvrir la musique. Tu me dois un million d'expressos.

Il s'est contenté de sourire encore plus largement en appuyant sur la télécommande pour baisser le son.

– Bonjour, ma belle. Désolé, c'était un peu bruyant. Toutes nos excuses.

Je l'ai fixé les bras croisés en essayant de deviner d'où il venait. Un teint pâle aurait indiqué le nord, la Russie peut-être, ou la Scandinavie. Une peau bronzée aurait signifié l'Afrique occidentale, ou la Méditerranée, ou la Colombie. Difficile à dire cette fois-ci. D'autant plus qu'il arborait son éternelle expression impassible.

– Alors ? ai-je dit. Quelqu'un va m'expliquer pourquoi on assourdit la moitié de Manhattan avec notre signal de détresse ? On entend la musique depuis le bout de la rue. Ce n'est pas vous, les *adultes*, qui êtes censés me tenir ce genre de discours à moi, l'*ado* ?

Mon père a haussé les épaules.

– Tu as des parents qui aiment bien s'amuser de temps en temps. On se lâche un peu. On fait les fous.

Il essayait peut-être d'être drôle (je dis bien « essayait »), mais il y avait toujours deux rides verticales entre ses sourcils, et ma mère, malgré son sourire, gardait la main crispée sur la poignée du lave-vaisselle.

– Comment va Roux ? m'a-t-elle demandé. Toujours dans sa phase « Roux » ?

– Elle est timbrée, ai-je répondu. Je ne t'apprends rien. Bon, alors, qu'est-ce qui se passe ?

Leurs regards se sont perdus dans trois directions différentes : le carrelage, l'horloge, la fenêtre. Tout plutôt que de croiser le mien. J'ai mis mes poings sur les hanches en secouant la tête.

– Rien à faire, ça ne va pas du tout, ai-je protesté. On en a déjà parlé, je vous rappelle. On a décidé d'apprendre à communiquer comme une vraie famille, histoire que vous ne tombiez pas des nues la prochaine fois que ma meilleure amie, mon petit copain et moi, on se fera courser par un psychopathe. Je croyais que c'était notre nouvelle règle.

– Chérie, il n'y a pas de quoi en faire un…

– Sérieux ? Je devais avoir deux ans quand vous m'avez appris à repérer quelqu'un qui ment, et *vous* essayez de m'embrouiller ? D'un point de vue éducatif, c'est *lamentable*. Je parle pour vous, pas pour moi. Pour moi, tout va très bien, merci.

Mes parents ont échangé un coup d'œil avant de

glisser un regard vers Angelo, qui a suivi leur petit échange muet dans une parfaite sérénité. Puis il a remonté le volume à en faire vibrer les fenêtres.

– Approche-toi, m'a-t-il dit en me faisant signe.

J'ai traversé la cuisine en m'attendant au pire. Je savais que la musique était là pour brouiller toute écoute éventuelle. Après l'incident de Colton Hooper, ma mère avait passé l'appartement au peigne fin pour vérifier qu'il était vierge de tout dispositif de surveillance, mais on n'est jamais trop prudent. Jamais. Je savais aussi que cette aria était particulièrement efficace à cause de ses changements d'octaves. Elle ne laissait aucune chance d'identifier des voix, ni même des inflexions.

Tout ça, je le savais en théorie; mais je ne l'avais jamais expérimenté.

On s'est serrés tous les quatre tête contre tête dans un coin de la cuisine, pour former un petit abri de silence. On devait avoir l'air de l'équipe de foot la plus pitoyable et la plus mal assemblée de l'histoire du sport.

Ma mère a passé un bras autour de mes épaules, et je l'ai laissée faire parce qu'il m'a semblé qu'elle avait plus besoin de réconfort que moi.

– Il y a du, euh, du nouveau, a déclaré mon père alors que la voix de la soprano atteignait un pic dans les aigus.

Je pense que je vomirais si je devais un jour réentendre cet air-là.

– Du nouveau à propos de quoi ? ai-je questionné. On doit encore déménager ?

– Non, a dit ma mère.

– Pas encore, a nuancé mon père.

– Ça leur arrive d'être d'accord ? m'a demandé Angelo avec un clin d'œil.

– Qu'est-ce qu'il y a de nouveau ? ai-je insisté. Quelqu'un me répond, ou je balance ces enceintes par la fenêtre.

Mes parents se sont jeté un nouveau coup d'œil et mon père a pris la main de ma mère.

– Le Collectif est venu ici aujourd'hui, m'a-t-il annoncé.

– Ici ? ai-je dit en écarquillant les yeux. Mais, ici à New York, ou ici dans notre appartement ?

– Dans notre appartement.

– Chez nous, a rectifié ma mère avant de me presser l'épaule. *Chez nous*, c'est là où on se trouve, Mags. Tu le sais.

Pour le savoir, je le savais. Chez nous, c'est là où se trouve notre famille, bla bla bla. Mes parents me répétaient ça depuis que j'étais née.

– Ils ont appris qu'on avait mis un scanner à empreinte digitale ? ai-je demandé. Je veux dire, sinon, pourquoi ils seraient venus jusqu'ici ? Et pourquoi ça nous oblige à mettre la musique à fond ?

Je me suis tournée vers Angelo, l'estomac noué.

– Oui, ils sont au courant pour le scanner. Mais non, ma belle, ce n'est pas pour ça qu'ils sont venus.

J'ai pensé à Roux, en train de hacher menu de faux ennemis au taekwondo quelque part dans un dojo new-yorkais, et à Jesse discutant avec sa mère, assis sur les marches de sa maison dans le Connecticut. Peut-être même qu'il lui parlait de moi. Je sentais qu'une tornade allait me tomber dessus, et à cette minute, j'aurais voulu pouvoir m'agripper à Roux et à Jesse et ne plus les lâcher.

– Le Collectif a découvert diverses anomalies, a enchaîné mon père, d'un ton qui indiquait qu'il n'y croyait pas, dans des dossiers traités par ta mère et moi il y a des années. Bien avant ta naissance.

– Au Moyen Âge, a précisé ma mère avec un sourire. À l'ère préhistorique.

– Quel genre d'anomalies ? ai-je demandé. Et arrêtez de me traiter comme une gamine. Vous ne pouvez pas me balancer un truc pareil et ensuite faire comme si c'était anecdotique.

Je n'étais pas d'humeur pour les digressions taquines.

Mes parents se sont de nouveau regardés, et quand ils se sont retournés vers moi, il était clair qu'ils avaient renoncé à me servir une version édulcorée.

– Ils disent que ta mère et moi avons dissimulé des

preuves dans une affaire, a repris mon père. Ils nous accusent de mentir et ils ouvrent une enquête.

Je suis restée plantée là, à essayer de comprendre ce qu'il me disait.

– Mais ce n'est pas vrai ? Hein que ce n'est pas vrai ? Vous ne feriez jamais ça ! Maman ?

– Bien sûr que non. Il s'agit juste d'une erreur. D'un petit malentendu qui va s'arranger très vite.

– Alors pourquoi vous faites ces têtes-là ?

Et soudain j'ai compris. J'ai compris ce qui les inquiétait autant, pourquoi ils avaient mis un air d'opéra à fond dans l'appartement un jeudi après-midi, pourquoi ma mère s'agrippait ainsi à mon épaule.

– C'est à cause de moi, ai-je dit entre mes dents. À cause de Colton Hooper.

– Mais non... a objecté mon père.

Je l'ai coupé en secouant la tête.

– Mais si. Ils sont furieux parce que j'ai prouvé que le Collectif n'avait pas assuré, qu'il n'était pas parfait, et ça les a mis en rogne.

Angelo n'avait pas encore prononcé un mot.

– Ils veulent qu'on démissionne, c'est ça ? ai-je poursuivi. C'est ça ? Ils vous accusent d'avoir menti ou je ne sais quoi, ils nous exilent je ne sais où, et hop, toute l'affaire est étouffée.

Il y a eu un long silence, finalement rompu par Angelo :

– Tu n'es pas la seule dont la vie ait été menacée l'an dernier.

– Qu'est-ce que tu veux dire ?

– Je veux dire que j'ai entendu des rumeurs sur plusieurs personnes qui auraient été… radiées du Collectif, si l'on peut dire.

– Pour avoir fait quelque chose de mal ?

– Non. L'inverse. Pour avoir *refusé* de le faire.

J'ai regardé mes parents. Ma mère se mordillait la lèvre.

– Je… Je ne comprends pas, ai-je repris. Pourquoi ils auraient… ? Pourquoi ils ont… ?

– Ce ne sont que des rumeurs, a précisé Angelo. J'ai été contacté par plusieurs personnes récemment accusées par le Collectif d'avoir volé des preuves ou fait des faux abusivement. J'ai pensé que ça méritait une enquête.

– C'est pour ça que tu as été absent aussi longtemps ? Ça concerne combien de personnes ?

– Quelques-unes.

– Quelques-unes du genre deux ou trois ? Ou plus ? Et les accusations étaient fondées ?

– On ne sait pas, m'a répondu mon père.

– Et vous, vous étiez au courant ? ai-je demandé à mes parents. Vous étiez au courant et vous ne m'avez rien dit ?

– On ne voulait pas que tu t'inquiètes, a commencé mon père.

Mais Angelo l'a interrompu :

– Maintenant, tu le sais. On te fournira toujours les informations en temps utile. Et il peut aussi s'agir d'employés aigris qui ont été licenciés à juste titre. Il est trop tôt pour le dire.

– C'est quand même bizarre que le Collectif accuse tout à coup papa et maman d'avoir volé des pièces à conviction, non ?

– Ça peut être une coïncidence, ou une erreur d'archivage.

– Et c'est pour ça que vous aviez mis la musique à fond la caisse ? ai-je répliqué. Parce que vous avez un faible pour les arias ?

– On voulait pouvoir discuter tranquillement, m'a répondu ma mère. Au cas où.

– Simple précaution, a enchéri mon père.

– Et si les autres disent la vérité et que le Collectif est en tort ? ai-je insisté. Il se passe quoi ?

Cette fois, personne n'a répondu. Ce n'était pas nécessaire.

J'ai pivoté sur mes talons, j'ai pris un verre sur le comptoir et je l'ai projeté de toutes mes forces contre le mur de briques, sur lequel il s'est brisé. Le bruit a fait sursauter tout le monde, moi la première.

– Maggie ! a soufflé ma mère, suffoquée.

Elle avait presque l'air effrayée, ce qui m'a fait encore plus flipper.

– C'est des conneries ! ai-je dit en m'efforçant de stabiliser ma voix. Et on ne peut rien y faire, je parie.

– C'est tout à fait inexact, a rectifié Angelo, que le fracas du verre et ma crise d'humeur adolescente ne semblaient pas avoir perturbé le moins du monde. On peut *toujours* faire quelque chose.

– Comme quoi ? ai-je demandé en les dévisageant à tour de rôle.

– Comme apporter la preuve qu'ils se trompent, a dit mon père. En fournissant les pièces qui manquent au dossier pour montrer qu'on ne les a pas volées.

Les tessons de verre luisaient sur le carrelage, dans les rayons de soleil qui entraient par la fenêtre. Ne me demandez pas pourquoi, le simple fait de les regarder m'angoissait.

– C'est plus facile à dire qu'à faire, non ?

– C'est vrai, a admis ma mère. Ça remonte à longtemps et c'était une mission dangereuse. On s'en est sortis de justesse. Et cela, *avec* le soutien du Collectif.

J'ai ouvert de grands yeux en réalisant ce que ça impliquait.

– On prend le maquis ? ai-je murmuré.

J'avais entendu des histoires d'espions qui le faisaient,

mais elles m'avaient toujours paru peu crédibles et totalement idiotes. Jusqu'à maintenant.

– Alors, on prend le maquis, oui ou non ? ai-je répété plus fort. Parce que si on la joue en solitaire, je suis dans le coup.

– Ooh non, a aussitôt répliqué mon père. C'est notre problème, pas le tien.

– Hé, ai-je rappelé, vous et moi, on est dans le même bateau. Donc, vos ennuis sont mes ennuis. Je-suis-dans-le-coup.

Ma mère s'est essuyé furtivement les yeux.

– On ne veut pas te mettre en danger, a-t-elle dit.

C'est là que j'ai su qu'on avait de gros gros ennuis. J'aime mes parents, mais ils ont passé leur vie à me mettre en danger. Ça fait partie du boulot. Et voilà qu'ils s'inquiétaient du *danger* ?

– Ça tombe bien, c'est justement ce que j'allais vous dire. Le danger, c'est ma spécialité. Je suis championne pour y échapper. Même si je n'aime pas me vanter, il faut savoir reconnaître ses points forts.

– On ne peut pas la protéger indéfiniment, a observé Angelo d'une voix posée. C'est presque une adulte. Et ça la concerne, elle aussi.

– Ouais, exactement, ai-je approuvé.

– Maggie, on n'essaie pas de prendre le Collectif en défaut, a précisé mon père.

– Tu rigoles ? me suis-je écriée. Je l'ai déjà pris en défaut quand Colton Hooper s'est révélé être un agent double. *Moi.* Et maintenant, ils s'en prennent à vous pour se débarrasser de *moi.*

Les pièces du puzzle se mettaient en place au fur et à mesure que je parlais, et j'aurais bien pris un autre verre pour l'exploser contre le mur.

– Et ils veulent se débarrasser de tous les gens comme moi.

– Ça, on n'en sait rien, a objecté Angelo en s'interposant entre mes parents et moi comme une barrière tirée à quatre épingles. Tout ce qu'on a, ce sont des faits. Ce sont nos meilleurs outils. Les hypothèses et l'inquiétude n'ont jamais rien résolu et ne vont pas nous aider maintenant.

Il s'est tourné vers moi en haussant un sourcil :

– On est d'accord ?

– D'accord, ai-je répondu, même si c'était faux. Mais tout ça, ça veut dire qu'on va être séparés ? Par exemple, si je dois faire des recherches ? Parce que je suis prête. Il y a bien des gens qui partent de chez eux pour aller à la fac à dix-sept ans. Il y en a même qui deviennent *médecins* à dix-sept ans !

J'aurais voulu être aussi sûre de moi que je le laissais paraître, et je m'efforçais de ne pas imaginer les têtes de Roux et de Jesse.

– Ça m'étonnerait que tu deviennes médecin, remarqua mon père. Désolé.

– C'était juste un exemple. Ce que j'essaie de dire, c'est que je peux me débrouiller toute seule, pas besoin de vous en faire pour moi.

Ma mère a émis une sorte de gargouillis étouffé.

– Tu ne seras jamais seule, m'a assuré Angelo. On a des amis partout dans le monde. Tu auras peut-être l'occasion de les rencontrer.

– Youpi, de nouveaux amis ! me suis-je exclamée.

J'essayais de sourire à mes parents, pour leur faire perdre leur air alarmé. Leur incapacité à cacher leur inquiétude me mettait les nerfs à vif ; je les soupçonnais de ne pas m'avoir tout dit.

– Bon, c'est parti. J'en suis. C'est quoi, le dossier ? C'est quoi, l'élément manquant ?

– Si on se voyait tous les deux demain pour en discuter ? m'a proposé Angelo en tirant sur les manches de sa veste. Ça fait un moment qu'on n'a pas eu un de nos petits tête-à-tête, toi et moi.

– Mais...

– Et ton charmant petit ami ne devait pas rentrer ce soir ? a-t-il enchaîné en tapotant sa Rolex hors de prix et cent pour cent authentique. L'heure tourne !

J'ai jeté un coup d'œil sur mon portable (arrachant un

sourire à Angelo, ce passéiste qui s'obstine à vouloir me persuader de porter une montre).

– Ouais, son train doit arriver dans une demi-heure. Mais il peut attendre. On parle d'un truc important, là.

– Vas-y, m'a dit mon père avec un signe en direction de la porte. On sait qu'il t'a manqué.

J'ai hésité, tiraillée entre l'envie d'y aller et de rester.

– Bon, OK, ai-je cédé. Mais ça ne veut pas dire que je prends le problème à la légère. J'en suis. On va le faire.

– Maggie… a commencé ma mère.

J'ai dévisagé mes parents avec fermeté, les coudes appuyés sur le comptoir, plus décidée que jamais.

– J'en suis, ai-je répété.

Et cette fois, personne n'a cherché à discuter.

3

La gare de Grand Central était bourrée de monde quand j'ai débouché de l'escalator sur l'esplanade principale. C'était l'heure de pointe, celle où affluent les banlieusards, et il m'a semblé qu'un certain nombre de touristes s'étaient réfugiés là pour profiter de l'air conditionné. Ce n'était pas idiot. Je n'avais attendu le métro que quelques minutes et j'étais déjà en nage.

Le train de Jesse était censé être arrivé en gare et je me tenais sur la pointe des pieds pour tâcher de le repérer. Il avait insisté pour qu'on se retrouve plus tard, en disant que c'était stupide que je me déplace, mais il était parti depuis deux semaines et il m'avait manqué. Beaucoup. Je n'aurais pas cru que quelqu'un puisse me manquer à ce point. J'avais déménagé des dizaines de fois à travers le monde avec mes parents et je n'avais jamais vraiment eu d'amis, sans parler d'un petit ami.

Partir, c'est facile quand on ne laisse personne derrière soi.

J'ai repensé aux paroles de ma mère en sautant de nouveau pour voir par-dessus la foule. « Chez nous, c'est là où se trouve notre famille. » J'avais toujours cru qu'elle parlait de la nôtre, mais je voyais maintenant ce qu'elle voulait dire. Depuis un an, ma famille s'était agrandie de Roux et de Jesse, et je comprenais désormais pourquoi les espions ne se faisaient pas d'amis.

– Salut ! a dit une voix derrière moi.

Je me suis retournée et Jesse était là, avec son sac sur l'épaule et ses boucles dans les yeux, comme toujours, et son visage était illuminé d'un sourire qui ne brillait que pour moi. J'avais regardé ce visage des milliers de fois en un an, mais je ne m'en lassais pas.

Entre nous, un sourire suffisait et tout était dit. Du coup, ça a dû le surprendre que je me jette à son cou et que je m'accroche à lui comme un python affamé.

– Mags ! s'est-il exclamé en lâchant son sac, tandis que je resserrais mon étreinte. Mags ! Tu es un peu... euh... OK, aïe !

– Tu m'as manqué ! ai-je déclaré. Tu m'as juste manqué, quoi, c'est tout !

Il n'y a pas cru une seconde.

– Ouais, c'est ça. Et c'est pour ça que tu essaies de m'écraser. Viens par ici.

Il a réussi à s'extirper de mon étreinte et m'a prise

dans ses bras, juste en dessous des constellations peintes au plafond.

– Qu'est-ce qu'il y a ? Il s'est passé quelque chose ?

– Je suis contente que tu sois revenu, c'est tout. Je te dis, tu m'as manqué, ai-je reniflé alors que les larmes me montaient aux yeux.

Il m'a embrassée sur le crâne et je l'ai serré si fort que j'ai senti ses côtes.

– Désolée. Tout va bien, l'ai-je rassuré.

– Je n'aurais pas dit qu'une prise de kung-fu au milieu d'une gare soit le signe que « tout va bien », mais c'est peut-être moi.

– Je suis horrible, comme petite amie. J'étais censée être toute contente de te voir et au lieu de ça, je te la joue pot de colle.

– Une chance que j'aime bien les pots de colle, m'a-t-il répondu en me serrant plus fort. Surtout quand ils s'appellent Maggie et qu'ils sont aussi mignons que toi. Allez, raconte, qu'est-ce qui se passe ? Tu t'es engueulée avec Roux ?

Roux ! Je n'avais même pas pensé à elle dans l'histoire !

– Maggie ?

– Je t'aime, c'est tout ! me suis-je écriée dans son épaule. Très fort !

J'ai senti son rire vibrer dans sa poitrine tandis qu'il me caressait les cheveux.

– Moi aussi, je t'aime, espèce de timbrée, m'a-t-il murmuré. Pas la peine de m'étrangler pour ça.

On est restés emmêlés encore quelques minutes, au milieu des banlieusards et des touristes qui nous bousculaient. Mais Jesse ne bougeait pas et de mon côté, je n'avais aucune intention de mettre fin à ce moment. Il sentait le shampooing et la lessive (pas la même que celle de chez son père) et le train, et je me suis demandé si j'enregistrais tout ça pour garder une trace de lui, si je m'agrippais aussi violemment parce qu'un jour prochain, je n'aurais plus rien à quoi m'agripper.

– Allez, retourne-toi, m'a-t-il dit alors que je desserrais un peu mon étreinte. Admire ce magnifique plafond avec moi.

Il m'a fait tourner dans ses bras en me montrant la voûte bleu et or.

– C'est superbe, non ? Ça ne te fait pas du bien ?

Ce n'était pas le décor qui me faisait du bien, c'était lui, mais j'ai quand même acquiescé.

– C'est très joli, ai-je déclaré en essayant de m'essuyer le nez sans avoir l'air répugnante.

Jesse m'a embrassée sur la tempe en me serrant plus fort.

– Tu sais qu'en fait, c'est peint à l'envers ? m'a-t-il dit à l'oreille. C'est censé représenter ce qu'on voit quand on se tient sous les étoiles, mais en réalité, ça montre ce qu'on verrait en les regardant par au-dessus. Un vrai plantage. Mais le peintre a décrété que c'était comme ça que Dieu voyait le ciel.

– Qu'est-ce que tu veux répondre à ça ?

– Et tu as vu, là-haut ? a-t-il repris en posant le menton sur ma tête, Orion est la seule constellation à être au bon endroit.

– Le Chasseur, ai-je dit à voix basse.

– Comme toi quand tu traquais les méchants. Toujours au bon endroit au bon moment.

J'ai pris une grande inspiration et me suis retournée face à lui.

– Si on veut. Mais je ne suis pas sûre d'assurer autant que lui.

– Bah, à vrai dire, il a été tué par un scorpion, alors... Il n'assurait pas tant que ça.

Puis, avec un sourire :

– Tu te sens mieux, maintenant ?

J'ai hoché la tête en essayant de nouveau de m'essuyer le nez.

– Désolée. Excuse-moi.

– C'est carrément dégueu, s'est-il moqué. Ça m'ôterait presque l'envie de faire ça, tiens.

Il s'est penché pour m'embrasser et j'ai senti son goût sur mes lèvres. Un goût de café, de menthe verte... et de Jesse.

– Tu m'as manqué, a-t-il chuchoté contre ma bouche. Beaucoup.

– Toi aussi.

Je me suis hissée sur les orteils pour l'embrasser, plus fougueusement cette fois.

– Dis, tu sais que je t'aime ?

Il a fait oui de la tête en repoussant mes cheveux de mon visage.

– Évidemment. Je suis un mec incroyable. Le « gendre idéal », aux dernières nouvelles. C'est ce que m'a dit ma grand-mère le week-end dernier. Mais ma modestie m'interdit d'insister.

– Ta grand-mère ?

– Quoi, tu la prends pour une menteuse ? a-t-il répliqué en haussant un sourcil. C'est un coup bas de traiter la grand-mère de son petit ami de menteuse.

Je n'ai pas pu me retenir de rire. Rire quand on a pleuré, ça fait encore plus de bien que rire tout court. Pourquoi faut-il toujours que la vie soit aussi tordue ?

– Non, elle a parfaitement raison, ai-je assuré. D'ailleurs, je me félicite de t'avoir mis le grappin dessus.

Il a souri et m'a embrassée de nouveau, et cette fois, j'ai souri aussi.

– Viens, on va parler tranquillement, m'a-t-il proposé. Et tu pourras me raconter ce qui te transforme en miss Gros-Câlin tout à coup.

– Dans notre coin à nous ?

– Dans notre coin à nous, a-t-il acquiescé en prenant son sac et en glissant un bras autour de mes épaules. Après vous, mademoiselle.

4

On est passés chez Jesse juste le temps qu'il dépose son sac, qu'il dise bonjour à son père et qu'il gratte le ventre de Max son golden retriever. Puis on est repartis main dans la main pour notre endroit à nous, Gramercy Park.

Les seuls qui aient accès au parc sont ceux qui vivent autour. Mais la serrure de la grille est la toute première qu'Angelo m'avait appris à ouvrir. C'est là que je le retrouvais depuis toujours, chaque fois qu'on était à New York en même temps.

Le jour de notre premier rendez-vous à Jesse et moi, je l'y ai amené parce qu'il m'avait dit qu'il n'y était jamais entré, et on a pris l'habitude d'y retourner. C'était notre petit secret, ignoré non seulement de nos amis et de nos familles, mais aussi du reste de la ville. Il n'y a pas beaucoup d'endroits à New York où on peut être tranquille, et en tant qu'espionne, j'appréciais d'avoir un peu d'intimité de temps en temps.

Surtout avec Jesse.

Cette fois, je n'ai mis que cinq secondes pour forcer la serrure.

– Je ne me lasse pas de ce coup-là, a commenté Jesse. Franchement, c'est super sexy. Refais-le-moi.

– Je pourrais te susurrer des tas de choses sur les coffres ignifugés et les Master Lock, ai-je dit d'une voix que j'espérais séductrice.

– Tu as un chat dans la gorge ? m'a-t-il demandé.

J'ai éclaté de rire en faisant mine de lui donner un coup de poing à l'estomac.

On s'est dirigés vers notre banc préféré, sous le nichoir-pagode.

– Ne me faites pas caca dessus, crétins de pigeons ! les ai-je avertis en m'asseyant. Saleté de volailles bourrées de microbes !

– On croirait entendre Roux, a observé Jesse. Elle a un problème avec ces oiseaux.

– Elle n'a pas entièrement tort.

J'ai posé la tête sur son épaule et entrelacé mes doigts avec les siens. C'était le crépuscule, mon heure préférée en été à New York, quand le ciel est du même mauve que les jacarandas à Los Angeles et que les immeubles commencent à s'illuminer. La chaleur restait écrasante, mais moins suffocante que dans l'après-midi. J'ai senti Jesse presser ma main et poser sa tête sur la mienne.

– Alors, m'a-t-il dit, c'était quoi, ce coup de déprime à Grand Central ? Tu m'expliques ?

J'ai secoué la tête.

– Pas maintenant. On peut juste… rester assis comme ça ?

– Bien sûr.

Il a promené son pouce sur le dos de ma main et j'ai fermé les yeux, heureuse de profiter du calme pendant quelques minutes au milieu de l'agitation de la ville.

La nuit était presque tombée quand j'ai enfin parlé :

– Comment va ta mère ?

– Très bien. Elle est à fond dans le yoga et la poterie. Elle doit avoir une dizaine de mugs qu'elle a fabriqués en cours, dont un seul réellement étanche.

Il a eu un petit rire, le genre de rire que je ne lui entendais que lorsqu'il venait de voir sa mère, doux et détendu, comme s'il pouvait enfin se laisser aller maintenant qu'il savait qu'elle allait bien.

– Mais comme ils se ressemblent tous et qu'elle ne veut en jeter aucun, ça prend toujours un moment de mettre la main sur le bon.

J'ai souri en pressant la tête contre son épaule.

– Ça doit être le bazar.

– On met de l'eau partout. Mais elle va bien.

Il a noué ses doigts autour des miens et soulevé nos mains pour les regarder.

– Je lui ai parlé de toi. Pas de ton travail, juste… tu vois, de toi. Et de nous.

J'ai senti mon cœur accélérer.

– Et alors ? Ça lui va ?

– Mieux que ça. Elle te trouve très intelligente. Et jolie. Et…

– N'en jette plus !

J'ai fait un grand sourire et déposé un baiser sur sa main.

– Tu lui as dit que j'étais super forte à *Questions pour un champion* ? Et une bête en cuisine ?

– Oui à la première question, clairement non à la deuxième. Je crois que ça t'a encore fait gagner des points.

Il m'a embrassée sur la tête et a laissé ses lèvres dans mes cheveux.

– Elle aimerait bien te revoir.

J'avais déjà affronté des trucs flippants dans ma vie, mais voir la mère de mon petit ami sur une base régulière n'en faisait pas partie.

– Ce serait possible ? Tu aurais le droit ?

– Le droit de faire quoi ?

– De revoir ma mère. Tu as le droit de rencontrer les gens deux fois ?

– En tant qu'espionne ? Ben ouais, je pense. Je ne vois pas ce qui m'en empêcherait.

Jesse a laissé passer un temps avant de me demander :
– Et en tant que Maggie ?
– En tant que Maggie, je ne sais pas. Et si la deuxième fois, je ne lui plais pas ? Si la première fois avait juste été un coup de chance ?
– N'importe quoi. Pourquoi tu ne lui plairais plus ? Tu es géniale.
– Tu n'es pas mal non plus.
– Et tes parents m'aiment bien. Pourquoi voudrais-tu que ma mère ne t'aime pas ? Mon père aussi t'aime bien.
– Ton père est tellement occupé qu'il ne doit même pas se souvenir qu'il m'a déjà vue.
– Quoi ? Comment tu peux… Bon, OK, t'as sans doute raison. Mais ça ne veut pas dire qu'il ne t'aime pas. Crois-moi, s'il ne t'aimait pas, il se souviendrait de toi.
– Comme c'est réconfortant.
Or, ce n'était pas simplement la perspective de revoir la mère de Jesse qui me rendait nerveuse. C'était l'idée de créer un lien supplémentaire, une nouvelle personne à quitter si je devais partir. Et surtout, je savais que Jesse avait souffert quand sa mère avait déménagé dans le Connecticut, et je ne supportais pas l'idée de lui faire subir la même chose une nouvelle fois.
– Alors tu es d'accord pour dîner avec nous la semaine prochaine ?

– Bien sûr, ai-je répondu en refusant de me demander si je serais encore là dans huit jours. Dis, tant qu'on en est aux sujets sérieux...

– Oui ? Quoi ? Je t'écoute.

J'ai inspiré à fond.

– Le Collectif enquête sur mes parents.

Il s'est redressé si brusquement que ma tête est tombée de son épaule.

– Il fait quoi ?

– Enfin, ce n'est pas exactement une *enquête*. Mais ils disent que mes parents ont volé des preuves après avoir bouclé un dossier, et ça constitue un motif de renvoi de l'organisation.

Soudain, Jesse avait l'air à la fois perturbé, perplexe et furieux.

– Je ne comprends pas. Est-ce que ça a un rapport avec... lui ?

Le nom de Colton Hooper ne franchissait pas facilement nos lèvres.

J'ai hésité avant de répondre :

– Angelo et mes parents disent que non, mais je pense que le Collectif m'en veut d'avoir exposé Colton comme agent double.

Jesse m'a fixée comme si j'avais parlé en martien.

– Quoi... ? a-t-il fini par articuler. Mais... ? Pourquoi ? Mais c'est quoi, leur problème ? Ils sont malades ?

Qu'est-ce qu'ils te reprochent ? Ils devraient t'offrir une prime !

– Je sais. Il y a un truc qui cloche. Mais j'ignore si ça vient du Collectif ou d'ailleurs. Je n'y comprends rien, et je déteste ça quand je ne sais pas un truc, en plus.

– Tu n'es pas la seule, m'a répondu Jesse en se levant pour se mettre à faire les cent pas. Et bien sûr, vous ne pouvez pas aller voir la police.

– Non. Ça ferait sauter les couvertures de trop d'agents. Ce serait une catastrophe.

– Mais Mags, imagine que Colton n'ait pas été le seul traître ? Qu'il y en ait d'autres ?

Je l'ai regardé. Je savais que je ne pouvais rien lui dire sur les ex-membres du Collectif, ni sur l'enquête qu'Angelo menait sur leurs affirmations. Notre relation avait démarré sur un mensonge et je ne voulais pas recommencer. Mais ma priorité était de le protéger.

– Tu comptais me le dire quand ? a-t-il repris. Moi, je suis là, à te parler de ma mère et de nos dîners, alors que ta famille est en train de subir ça ! Tu le sais depuis quand ?

– Aujourd'hui. Et tu es toujours tellement heureux quand tu me parles de ta mère que je n'avais pas envie de t'interrompre.

Jesse a pris une grande inspiration et s'est pincé la racine du nez. J'ai vu son père avoir ce geste pendant des conférences de presse ou des interviews à la télé. Le geste familial des Oliver.

– Et qu'est-ce que vous allez faire ? m'a-t-il demandé.

J'ai haussé les épaules.

– Prouver qu'ils se trompent et que mes parents n'ont rien fait de mal. Si possible en évitant de les mettre en rogne. Cette fois-ci.

Jesse s'est arrêté de marcher de long en large pour se camper en face de moi. J'ai lu sur son visage qu'il intégrait les implications, qu'il commençait à comprendre ma réaction à la gare.

– Oh, ça y est, j'ai saisi, a-t-il murmuré. Tu vas peut-être devoir partir.

Je me suis mordu la lèvre en détournant les yeux, incapable de soutenir son regard.

– Ça se peut.

– « Ça se peut » ?

– Pour jouer les francs-tireurs, on doit parfois se tirer.

Ma remarque ne nous a amusés ni l'un ni l'autre.

– Mais j'espère que non. Ce que je veux, moi, c'est rester ici avec toi et Roux et mes…

Les mots sont restés coincés dans ma gorge et j'ai dû faire un effort pour continuer :

– … mes parents, et Angelo, et le lycée, et tout le reste. On rentre en terminale, je veux m'inscrire à l'université, et aller au bal de rentrée avec toi... Tu veux bien être mon cavalier ?

Jesse a hoché la tête.

– Voilà, je veux rester pour tout ça. Mais ma famille a des ennuis, et je ne peux pas changer qui je suis. Tu te rappelles ce que je t'ai dit : j'ai des dizaines de passeports différents, mais au final, ces filles sont toutes moi.

J'ai essayé de lui sourire, mais ma tentative n'était pas très réussie.

– Tu as craqué pour une espionne, ai-je conclu. C'est vache pour nous deux.

Jesse m'a souri à son tour d'un air abattu et est revenu s'asseoir à côté de moi.

– Et Angelo, il ne peut pas régler ça ?

– On va s'y mettre tous les quatre. Mais il y a des chances pour que mes parents se retrouvent isolés, et comme tout le monde au Collectif doit savoir qu'Angelo est pratiquement mon oncle, il va sans doute se retrouver sur la touche, lui aussi.

– Et toi, ils ne vont pas essayer de t'écarter ?

– Même s'ils le font, je n'ai pas besoin de matériel pour faire mon travail.

Je me suis recroquevillée contre Jesse tandis qu'il continuait à digérer la nouvelle.

– Si jamais je dois partir, ai-je dit à mi-voix, je te jure de revenir.

Il a mis un bras autour de mes épaules et j'ai ramené mes genoux sur ma poitrine.

– Mais si tu ne pouvais pas ? m'a-t-il demandé. Imagine qu'ils te tuent !

– N'importe quoi, ils ne feraient jamais ça, ai-je raillé. Ce n'est pas du tout dans les méthodes du Collectif. Nous, on *expose* les tueurs.

– On s'est quand même fait poursuivre par un dingue, Mags. On ne sait jamais ce qui peut arriver.

Il n'avait pas tort. Malheureusement.

– Je ferai mon maximum pour te tenir au courant, lui ai-je promis. Mais je ne pourrai peut-être pas tout te dire. Je dois vous protéger, Roux et toi.

– Tu lui en as parlé ?

– Pas encore. Je viens juste de l'apprendre, et je ne tiens pas à lui raconter ça par SMS.

– Elle va péter un plomb.

– C'est clair. Ça ne va pas être beau à voir.

– Je suis sûr qu'on pourra tous voir de loin le moment où sa tête se changera en champignon nucléaire.

J'ai commencé à glousser en me représentant l'image.

– Flash info : Le Vésuve fait une brusque apparition dans l'Upper East Side.

Mais Jesse ne riait pas. Il a baissé les yeux pour éviter mon regard et fourré ses mains dans ses poches.

– Hé, ai-je repris à voix basse. Je suis sérieuse. Je ne

pourrai peut-être pas tout te raconter, mais je reviendrai quoi qu'il arrive. Tu peux me croire.

Il a hoché la tête et dégluti avec difficulté avant de m'embrasser. Ce n'était pas le même genre de baiser qu'au moment de nos retrouvailles à la gare. Cette fois, il ne cherchait pas à me réconforter. Ce baiser-ci contenait toute notre histoire. J'ai glissé une main dans ses cheveux et je l'ai attiré à moi, effrayée à l'idée de devoir le lâcher, à l'idée du jour où je ne pourrais plus le toucher, le voir, le retrouver.

– Je t'aime, m'a-t-il chuchoté. J'aime chacune des filles qui sont sur ces passeports.

J'ai souri en rougissant.

– Tu trouves toujours pile ce qu'il faut dire.

– Et je sais aussi quand la boucler.

Et avec un grand sourire, il s'est penché pour m'embrasser de nouveau.

Ah, les histoires d'amour d'espions. Ça ne perdra jamais son charme.

5

J'ai fait la grasse matinée le lendemain, après m'être couchée tard. Trop énervée pour m'endormir, j'avais passé la moitié de la nuit sur la serrure débile d'Angelo. J'étais à un cheveu d'y arriver, mais chaque fois que je sentais venir le déclic, les goupilles retombaient en place et me laissaient en rade. Je me suis obstinée jusqu'à trois heures du matin, courbée sur mon bureau, à me préparer une scoliose pour plus tard. À mon réveil, le soleil entrait à flots par la fenêtre et l'air était déjà tropical.

Mes parents étaient toujours dans leur chambre et je les entendais murmurer d'un ton préoccupé. J'ai tendu l'oreille pendant une minute, et failli lancé quand mon père a ouvert vivement la porte.

– Alors, on nous espionne ? m'a-t-il lancé tandis que je me redressais.

– Quel culot ! me suis-je indignée en lissant mes cheveux. M'accuser, moi, d'être une espionne ! Absurde !

Moi qui espérais le faire rire, je ne lui ai arraché qu'un

tressaillement de la mâchoire qui était soit un sourire réprimé, soit une alerte de crise cardiaque. Avec les parents, c'est dur de savoir.

– On n'écoute pas les conversations de ses parents, m'a-t-il sermonnée. C'est impoli.

J'ai haussé les épaules.

– Eh bien, c'est vous qui avez élevé une espionne, dooonc… qu'est-ce que j'y peux ?

Ma mère a sorti la tête de la salle de bains, où elle avait commencé à se brosser les dents.

– Ku goi gangé ka kamb, m'a-t-elle déclaré.

– Désolée, je ne connais pas de technologie assez sophistiquée pour décoder ça, ai-je dit à mon père.

– Tu dois ranger ta chambre, a-t-il traduit. Et elle a raison.

– J'ignorais que le maman-qui-se-brosse-les-dents était une langue officielle.

Je l'ai entendue cracher et se rincer la bouche.

– Range ta chambre ! m'a-t-elle crié.

– Serais-je la seule à avoir gardé un souvenir de la journée d'hier ? me suis-je exclamée. Pardon, mais qu'est-ce qu'on attend pour monter un plan d'attaque ?

– C'est Angelo qui va te briefer, m'a répondu mon père en me désignant une enveloppe sur le comptoir de la cuisine.

– Et je parie que les Avengers n'ont jamais eu à ranger

leur chambre, ai-je grommelé en me dirigeant vers la cuisine pour aller chercher l'enveloppe.

J'aurais reconnu n'importe où le « A » calligraphié sur l'épais bristol ivoire : la carte d'Angelo. Je l'ai retournée pour regarder le dessin griffonné au verso. Il représentait une espèce d'ange qui précédait une statue équestre. Ça ressemblait à des centaines de statues à Manhattan.

– Angelo… ai-je gémi en me prenant la tête entre les mains.

Je me dis parfois que son intelligence finira par lui jouer des tours.

Une heure plus tard, après un travail de limier, j'avais découvert qu'Angelo me fixait rendez-vous à l'angle nord de la Grand Army Plaza à Manhattan (à ne pas confondre avec celle de Brooklyn), au pied du monument Sherman. J'étais dûment douchée, habillée, caféinée et prête à en découdre. C'était compter sans la vague d'humidité qui m'a heurtée de plein fouet dès mon premier pas dehors. Mais avant d'avoir pu rebrousser chemin pour regagner l'air conditionné de notre loft, j'ai repéré Angelo du coin de l'œil. Il se tenait sous un lampadaire, plongé dans le journal *Le Monde*, vêtu d'un pantalon sombre et d'une impeccable chemise à plastron en coton blanc, aux manches roulées jusqu'aux coudes. Ses chaussures étaient parfaitement cirées, bien sûr. Il m'a fait signe avec un clin d'œil.

– Ravi de te retrouver, chérie, m'a-t-il dit en m'embrassant sur les deux joues comme à son habitude. Tu es fraîche comme une rose, comme toujours.

– Qu'est-ce que tu fais là ? ai-je demandé. J'ai eu ton message et j'étais en route pour te retrouver.

– Bonne nouvelle. J'avais peur que tu n'aies pas réussi à résoudre mon énigme.

– Je suis plus maligne que tu ne crois.

– Oui, Google est un outil très pratique, n'est-ce pas ?

J'ai fait mine de le frapper et il a gloussé.

– Ça ne fait pas de mal de reconnaître qu'on a besoin d'aide de temps en temps, a-t-il ajouté en me donnant le bras. Et puis je me suis dit que je pouvais aussi bien t'escorter jusque là-bas.

Mes doigts se sont crispés sur son coude et j'ai pilé sur le trottoir, manquant provoquer une collision derrière moi.

– M'escorter ? Pourquoi ?

– Parce c'est une magnifique journée et que je passais par hasard dans le quartier.

J'ai levé un sourcil.

– Tu ne m'escortes jamais.

– Je croyais t'avoir appris à ne pas poser trop de

questions, ma belle. C'est en écoutant qu'on obtient les réponses.

– Je t'écoute, là. Tu m'as suivie hier soir aussi ?

Il s'est contenté de sourire en se dirigeant vers la bouche de métro située deux rues plus loin.

– Disons que le précepte selon lequel l'union fait la force n'a jamais nui à personne.

– Pourquoi aurait-on besoin de force ?

Alors que j'achevais ma phrase, un taxi a déboulé à toute blinde au carrefour, esquivé de justesse une camionnette de livraison et failli monter sur le trottoir juste à côté de nous. Le bras d'Angelo s'est aussitôt dressé devant moi pour m'écarter comme si de rien n'était, mais j'ai eu le temps de lire l'expression qui a traversé son visage : un mélange d'inquiétude, de colère et de méfiance, le tout dans un regard d'une fraction de seconde.

– Connard ! ai-je hurlé. Pardon, Angelo.

– Bah, il faut admettre qu'il y a des mots plus efficaces que d'autres pour exprimer certaines émotions.

Il avait retrouvé son flegme habituel et on s'est remis en marche.

Cette fois, je me suis tenue à son bras sans plus poser de questions.

Son visage m'avait dit tout ce que j'avais besoin de savoir.

6

La Grand Army Plaza fourmillait de touristes et d'autochtones, ce qui n'avait rien d'étonnant. Angelo me fixait toujours rendez-vous dans les coins les plus peuplés : le Metropolitan Museum of Art par un matin pluvieux propice aux sorties scolaires, la statue de la Liberté un 4 juillet[1], la High Line[2] par une splendide journée de printemps… En mars dernier, on a eu une grande discussion en suivant la fanfare de St Killian le jour de la parade de la Saint-Patrick. (Plus précisément, au niveau des joueurs de cornemuse. Je suis restée aphone et quasi sourde pendant huit jours.)

– Alors, dis-moi, ma belle, m'a demandé Angelo tandis qu'on se dirigeait vers la statue. Comment as-tu dormi cette nuit ?

– J'ai dormi tard. Super tard. Trop tard. J'avais l'impression que toute cette histoire n'était qu'un cauchemar.

1. Le 4 juillet est le jour de la fête nationale américaine.

2. Parc new-yorkais, aménagé en hauteur sur d'anciennes voies ferrées aériennes.

– Sommeil agité, donc. C'est assez normal. Tu as reçu un sacré choc hier.

J'ai hoché la tête en m'asseyant sur le socle en granite de la statue.

– On peut dire ça.

Puis, en me tournant vers lui avec un sourire forcé :

– Mais c'est le jeu, pas vrai ?

– Oui, ma chérie, mais un jeu dont tu es sortie depuis un petit moment. Je n'étais pas sûr que tu aies encore envie d'y participer.

Je me suis mordu la joue en observant deux touristes, coiffés chacun d'un chapeau en feutre de la statue de la Liberté, qui prenaient en photo l'hôtel Plaza. Un homme qui passait en courant leur a fait rater leur cliché. Ils ont froncé les sourcils avant de faire une deuxième tentative.

– À ton avis, ai-je dit en les désignant discrètement à Angelo, ils sont en voyage de noces ?

Il a pris ma main dans la sienne.

– Maggie, ma douce, tu sais que rien ne t'oblige à faire ça.

– Et tu sais bien que si, ai-je répliqué, en sentant soudain s'abattre sur moi le poids de tout ce qu'on ne disait pas. Il y a des documents cachés quelque part, c'est ça ?

– Pas des documents, mais oui.

– Bref, quoi que ce soit, ça doit être sous clé.

– On peut le supposer, en effet.

– Donc je n'ai pas le choix. On parle de mes parents, Angelo. Je suis censée faire quoi, laisser le Collectif *mentir* sur eux et les mettre dehors ? *Nous* mettre tous dehors ?

J'ai retiré ma main dans un mouvement d'irritation, le regrettant aussitôt.

– Excuse-moi, je ne suis pas en colère contre toi, je suis juste… énervée. J'ai les boules. Et je ne te parle pas de pétanque, là, mais de bowling.

Il a ri dans ses moustaches.

– Je ne te connaissais pas ce goût pour les images sportives.

– On est dans de sales draps, Angelo, pas vrai ?

Il s'est approché pour tapoter le granite.

– Tu as trouvé la bonne statue. C'est à cause d'elle que je t'ai fait venir ici.

J'ai levé la tête. Le bronze avait terni et verdi par endroits, mais la statue restait impressionnante. C'était un cavalier à la monture (il faut bien l'avouer) visiblement terrifiée, précédé d'une femme ailée.

– Ce cheval n'a pas l'air de se réjouir, ai-je observé. Ça mériterait d'appeler la SPA.

Il a souri en passant un doigt sur l'inscription gravée sur la plaque.

– Que sais-tu sur les pièces d'or ?

– Alors, que j'adore celles en chocolat, et encore plus celles en or. Pourquoi ? C'est ça qui a disparu ?

Des pièces en or, ça rendait le dossier bien plus intéressant qu'un vieux paquet de documents, et je me suis redressée, soudain intriguée.

Angelo a sorti une photo de son portefeuille et me l'a tendue.

– Est-ce que ça te dit quelque chose ?

La photo, clairement tirée de dossiers officiels, représentait une pièce d'or portant un numéro gravé en haut, tenue par des pincettes qui la mettaient en évidence sous une lumière vive. Sous le mot « LIBERTY » était gravé le dessin d'une femme portant une massue, les bras écartés, les pieds baignés par les rayons du soleil.

– Elle est magnifique, ai-je murmuré. En fait, on dirait…

Au lieu de finir ma phrase, j'ai levé les yeux vers l'ange de la statue.

– C'est elle ?

Angelo a hoché la tête avec un sourire satisfait. Il adore me voir relier les points toute seule.

– Ces deux œuvres ont été conçues par le même artiste, un certain Augustus Saint-Gaudens. Très doué, tu ne trouves pas ?

– Oui, c'est vrai. Personnellement, je mangeais la pâte à modeler au lieu de la sculpter quand j'étais petite.

– Bah, chacun ses points forts. Cette statue est censée représenter la victoire.

– Elle me plaît déjà.

Je lui ai pris la photo pour la retourner, mais le verso était vierge, sans date ni indication de provenance.

– Et c'est cette pièce qui a disparu ?

– Celle-là et d'autres. Beaucoup d'autres. Ce sont des Double Aigle d'or, qui ont été frappées par l'hôtel de la Monnaie américain. Le président Roosevelt a ordonné leur destruction en 1933.

– Le vieux rabat-joie !

– À vrai dire, c'est ce que beaucoup de gens ont pensé. Les pièces devaient être fondues, mais quelques-unes en ont réchappé et n'ont jamais refait surface. Elles sont d'une rareté et, en conséquence, d'une valeur exceptionnelles. En particulier pour des criminels.

– Donc, techniquement, ce sont des objets de contrebande ?

– Un bien national, du point de vue du gouvernement fédéral. Les services secrets ont même monté plusieurs stratagèmes pour tenter de les récupérer.

– Bonne nouvelle, ai-je soupiré en lui rendant la photo. C'est là que je dois commencer à inspecter tous les arbres à la recherche de snipers ?

– Je m'en suis déjà chargé.

Impossible de dire s'il faisait de l'humour ou s'il était sérieux. Je me suis adossée à la statue ; au bénéfice du doute, mieux valait être prudente !

– Et le Collectif pense que ce sont mes parents qui ont cette pièce.

– Dix, plus exactement.

– Super. Mais pourquoi faire tout un plat de – c'est pas vrai ! Dégage, saleté de pigeon ! – de ces pièces d'or ?

J'ai fusillé du regard un de ces volatiles qui s'était approché un peu trop de ma zone de sécurité.

– Bon, d'accord, elles ont été volées et l'or, c'est génial, mais elles valent combien, ces pièces ?

Angelo a rangé la photo dans la poche de sa veste.

– Celles qu'on cherche datent de 1933. Ce sont les plus rares.

– Et ?

– Une pièce d'or de 1933 a été vendue aux enchères en 2002 pour sept millions et demi de dollars.

Ma mâchoire est tombée.

– C'est une blague ?! ai-je crié tandis que plusieurs touristes se retournaient pour me fixer.

(Le bon point, c'est que mon éclat avait effrayé le pigeon.)

– En résumé, le Collectif accuse mes parents d'avoir volé soixante-quinze millions de dollars de pièces d'or ?

Hochement de tête d'Angelo.

– Et il pense qu'on les a trimballées avec nous toutes ces années ?

Angelo a ouvert la bouche, puis l'a refermée, et a réfléchi une minute avant de la rouvrir.

– D'après moi, certains membres du Collectif savent pertinemment que tes parents ne détiennent pas ces pièces. Mais cela arrangerait bien certains autres membres que nos divers interlocuteurs pensent le contraire.

Je me suis appuyée à Sherman et à sa statue de la Victoire pour méditer sa réponse.

– Mettons que je retrouve ces pièces. Qu'est-ce qui les empêchera de dire, je ne sais pas, moi, que je les sors du tiroir à chaussettes de mon père ?

– Rien. Le Collectif a toujours réussi à raconter ce qu'il voulait. Et jusqu'ici, il a toujours dit la vérité.

– Dans ce cas, quel est l'intérêt ?

– La question n'est pas de savoir si le Collectif sera réglo ou pas. L'important, c'est que *nous*, on soit réglos. C'est un peu le principe de notre activité. C'est ton métier, ma belle.

– Oui, ça, je le sais. Mais je ne vais pas me fatiguer à mettre la main sur ces pièces pour les remettre à des gens qui ne les méritent pas. Imagine que je le fasse et qu'ils nous virent quand même, et qu'un cerveau machiavélique prenne le pouvoir du Collectif et qu'ils se lancent dans des actes terroristes ou je ne sais quoi ?

– Je sais, ma douce. Ce serait terrible.

J'ai attendu son inévitable « Mais ça n'arrivera pas, chérie » ou son équivalent, en vain.

– Angelo ?

– Hmm ?

– Combien de personnes se sont fait virer du Collectif ?

– À ma connaissance, au moins six à ce jour. Peut-être plus.

– Ça ne paraît pas énorme, ai-je soufflé, soulagée. Je pensais que tu allais me dire cent.

Il s'est adossé à la statue à côté de moi, dans une posture décontractée inhabituelle chez lui.

– Ceux-là sont ceux qui ont refusé de se plier à la corruption, à les en croire. Et puis il y a les autres.

– Ceux qui se sont laissés corrompre, ai-je clarifié.

– C'est possible.

– Plus que six ?

– Possible aussi.

– Mais ce ne sont que des gouttes d'eau, non ? Dans ce cas, s'ils ne sont que quelques-uns, toi et moi, on peut les retrouver et faire le ménage.

Je nous ai imaginés tous les deux, passant le balai et l'aspirateur dans le Collectif pour tout remettre en ordre.

Angelo m'a regardée droit dans les yeux.

– L'ennui avec ces gouttes d'eau, comme tu dis, c'est qu'elles sont de plus en plus nombreuses. Ça peut prendre un moment, mais quand les gouttes se multiplient, ça finit par créer…

– … une inondation. Un truc qui pourrait nous emporter tous.

– Tu me fais confiance ? m'a-t-il demandé.

– Évidemment. Tu es tombé du ciel en hélico pour nous sauver, moi et mes amis. Tu as ma confiance à vie.

Cette fois, Angelo a eu un franc sourire, qui découvrait toutes ses dents blanches.

– Alors fais-moi confiance si je te promets de t'en dire plus quand j'en saurai plus. D'accord, ma douce ? Je suis encore en train d'assembler les morceaux du puzzle.

– Mais tu peux me dire qui est censé avoir les pièces d'or, au moins ?

– Je peux, oui. Il s'appelle Dominique Arment.

J'ai soupiré.

– Ah là là. Les gens ne peuvent plus s'appeler Bob, tout simplement ?

– C'est la dernière personne à avoir détenu les pièces. Tes parents les lui ont remises à Washington il y a des années.

Angelo a lancé un coup d'œil vers le carrefour animé, l'air pensif.

– On s'est tous connus à Paris il y a des lustres. Tes

parents l'avaient rencontré déjà bien avant d'entrer au Collectif.

J'ai toujours du mal à imaginer que mes parents ont eu une vie avant moi. Je le sais, bien sûr, je ne suis pas égocentrique à ce point… mais quand même. C'était dur de les imaginer à Paris avec Angelo. Sans moi.

– Comment se fait-il qu'ils ne m'aient jamais parlé de lui ? ai-je demandé. Parce que c'est le mal incarné ?

Angelo a eu un petit sourire amusé.

– Subtilement raisonné, Maggie. Ça, et le fait qu'ils ont pris des voies divergentes. Ils ont toujours eu des… points de vue différents, à défaut d'un terme plus approprié, sur la manière dont le Collectif devait être dirigé.

J'ai croisé les bras sur ma poitrine pour qu'il ne me voie pas serrer les poings. Je haïssais déjà ce Dominique.

– Et où est-il maintenant ?

– Apparemment quelque part à New York. C'est ici qu'il a son adresse officielle… et une autre, plus *officieuse*.

Il m'a regardée en haussant un sourcil.

– Là où il reçoit ses maîtresses ? ai-je supposé.

Angelo a pris un air un peu dégoûté. Il est assez à cheval sur les principes, sur les femmes, tout ça.

– Quel satyre… ai-je commenté. Donc, les pièces d'or sont sans doute à l'adresse numéro deux.

– C'est ce qu'on pense.

– On ?

– Chérie, ce n'est pas une affaire comme les autres. On ne dispose pas de beaucoup d'informations. D'habitude, le Collectif nous fournit les renseignements d'ordre général.

J'ai réfléchi quelques secondes.

– Ils savent que vous savez tout ça sur Dominique ?

– Ton travail à toi consiste à t'occuper des pièces, si tel est ton bon vouloir, m'a-t-il répondu avec un petit sourire narquois.

– Tel est mon bon vouloir. Je cherche les pièces. Marché conclu. On a une adresse ?

Angelo a sorti un bout de papier de sa poche et me l'a montré.

– Vu ?

22, Pomander Walk, indiquait le papier, dans l'écriture élégante d'Angelo.

– Oui.

– Bien.

Il a froissé la feuille avant de la jeter entre les grilles d'une bouche d'égout.

– Subtil, ai-je observé en l'imitant.

Il m'a décoché un clin d'œil, mais son expression a vite repris son sérieux.

– C'est le plus gros dossier que tu aies jamais eu à traiter, ma belle. Tu es sûre que tu te sens prête ?

– Et toi ? l'ai-je défié dans l'idée d'alléger un peu

l'atmosphère, même si mon cœur faisait un numéro de claquettes à la Fred Astaire. C'est toi qui m'as formée, je te rappelle.

– Ah, je vois. Le maître devient l'élève et inversement.

Il a gloussé en tirant sur l'une de ses manches de chemise.

– Sache une chose, Maggie. J'ai toujours eu entièrement foi en toi.

Allez savoir pourquoi, ça m'a donné envie de pleurer, mais je me suis reprise en lui répondant par une grimace.

– Eh bien, cette conversation a été très instructive, ai-je conclu. Le Collectif cherche à faire passer mes parents pour des voleurs, les services secrets veulent récupérer ces pièces autant que moi, mes parents connaissent personnellement le méchant, et le pigeon se *rapproche* !

J'ai tapé du pied par terre et il a déguerpi.

– Ah, bestioles répugnantes.

– La situation n'est peut-être pas aussi enthousiasmante qu'on pourrait l'espérer, a-t-il admis. Mais le soleil brille, les oiseaux chantent – j'ai dit les oiseaux, Maggie, pas les *pigeons*, inutile de faire cette tête – et on a droit à une matinée splendide à Central Park.

Après un petit coup d'œil sur les arbres verdoyants, il m'a offert son bras.

– On flâne un peu ?

J'ai pris son bras, parce que je ne dis jamais non à une petite « flânerie » avec Angelo.

Et que je ne le ferai jamais.

7

– **Quel genre d'individus** ont besoin de suivre des cours de préparation au SAT à mi-temps pendant tout l'été ? ai-je grommelé en me faisant une queue-de-cheval, tout en regardant un guitariste grattouiller son instrument dans le parc de Washington Square.

– Des crétins, m'a suggéré Roux.

Assise à côté de moi, elle s'enfilait une canette de Coca pendant notre pause de dix heures.

– Des débiles, a-t-elle poursuivi. Des gens dont les parents cherchent à se débarrasser pendant trois mois sous le prétexte de se soucier de leur scolarité.

J'ai agité ma queue-de-cheval improvisée dans l'espoir de me faire de l'air, ce qui s'est soldé par un échec cuisant.

– Tes parents se soucient de toi… ai-je commencé.

Son rire m'a empêchée de continuer.

– Ouais, bien sûr.

– Quoi, ils sont bien rentrés il y a deux jours ? Le grand moment des retrouvailles familiales, youpi !

Roux a baissé ses lunettes juste assez pour me montrer un regard noir pas du tout amusé.

– Ils sont repartis ce matin. Un truc à Bangkok, je crois bien. Ou peut-être à Pékin. Ou à Biloxi ? Je ne sais plus. On est allés au resto hier soir, mais j'étais trop occupée à les ignorer pour écouter ce qu'ils disaient.

J'ai regardé mes pieds. C'était toujours embarrassant quand Roux parlait de ses parents. Les miens étaient peut-être hors-normes, bizarres et ringards, mais au moins ils étaient là.

– Ben comme ça, ils ne sont pas sur ton dos en permanence, ai-je hasardé. Je pourrais venir chez toi ! Soirée pyjama !

– Mags, je t'aime de tout mon cœur, mais je ne connais personne d'aussi nul que toi pour les soirées pyjama.

– Tu ne trouves pas que tu exa…

– Personne.

– Pourquoi ? On se marre avec moi ! L'autre fois, on a regardé des films en mangeant de la pâte à cookies crue !

Quelques mois plus tôt, Roux avait découvert avec horreur que je n'avais jamais vécu ce qu'elle appelait « une expérience-de-rite-de-passage normale pour tout ado de l'hémisphère Nord ».

– Tu es allée chercher « pâte à cookies crue » sur

Wikipédia pour vérifier que tu ne risquais pas d'attraper la salmonellose !

– Il y avait de l'œuf cru dedans ! On ne sait jamais !

– Et tu t'es endormie à dix heures.

– Je suis une vieille âme. Les vieilles âmes se couchent tôt.

Roux a refait une tentative pour me foudroyer du regard, mais sa grimace a viré au sourire.

– Ouais, bon, passons. On peut toujours essayer, on verra si tu as fait des progrès. Ou alors, moi, je pourrais dormir chez toi.

– Roux, ce n'est pas exactement l'endroit le plus sûr.

– Tu rigoles, vous avez une porte blindée à quatre serrures et un scanner à empreinte digitale ! Vos fenêtres sont en verre Securit ! Je ne connais pas d'appart plus sûr au monde !

– Tu pourrais le dire plus fort ?

– Ce parc est l'un des coins les plus chelous de Manhattan, a-t-elle éludé. Personne n'en a rien à cirer. Attends, tu vas voir.

Elle s'est levée en lissant sa robe.

– HÉ, LES GARS ! CETTE FILLE A UN SCANNER À EMPREINTE DIGITALE ! ELLE PERCE DES COFFRES-FORTS !

– Qu'est-ce que tu fous ? ai-je sifflé en la tirant avec brusquerie pour la faire rasseoir. Tu es totalement tarée !

Roux a agité la main vers les gens.

– Tu vois ? Tout le monde s'en fiche. À part peut-être les petits dealers. Wouah. J'aurais pas cru qu'ils pouvaient courir aussi vite.

J'ai suivi son doigt et vu plusieurs types déguerpir précipitamment.

– C'est bon, tu as fait ta démonstration. Notre loft est hyper sûr, hourra. Maintenant, tout le sud de Manhattan est au courant grâce à ton Système de Radiodiffusion maison.

– Étape suivante en stéréo, a-t-elle enchaîné aussi sec.

J'ai essuyé mes paumes sur mon jean avec un soupir. Je me sentais nerveuse, à cran, tout à coup.

– Roux ?

– Oh-ho.

– Quoi ?

– Je n'aime pas cette voix-là.

– J'ai juste dit « Roux » !

– Mais tu l'as dit d'un ton de mauvais augure. Un augure levé du pied gauche.

J'ai ri, ce qui l'a mise en joie.

– Je t'assure ! La dernière fois que tu as pris ce ton, tu m'as balancé douze passeports sur les genoux, après quoi j'ai dû courir un 2 000 mètres et sauter dans un hélico pour ne pas me faire tuer par un psychopathe.

Elle a pris une gorgée de Coca.

– Tu comprends que ça m'inquiète.

À vrai dire, je comprenais.

– Bon, ce n'est pas aussi terrible que ça, ai-je commencé, ce qui a capté son attention de la pire des manières possibles.

– Tu as une mission ? m'a-t-elle murmuré en jetant des coups d'œil furtifs tout autour de nous. On est en train de suivre quelqu'un, là ?

– On ne fait pas de filatures…

– Non, bien sûr, bien sûr. Ça, c'est juste pour les petits espions. Les espions stagiaires, ce genre-là. Je me suis renseignée.

– Ah bon ?

– Tu verrais la pile de romans d'espionnage qu'il y a à côté de mon lit ! (Elle a soupiré.) C'est vraiment épuisant de se cultiver.

– Roux, ai-je répété, je ne suis pas en filature. On se calme.

– Ouf. Parce que je suis *incapable* de courir avec ces chaussures. Ça, c'est clair.

J'ai secoué la tête.

– On peut essayer de se concentrer ? On n'a plus que quelques minutes avant la fin de la pause.

– On sèche pour aller s'acheter des lunettes de vision nocturne.

– Non.

– Bon.

– Le Collectif accuse mes parents d'avoir fait disparaître des preuves.

Là, elle s'est concentrée, les yeux écarquillés.

– C'est vrai ? Je veux dire, c'est vrai ?

– Non ! me suis-je écriée. Bien sûr que non ! Mes parents sont, genre, des espions modèles !

– Ça paraît antinomique. Qu'est-ce qui fait dire ça au Collectif, alors ?

– Je crois que c'est parce qu'ils m'en veulent d'avoir révélé une faille dans leur armure.

Ce n'était pas toute la vérité, et peut-être même pas du tout, mais je voulais protéger Roux tout autant que Jesse. Ils n'avaient pas besoin de tout savoir.

– Tu veux dire, quand Colton Hooper a essayé de te tuer ? Ils pourraient te remercier, oui !

Ça m'a fait sourire malgré moi.

– C'est ce qu'a dit Jesse.

– Tu m'étonnes ! Pour une fois qu'on est d'accord sur quelque chose !

Elle a fini son Coca et balancé sa canette d'un geste expert dans une poubelle trois mètres plus loin.

– Et c'est quoi, le plan ?

– Je ne sais pas trop. Mais je dois prouver qu'ils sont innocents, sous peine qu'on se fasse virer.

La seule idée que ma famille et moi nous retrouvions

livrés à nous-mêmes pour la première fois de ma vie était horrible. J'étais déjà super stressée de devoir décider si, oui ou non, je devais envoyer des candidatures en fac, alors que j'avais presque six mois devant moi. Être virée du Collectif, ce serait perdre la seule famille que j'avais jamais connue. Et comment mes parents feraient-ils pour vivre ? Une hackeuse et un statisticien sans expérience officielle n'étaient pas vraiment en tête de liste pour décrocher un boulot.

Roux a repris, d'une toute petite voix :

– Si tu te fais virer, ça veut dire que tu ne pourras plus aller à Harper ?

– Je ne sais pas.

– Au pire, je te donnerai des cours particuliers, a-t-elle déclaré en me balançant un coup de coude dans les côtes, décidée à me remonter le moral. Je te passerai tous mes cours et mes QCM, et je te laisserai même faire mes devoirs. Pas la peine de me remercier !

– Pas mon intention.

– Sans me vanter, je suis *assez* géniale, comme amie.

Elle a posé un bras sur le dossier du banc en jetant de nouveaux regards aux alentours. Je me suis demandé si elle avait déjà vu Angelo faire ça.

– Et pas besoin de me dire si tu as un plan ou pas. Je sais que t'en as un.

– Qu'est-ce qui te fait croire ça ?

– Maggie, t'as des plans pour tout! Tu prends toujours ta carte de métro à l'avance pour ne pas bloquer les gens aux portillons. Tu te balades en faisant dépasser tes clés de ton poing pour pouvoir taillader quelqu'un en cas de besoin. Tu fais tes devoirs tous les jours à la même heure – de quatre à six, pas la peine de nier. Tu as des bottes en caoutchouc dans ton casier au cas où il pleuvrait. Tu peux me croire, tu as un plan.

Je n'aurais jamais imaginé qu'elle accordait une miette d'attention à ces trucs-là. Elle était toujours si occupée à parler, à rire, à brasser de l'air et à trépigner que je ne l'avais pas crue capable de remarquer des détails aussi subtils ou retors.

– Je n'ai pas de plan, ai-je affirmé, avant d'ajouter: Pas encore.

Elle a eu un grand sourire de satisfaction.

– Ah, je suis fière de toi.

– Il faut juste que je prouve que mes parents n'ont rien fait. Ça ne doit pas être si compliqué que ça.

– Et si le Collectif essayait de t'en empêcher?

– Je me fiche du Collectif.

– Bien dit!

– Je suis sérieuse. Même si on se fait virer, au moins je saurai que j'aurai fait le maximum pour blanchir mes parents.

– N'empêche, a-t-elle repris au bout de quelques

secondes, s'ils essayaient de t'en empêcher ? Genre... s'ils essayaient *vraiment* ?

– Jesse a peur qu'ils décident de me tuer.

– Ce mec est en train de devenir mon jumeau psychique. Le monde est sens dessus dessous.

– Ils ne me tueront pas. Tous les deux, vous flippez à cause de l'épisode Colton Hooper. C'était la première fois que vous viviez ce genre de truc. Mais je t'assure qu'après avoir couru trois ou quatre fois pour sauver sa peau, on sait faire la différence entre les gentils et les méchants.

Roux n'a pas eu l'air convaincue, mais un sourire s'est lentement étiré sur son visage.

– Hé, tu te souviens quand je lui ai pété le nez ?

– Je ne risque pas de l'oublier. Tu me le rappelles deux fois par jour.

– Ha, c'était top ! s'est-elle exclamée en boxant dans le vide. Mais pour en revenir à toi et à tes problèmes zarbi...

– Ils ne sont pas zarbi, ils sont...

Le mot adapté m'échappait.

– Ils sont zarbi, a insisté Roux. Je t'assure. Mais franchement, ça ne m'étonne pas. Ça se voyait que tu commençais à t'ennuyer.

– Je ne m'ennuie pas. On habite à New York. Ça n'a rien d'ennuyeux.

– Allez, Mags. C'est à moi que tu parles, OK ? Tu t'ennuies à mort. Comment peut-on passer de perceuse de coffres internationale à lycéenne qui fait semblant d'apprendre des trucs en géo sur des villes où elle a habité, en plus ? Déjà moi, je meurs d'ennui, alors que je ne suis jamais allée nulle part.

– C'est vrai, le lycée c'est l'enfer ! Alors qu'un coffre…

– Tu vois bien.

Je me suis figée en réalisant mon lapsus.

– Ce n'est pas ce que je voulais dire. Je voulais dire que le lycée, c'est difficile. Pas que je m'ennuyais.

– Mais ce n'est pas ton truc.

Son ton rempli de certitude m'a interpellée et, pour la première fois, j'ai dû admettre que oui, je m'ennuyais. À mourir. J'aimais Jesse, j'aimais Roux, j'aimais mes parents, mais tout était toujours pareil. Le décor, notre maison, mes petits problèmes étaient tous les jours les mêmes.

– Tu fais tourner des disques de combinaison imaginaires entre tes doigts, a-t-elle ajouté doucement. Tout le temps. Arrête de te mentir.

J'ai inspiré à fond. On devait déjà être méga en retard à notre cours.

– Si je n'avais pas à choisir, ai-je déclaré, je prendrais tout. Toi et Jesse, mes parents, Angelo et notre loft, et je m'occuperais des coffres la nuit et le week-end.

– Comme Batman ! a-t-elle observé en souriant largement.

J'ai ri.

– Parfaitement ! Même costume et tout.

– Ça manque vraiment à ton look, les petites oreilles pointues, a-t-elle acquiescé. Bon, alors c'est quoi, le plan ? Qu'est-ce qu'on fait ?

– Qui ça, on ?

– Ben *nous* ! Jesse, il fait quoi ? Laisse-moi deviner. Il reste là à te tourner autour en faisant sa petite moue ? Parce que ça aide un *max*.

– Il ne fait pas sa petite moue ! Il... Bon, OK, de temps en temps, il a un air un peu boudeur.

– Ah ! Tu vois ? J'avais raison.

– Mais c'est une jolie moue craquante ! Et il ne fera rien du tout, et *toi* non plus. *Rien*, ai-je répété alors qu'elle faisait mine de protester. Vous êtes des civils, je ne vous ferai pas courir de nouveaux risques.

Je n'ai pas précisé que je me réveillais encore parfois la nuit en suffoquant, après des cauchemars où je les voyais tous les deux courir derrière moi et se faire engloutir dans la terre en quelques secondes, sans que je puisse rien y faire.

Je l'ai sentie qui me mitraillait du regard derrière ses lunettes de soleil.

– T'es sérieuse, là ?

– Comme un pape. Tu sais qu'il met toujours des chaussures rouges, le pape ? Ça m'irait bien, des chaussures rouges.

– Tu vas régler le problème toute seule, tranquille ?

– C'est l'idée, ouais.

Elle ne faisait plus un geste, ce qui m'a donné le temps de me préparer à l'ouragan.

Qui ne s'est pas fait attendre.

– Je ne t'ai jamais entendue dire un truc aussi débile ! s'est-elle écriée. Donc, tu vas faire ton boulot sans Jesse, et surtout *sans moi* ? Qu'est-ce que je suis censée faire, pendant ce temps-là ? Tu crois que ça m'amuse de lire tous ces romans d'espionnage à la noix ? Si je tombe encore une fois sur le mot « Moscou », je noie quelqu'un dans un tonneau de vodka.

– Roux, c'est trop dangereux !

– J'ai compris ! Et si Angelo n'avait pas été là la dernière fois, tu serais sans doute morte. *On* serait sans doute morts ! J'ai compris que c'était dangereux.

– Non, Roux, je ne crois pas que tu mesures à quel point. Il y a des gens qui sont de *vrais* psychopathes. Moi j'ai un talent, un don, que je pratique depuis toute petite. J'ai commis une énorme erreur en vous entraînant là-dedans l'an dernier. J'en suis consciente, et on ne m'y reprendra pas. Toi et Jesse, vous méritez mieux que ça.

Roux s'est rencognée sur le banc. Elle paraissait soudain toute toute petite.

– Donc toi, tu pars faire ton boulot. Et moi je reste ici, et je fais quoi ?

– Tu vas en cours. Tu rédiges tes candidatures pour l'an prochain. Tu harcèles Harold ! Tu fais tout ce qui te plaît ! Tu adores parler avec Harold.

C'était peut-être un effet du soleil, mais l'espace d'une seconde, j'ai cru voir le menton de Roux trembler.

– Est-ce que tu as la moindre idée de ce qu'est ma vie ? m'a-t-elle demandé presque en murmurant. De ce qu'elle était avant que tu arrives ? Ces filles me détestent.

Elle a fait un geste du côté de notre lycée, qui ne se trouvait qu'à quelques pâtés de maisons.

– Elles me haïssent. J'ai fait *un* faux pas et elles ne me le pardonneront jamais. Tu n'as jamais remarqué que tu étais ma *seule* amie ? Tu sais comment elles me parlent, Maggie. Tu connais combien de manières de traiter une fille de garce ? Parce qu'on dirait qu'elles essaient d'établir un record du monde.

Ce n'était pas les reflets du soleil. Le menton de Roux tremblotait.

– Mes parents ont passé deux jours à la maison, ils m'ont emmenée au restaurant et ils n'ont parlé que d'eux. Ils m'ont posé des questions sur le lycée et sur mes amis et ils n'ont pas écouté un mot de ce que je leur ai répondu. Ensuite, ils ont scotché un papier sur le frigo ce matin en me laissant mille dollars en liquide pour les urgences. Chez moi, je suis transparente et au lycée, je joue les punching-balls. Le seul endroit où je ne me fais pas envoyer bouler, c'est chez toi.

J'étais abasourdie. J'avais toujours cru qu'elle se fichait de ce qu'on pouvait dire d'elle, que tout glissait sur elle comme sur les plumes d'un canard. Elle ne cillait même pas quand quelqu'un lui jetait une insulte dans le couloir. Mais je suppose que quand on s'est fait tirer dessus un certain nombre de fois, on finit par ne plus tressaillir au bruit des balles.

Et c'était logique, tout à coup, que le loft représente pour elle la sécurité. Elle ne connaissait pas d'endroit plus sûr, même sans les vitres en verre blindé et le pavé numérique (high-tech) à l'entrée.

– Laisse, ça va, a-t-elle dit fermement quand j'ai tendu une main vers elle, en glissant les doigts sous ses lunettes pour s'essuyer les yeux. Ça va. Je crois... je crois que je vais sécher le reste des cours, si tu n'y vois pas d'inconvénient.

– Je peux sécher avec toi, ai-je proposé. Sérieux. On peut faire un truc. Une manucure, ça te dirait ?

Elle a souri.

– Tu es une vraie amie. Mais je crois que j'ai besoin d'être un petit peu seule. Je dois reprendre le pli.

Et avant que j'aie le temps de répondre, elle s'est levée et elle est partie dans la direction opposée à celles des cours, sans même se retourner quand je l'ai appelée.

8

– Et elle est partie en me laissant toute seule sur un banc, comme ces mamies qui donnent du pain aux pigeons. Et je me suis sentie super mal.

– Hmm.

– Est-ce que tu m'écoutes ?

Je me suis arrêtée au milieu de la rue pour me tourner vers Jesse.

– Mais oui, je t'écoute ! m'a-t-il assuré en levant les mains dans un geste défensif. Roux t'a plantée dans le parc et tu t'es changée en pigeon. Tu vois ? Je n'en ai pas perdu une miette.

J'ai essayé de ne pas sourire, mais ma bouche m'a trahie.

– Tu es un individu horripilant.

– Tu confonds avec « désopilant ».

Il a passé un bras autour de mes épaules et on s'est remis en marche. Notre objectif était d'aller boire un café glacé dans le West Village et de rattraper le temps perdu, ce qui n'était pas du luxe. Depuis l'éclat de Roux l'avant-veille, je m'étais immergée dans les recherches sur le Double Aigle d'or et sur Dominique Arment. À côté, je continuais à m'échiner sur la serrure d'Angelo, sans avancer d'un pouce. Jesse, lui, avait partagé les deux jours en question entre son entraînement de foot et la lecture des *Yeux dans les arbres* et d'*Abattoir 5*, après que son père avait découvert qu'il n'avait pas ouvert un livre de l'été.

Deux excellents prétextes pour masquer le fait qu'on ne se disait rien. On parlait, bien sûr,… mais on ne se disait rien.

– Donc, Roux était chamboulée et t'a laissée toute seule dans Washington Park.

– Oui, et elle répond à mes SMS d'une façon qui ne lui ressemble pas du tout.

– C'est-à-dire ?

– Normalement, elle me fourre toujours des émoticônes et des points d'exclamation partout. Si elle pouvait ajouter de *vrais* feux d'artifice, elle le ferait.

– Maintenant que tu m'as dit ça, je me réjouis qu'elle ne m'en envoie jamais. OK, pardon, pardon ! s'est-il exclamé en me rattrapant par le bras pour m'empêcher de m'éloigner. Juré, j'arrête les sarcasmes ! Je t'écoute.

– Pas du tout, tu cherches juste à me calmer. Nuance, ai-je répliqué sur le bord du trottoir, sans qu'il m'ait lâché le poignet.

– Sur la forme, c'est vrai. Mais dans le fond, ça revient au même. Je suis désolé que ça se passe mal en ce moment entre Roux et toi.

Mais je n'étais pas d'humeur conciliante. J'avais passé deux jours engloutie dans mes recherches, et sans les ressources du Collectif, ça me faisait l'effet de marcher sans filet au-dessus du vide. J'avais mal aux yeux à force de fixer l'écran, un torticolis à force de me tenir collée à l'ordinateur, et je ne savais même plus trop comment m'adresser à ma meilleure amie.

– Non, tu n'es pas désolé, ai-je rétorqué.

– Et maintenant, tu boudes.

– Même pas vrai.

Les coins de sa bouche se sont retroussés dans un sourire.

– C'est craquant. Tu ne voudrais pas taper du pied aussi ?

– Si, dans ton entrejambe.

Ses doigts ont tambouriné sur mon poignet, ce qui m'a donné des frissons.

– Tu triches, ai-je signalé. Tu n'as pas le droit. Je suis en colère.

– Moi, je triche ? s'est-il étonné, les sourcils haussés. Et ça, c'est de la triche ?

Il m'a attirée à lui et a pressé doucement ses lèvres sur mon épaule avant de remonter le long de mon cou.

– À fond, ai-je répondu en murmurant. OK, arrête, arrête, ai-je ajouté quand il s'est attaqué au petit point juste sous mon oreille, dont il savait qu'il me faisait fondre comme une glace au mois d'août. Jesse, sérieusement, on est dans la rue. Il y a un type chez le marchand de fruits qui n'arrête pas de nous dévisager.

Il m'a donné un dernier baiser avant de s'écarter à regret.

– Je suis pardonné ?

– Peut-être. Mais seulement si tu m'offres un café.

– Tout homme devrait se satisfaire de ces conditions, m'a-t-il répondu en glissant ses doigts entre les miens.

J'ai enfoui le visage dans son cou pour qu'il ne me voie pas sourire.

Au café, Jesse a fait la queue pendant que je nous gardais des places sur le banc installé dehors. La ville grouillait de monde, d'enfants, de chiens, et je les contemplais depuis mon perchoir, les genoux repliés sur la poitrine.

C'est là que j'ai revu l'homme. Celui qui nous observait depuis l'étal de primeurs. Sur le coup, je l'avais pris pour un voyeur. Il a fait deux fois le tour du pâté de maisons, avec la démarche déterminée de quelqu'un qui sait où il va, mais pas au point d'attirer l'attention. Un journal sous le bras, tee-shirt noir, jean noir, Converse ; signe particulier néant.

Ce qui, à mes yeux, à New York, constituait déjà un signe très particulier.

Je me suis levée quand Jesse est ressorti avec nos cafés.

– On va marcher, plutôt, ai-je décrété en passant une main autour de son coude. On manque d'exercice.

– Qu'est-ce que tu racontes ? Je fais trois heures de foot par jour. Et on n'arrive jamais à s'asseoir sur ce banc, il est toujours occupé.

– Allez, c'est l'été indien, la canicule est passée. On va flâner un peu.

Je devais passer trop de temps avec Angelo ; je voyais du danger partout, et je me mettais même à parler comme lui. Mais je n'allais pas jouer les cibles faciles pendant qu'un type à l'air louche tournait en boucle autour de moi.

Jesse a fini par céder (non sans me gratifier d'un soupir à fendre l'âme) et on est partis vers l'ouest sur Waverly, pile dans la direction que le gars avait empruntée deux minutes plus tôt, quelle coïncidence…

– Alors, s'est lancé Jesse en me donnant mon café glacé, tu as parlé avec Angelo ces jours-ci ?

– Oui, ai-je répondu en m'efforçant de prendre un ton léger. Il te dit bonjour.

– Oh, cool, cool. Salue-le pour moi. Il va bien ?

Jesse faisait visiblement autant d'efforts que moi pour conserver un air détaché.

– Très bien.

– Parfait.

Il s'est éclairci la gorge, a bu une gorgée de son café.

– Il, euh, il t'a dit quelque chose ? Je veux dire, d'intéressant, ou d'utile ?

Je lui ai glissé un coup d'œil.

– C'est dingue ce que tu es mauvais à ce jeu-là.

– On ne peut pas tous être des espions, Mags. Je fais de mon mieux, figure-toi.

On a ri tous les deux en traversant la rue.

– Oui, Angelo avait des choses intéressantes à me dire. Et non, je ne peux pas t'en parler.

– Mince.

– C'est pour ça que Roux a pété un câble. Parce que je n'ai rien voulu lui expliquer. Tu *vois* que tu ne m'écoutais pas !

J'ai fait mine de le bousculer et il a mimé la douleur.

– Vraiment rien de rien ? Tu sais qu'on est dignes de confiance, pourtant. On a fait nos preuves !

– Ce n'est pas une question de confiance, ai-je rectifié en esquivant une terrasse de restaurant. Si je ne vous raconte rien, c'est pour ne pas vous mouiller.

– Tu veux dire qu'on risquerait de se faire torturer si on a des infos ?

J'ai pilé.

– Jesse, ne plaisante jamais avec ça.

– Tu es sérieuse ? Ça pourrait arriver ?

Je n'osais même pas penser à l'avalanche de problèmes susceptibles de surgir si Roux et Jesse savaient quelque chose.

– Écoute, ce n'est pas que je ne veux pas en parler, OK ? Crois-moi, je rêverais de pouvoir le faire. Mais je ne veux prendre aucun risque. La dernière fois, c'était…

– Une aberration ? a suggéré Jesse.

– Oui. Bravo, c'est le mot qui convient.

– Bah, tu sais, toutes ces lectures d'été.

– Quoi qu'il en soit, ça ne se reproduira pas. Je ne laisserai plus jamais quelqu'un vous poursuivre, ni vous tirer dessus, ni…

Le type de tout à l'heure arrivait sur le trottoir d'en face. C'était confirmé : il décrivait des cercles. De grands cercles, certes, mais néanmoins.

– Tiens, on va passer par là, ai-je dit à Jesse en virant à angle droit dans Grove Street. C'est plus joli.

– Pourquoi ? Qu'est-ce que tu as vu ?

– Rien.

– Maggie ? Je ne vaux peut-être pas grand chose comme espion, mais comme menteuse, toi, tu es *pitoyable*.

J'ai levé les yeux au ciel, mais il avait raison. Tout le monde me le disait.

– Il m'a juste semblé voir quelqu'un.

– Du genre… ?

– J'ai eu l'impression qu'on me suivait. Ou qu'on *nous* suivait. Je ne sais pas. Il tourne en rond dans le quartier depuis dix minutes.

Jesse a regardé autour de nous, ce que j'ai trouvé craquant.

– À quoi il ressemble ? Tu veux que je lui botte les fesses ?

– Surtout pas. Interdiction de botter des fesses. Tiens, il y a une librairie, là. On n'a qu'à y entrer, on verra bien s'il nous suit.

– Et s'il le fait ?

– On déclenche l'alarme incendie et je lui bloque les jambes pendant que tu l'assommes avec l'extincteur.

– Sérieux ?

– Ha ha ! ai-je triomphé en lui décochant un coup de coude dans les côtes. Je ne mens pas si mal, en fait !

On est entrés dans la librairie où on a traîné quelques minutes aux abords de la vitrine. Je gardais un œil dehors pendant que Jesse fouinait dans la section Fiction.

– Encore des bouquins au programme du lycée, a-t-il soupiré. Alors, tu l'as repéré ?

– Non, ai-je dit en m'appuyant sur un énorme atlas pour me pencher vers la rue. Fausse alerte, apparemment.

Je n'en étais pas si certaine que ça, mais c'est ce que je préférais lui faire croire.

– Tu es sûre ?

– Parfaitement, ai-je confirmé d'un air détendu. C'est moi, j'ai les nerfs en pelote en ce moment. Et on n'est jamais trop prudent.

– Hmm.

Il a pris ma main et promené son pouce sur mes doigts.

– Dis, je voulais te demander un truc.

– Feu !

– Très drôle, l'humour d'espion, m'a-t-il répondu, mi-figue mi-raisin, tandis qu'on ressortait. Donc, je voulais te dire : ma mère arrive vendredi soir. Ça te tenterait de dîner avec nous ?

À l'appréhension que je lisais sur son visage, pour lui, ça ne rigolait pas.

– Avec plaisir. Ce serait sympa ! Qu'est-ce qu'elle vient faire à New York ?

Il a inspiré un grand coup.

– Elle envisage de revenir s'installer ici.

– Jesse ! ai-je piaillé sans pouvoir me retenir. C'est génial ! Tu dois être super content !

J'ai jeté les bras autour de son cou et je l'ai serré très fort.

– Ton père est au courant ?

– Je ne sais pas. Ils ne vont pas se remettre ensemble, hein, mais elle m'a dit la semaine dernière que la ville lui manquait.

Il avait des étoiles dans les yeux, et je savais qu'il devait être vraiment heureux. Il ne parlait pas beaucoup de sa mère, mais son départ l'année d'avant l'avait beaucoup blessé. Et c'était précisément tout ce qu'il ne disait pas qui me montrait ce qu'il ressentait.

– Alors tu viendras ? C'est sûr ?

– Évidemment ! Même si je suis suivie par un millier de types chelous, j'y serai. Ils ne m'arrêteront pas !

Jesse a décroché mes mains de son cou et m'a repoussée à bout de bras pour me fixer.

– S'il te plaît, Maggie, essaie de venir sans les types chelous.

– Promis, pas de types chelous.

– Tu es sûre que ça ne t'embête pas ? Je sais que tu as d'autres chats à fouetter, avec l'histoire de tes parents, tout ça...

– Toi aussi, ai-je confirmé en enfonçant l'index dans sa poitrine, tu comptes pour moi. D'accord, c'est la pagaille en ce moment, mais ça va aller. Tout sera réglé d'ici la rentrée. Et les espions aussi ont besoin de manger, pas vrai ?

– Absolument, a-t-il acquiescé avant de déposer un baiser sur mon nez. Je t'aime, tu le sais, ça ?

– Bien sûr que tu m'aimes. Je suis la meilleure.

Il a souri, sa bouche contre la mienne, et cette fois, je me moquais pas mal qu'on nous regarde.

9

Quand je suis rentrée au loft le soir, mon père préparait le repas et ma mère était plongée dans les mots croisés du *New York Times*. Elle finissait immanquablement par le froisser et le jeter à la poubelle, en bougonnant qu'elle n'avait pas besoin qu'un journal lui donne le sentiment d'être analphabète, merci bien.

– Merci, Jeeves[1], ai-je dit au scanner à empreinte digitale quand il m'a laissée entrer.

– C'est qui, Jeeves ? m'a lancé mon père depuis la cuisine, où il hachait des oignons en s'apprêtant probablement à mettre la pièce à feu et à sang.

– Papa, il fait trop chaud pour cuisiner ! ai-je protesté. Dis-moi que tu prépares un plat froid !

– Pas du tout. C'est qui, Jeeves ?

– Notre scanner. J'ai décidé de sympathiser avec lui.

1. *Jeeves est un valet de chambre débrouillard qui apparaît dans plusieurs romans de l'écrivain anglais P.G. Wodhouse.*

– Qu'est-ce qui te dit que c'est un garçon ? est intervenue ma mère.

– Le fait qu'il soit froid et impersonnel et qu'il ne me demande jamais comment ça va.

– Bonne réponse, a-t-elle approuvé avec un sourire.

– Hé ! a protesté mon père. Je vous signale la présence d'un représentant de la gent masculine doté d'une grande sensibilité. Je pleure tandis que je vous parle, tellement je suis blessé par vos propos.

– C'est les oignons, a-t-on répliqué en chœur.

– Possible, a admis mon père. Attends, ne jette pas ces mots croisés. Garde-les-moi.

Je me suis assise sur un tabouret de bar pour superviser mon père (voire, avec un peu de chance, jouer les goûteuses).

– Je peux vous poser une question ?

– Bien sûr, a dit ma mère en relevant le nez du journal. C'est à propos de notre affaire ?

– Si on veut. Je viens de voir Jesse.

Ils ont échangé un coup d'œil furtif, visiblement persuadés que je ne le remarquais pas. Ils ont des côtés craquants comme ça.

– Tu lui as parlé de ce qui se passait ? m'a demandé mon père.

– Oui. Il fallait bien qu'il le sache. Je ne pouvais pas recommencer à lui mentir, vous pouvez comprendre ça.

J'ai dessiné un cœur sur le comptoir en béton.

– Vous, comment vous vous êtes rencontrés ?

Nouvel échange de coup d'œil, qu'ils n'ont même pas cherché à me cacher, cette fois.

– Alors… a commencé mon père.

– C'était il y a longtemps, l'a coupé ma mère. Les détails sont un peu brumeux.

– Vous rigolez ? Je me souviens parfaitement de ma rencontre avec Jesse, alors que je ne suis pas mariée ni enceinte ni rien.

Erreur. Grosse erreur tactique.

– Pourquoi tu parles d'être enceinte ? s'est exclamé mon père.

– C'est de ça que tu veux qu'on discute ? a enchaîné ma mère d'une toute petite voix.

– Mais enfin non ! ai-je protesté, une main sur les yeux. Je voulais juste parler de l'époque où vous vous êtes connus et où vous m'avez eue ! On peut éviter de parler de sexe ? Ça y est, je crois que je fais une crise de tachycardie.

– Quoi ? Une crise de tachycardie ? a grommelé mon père. S'il me faut un Martini pour tenir cette conversation, j'aimerais qu'on me le dise tout de suite.

– Je voulais juste savoir comment vous vous étiez rencontrés ! Rien d'autre ! Wouah, comment ça a dérapé en dix secondes !

Ils ont poussé le plus gros soupir de soulagement que je leur aie jamais entendu.

– C'est beaucoup mieux, comme sujet, a approuvé ma mère en souriant.

– Annulez le Martini, a complété mon père avec un sourire las.

– Et aussi, comment vous avez su que vous étiez amoureux. Et que vous vouliez passer votre vie ensemble et avoir des enfants et rester des espions et ne pas sacrifier votre travail à votre vie amoureuse et aimer quelqu'un quand même.

Ils m'ont fixée un moment, avant que mon père déclare :

– C'est trop tard pour changer d'avis pour le Martini ?

– Je suppose que Jesse n'est pas exactement emballé par « tout ça », a dit doucement ma mère en sortant une bière du frigo pour mon père.

– Non, c'est sûr, ai-je admis. Mais je dois le faire quand même. C'était pareil quand vous vous êtes rencontrés ? Vous étiez déjà des espions en ce temps-là ?

– « En ce temps-là » ? a répété mon père. On a quel âge, à ton avis ?

– Il n'y avait même pas de DVD, à l'époque. Et même pas de portables.

Mon père a bu une grosse gorgée de bière en guise de réponse.

– Ton père et moi, a déclaré ma mère en lui jetant un regard rapide, on s'est rencontrés au lycée à Paris.

– Au lycée ? me suis-je exclamée. Vous aviez mon âge ?

Ils ont hoché la tête en rythme.

– On était tous les deux en pension, a poursuivi mon père. En première. Ta mère préparait un exposé sur un truc qui s'appelait Internet. Je suis tombé amoureux. (Puis, en lui adressant un clin d'œil :) Et je ne me suis pas relevé. Vous captez ? Tomber, se relever…

– Ton père m'a invité à boire un verre en swahili. J'ai trouvé ça si romantique ! a enchaîné ma mère en lui prenant la main par-dessus la table avec un grand sourire.

– Holà holà holà. On revient en Europe. Vous vous êtes connus au lycée ?

– En pension, a répété mon père. La première fois que j'ai vu ta mère, c'était dans le labo informatique. Et là, boum.

Il l'a regardée en papillonnant des paupières.

– Le coup de foudre.

Ma mère a rougi, et je ne connais rien de plus bizarre que de voir ses parents flirter. Berk.

– Et qu'est-ce qui s'est passé après ? Vous vouliez tous les deux devenir des espions ?

– On s'est fait recruter, a dit ma mère. Angelo donnait un cours sur l'architecture contemporaine. Il a remarqué nos dossiers et il nous a présentés au Collectif.

– Angelo était votre prof quand vous étiez ados ? Attendez, j'ai le cerveau qui explose.

– Pourquoi crois-tu qu'il te balade dans toute la ville pour vos rendez-vous ? m'a demandé mon père. Tous les endroits qu'il choisit sont des références architecturales. Il adore ça.

– Et vous faisiez quoi, en dehors des cours ?

Encore une œillade entre mes parents.

– On allait beaucoup au cinéma, m'a répondu ma mère en haussant les épaules. On explorait la ville. On descendait dans les catacombes. On révisait. On s'est peut-être embrassés, deux ou trois fois.

Mon père a pris un air alarmé.

– Stop, stop ! Mineur dans la salle.

– Après le bac, on est entrés au Collectif, et voilà, a conclu mon père en faisant glisser son hachis d'oignons dans la poêle. Notre vie était sur ses rails.

– « Et voilà » ? J'ai un peu l'impression que tu as sauté des bouts.

– On est entrés au Collectif et ensuite, tu es née, a ajouté mon père. Une période excitante. Et sans sommeil. Tout ça se mélange.

J'ai réfléchi quelques secondes.

– C'est pour ça que vous ne m'avez jamais parlé de Dominique Arment ?

Mes parents ont interrompu leurs activités pour me fixer.

– C'est Angelo qui t'en a parlé ? a supposé mon père.

J'ai hoché la tête.

– Franchement, je trouve ça bizarre que vous ne m'ayez jamais mentionné le nom de quelqu'un que vous avez fréquenté pendant des années. Pourquoi ?

J'évitais de les regarder, occupée à dessiner des motifs avec l'index sur le comptoir.

– Dominique n'avait pas – ou, devrais-je dire, n'a pas – la même conception du métier que nous, m'a expliqué mon père en mélangeant les oignons. C'était un personnage un peu louche. Il cherchait toujours à rentabiliser l'action du Collectif, à nous faire gagner de l'argent dans le cadre de nos missions.

– J'ai le sentiment que vous ne me dites pas tout, ai-je insisté.

– Tu racontes tout à Jesse et à Roux ? m'a demandé ma mère.

– Non.

– Et pourquoi cela ?

J'ai soupiré, sachant où elle voulait en venir.

– Parce que je veux les protéger au cas où quelqu'un essaierait de leur soutirer des informations, ai-je chantonné.

– Voilà.

– Donc, papa et toi, vous voulez me protéger ?

– Pas terribles, tes techniques d'interrogation, Maggie, a observé mon père en me lançant un torchon. Et les informations, on ne les fournit qu'au moment requis. Tiens, essuie la vaisselle.

– Qu'est-ce que vous avez fabriqué avec Dominique ? ai-je répliqué en dédaignant le torchon. Vous avez dealé de la drogue, ou fait du trafic d'armes, ou quoi ? Vous êtes orphelins tous les deux. Il y a un secret dans votre passé ?

Ils se sont regardés une fois de plus, mais d'un air plus amusé qu'inquiet.

– C'est toi, notre secret, m'a répondu ma mère. Notre petite perceuse de coffres.

J'ai réfléchi à sa remarque, le menton sur le poing.

– Vous êtes des veinards, ai-je observé. Vous êtes des espions tous les deux depuis le début. Vous n'avez jamais eu besoin de faire de compromis.

– On fait toujours des compromis, a rectifié ma mère. En permanence. Tiens, par exemple, je n'aime pas les oignons.

– Et je n'aime pas entendre ta mère répéter qu'elle n'aime pas les oignons, a enchéri mon père avec un clin d'œil.

– Mais vous n'avez jamais eu envie de quitter le Collectif ? ai-je demandé en dessinant des huit sur le comptoir. Pas une fois ?

– On avait décidé de le faire juste après ta naissance, m'a expliqué ma mère après une pause. On pensait que ce n'était pas les conditions idéales pour élever un enfant.

Je me suis redressée vivement.

– C'est vrai ? Vous vouliez partir à cause de moi ?

Mon père a acquiescé d'un hochement de tête.

– Mais à trois ans, tu as ouvert un Master Lock qui traînait par terre. Ça nous a littéralement soufflés. Tu avais ce don depuis le début, et il était énorme. Il est énorme. Si tu avais eu un don pour la danse, la sculpture ou les maths, on aurait tout fait pour t'aider à le développer. En l'occurrence, ton don à toi était d'ouvrir des coffres et des serrures. Alors on a décidé de rester.

J'étais médusée.

– À cause de moi ?

– Oui, m'a confirmé ma mère en posant une main sur la mienne. Tu aurais préféré aller à l'école, être invitée chez des copains, avoir un environnement stable ?

Je me suis tortillée sur mon tabouret. À croire qu'elle savait ce que je ressentais, depuis un an que je menais une vie d'adolescente normale. C'était dur à admettre même pour moi, mais quelque chose me démangeait, un besoin dont je n'arrivais pas à me débarrasser.

– Je ne sais pas, ai-je avoué. Et c'est aussi bien comme ça. En tout cas, j'aime bien notre vie. On s'amuse bien.

– À part quand Colton essaie de te tuer, a maugréé mon père.

– Oui, ça, c'était moins drôle. Mais on a gagné. Tout finit toujours par s'arranger, non ? C'est vrai, si vous, vous avez réussi à vous rencontrer à Paris, ça prouve bien que tout est possible ?

Mes parents ont laissé passer quelques secondes avant d'éclater de rire.

– Merci, Maggie, a dit ma mère. C'est trop gentil de ta part.

– Ce que tu es jeune, a ajouté mon père. Tellement jeune…

– J'ai dix-sept ans ! ai-je protesté. Je suis presque une vieille !

Ils se sont pliés de rire.

– Bien, merci pour cette discussion ô combien instructive, ai-je bougonné en sautant de mon tabouret pour aller dans ma chambre. Au fait, les oignons sont en train de cramer.

En me retournant, j'ai vu mes parents qui s'embrassaient par-dessus le comptoir au milieu de la fumée.

10

Le lendemain était un mardi, encore une journée de préparation au SAT avec Roux. J'ai été tentée de sécher, avant de me rappeler que c'était le dernier cours. En plus, si je n'y allais pas, mes parents me demanderaient des explications et je devrais leur avouer que la situation avec Roux était tendue, et ils voudraient qu'on « discute », et je n'avais aucune envie de « discuter ».

Dommage qu'il n'existe pas un système qui fasse que mes parents comprennent ce qui ne va pas sans que j'aie à le leur expliquer. Ça me rendrait la vie tellement plus simple.

Je me suis traînée jusqu'au bâtiment principal de l'université de New York, là où avaient lieu les cours, et je suis allée m'installer au fond de la salle de classe avec quelques minutes de retard. J'étais de mauvaise humeur à cause du manque de sommeil. J'avais encore passé la nuit bouclée dans ma chambre à travailler sur la serrure d'Angelo, toujours sans résultat, en attendant que Roux m'appelle pour qu'on parle.

Mon portable n'avait pas sonné. La serrure ne s'était pas ouverte. J'avais fini par me coucher et je n'avais pas fermé l'œil.

Roux était assise vers le milieu, quelques rangées devant moi, courbée sur son échiquier de voyage. Elle avait l'air tendue, le dos raide, et je voyais bien qu'elle faisait tout pour ne pas se retourner.

Le prof (une espèce d'assistant qui n'était clairement là que pour se faire du fric pendant les vacances) blablatait au tableau sur les analogies.

– Le haut est au bas ce que la lumière est à… ? ânonnait-il.

Personne n'a pris la peine de répondre, même si on pouvait difficilement imaginer une question plus facile. La moitié du groupe était trop timide pour prendre la parole et l'autre tapait des textos en douce sur son portable.

Enfin, sauf moi. J'étais trop énervée. À quoi servait ce foutu SAT ? Qu'est-ce que ce diplôme allait changer, à ma vie ou à celle de tous les autres ? Qu'est-ce qu'on en avait à fiche d'être bon en analogies ? Et d'ailleurs, par quelle opération tordue cet exam' en était-il arrivé à devenir la base de mesure de l'intelligence ? Plus besoin de se demander pourquoi l'économie mondiale s'effondrait; c'était à cause de ces débilités de tests standardisés!

Je rappelle que je n'avais pas beaucoup dormi.

– Euh, Roux? Roux Green? a lancé le prof assistant, en lisant son nom sur le carton placé devant elle.

Il prononçait «rouxe», ce qui m'a fait grincer des dents. Elle n'avait pas relevé la tête, probablement occupée à mûrir son prochain mouvement stratégique, et ce n'est pas aux échecs que je pensais.

– Vous, vous n'avez pas dû prendre français langue étrangère, lui a-t-elle déclaré sans daigner le regarder.

– Pardon?

– Ça se dit «rou». Pas «rouxe». Au bout de dix minutes de cours de français, tout le monde sait ça. Vous avez dû rater cette question-là à *votre* exam'.

Elle n'avait toujours pas relevé la tête.

Le prof a commencé à s'agiter. Je me mordais la joue pour ne pas rire. Je savais faire un certain nombre de trucs plutôt bien, mais il n'y avait pas plus douée que Roux pour provoquer un esclandre.

– Vous pouvez répondre à ma question? a-t-il éludé. À moins que vous n'ayez besoin d'envoyer un SMS pour ça?

Erreur, le p'tit prof. Grossière erreur.

– Je n'envoie pas de SMS, je joue aux échecs. Cavalier au bord de l'échiquier, pieds et poings liés. Je ne vous apprends rien.

J'avais entendu Angelo lui répéter ça plusieurs fois, sans avoir la moindre idée de ce que ça signifiait.

– Ce que la lumière est à l'obscurité, a continué Roux. Un hamster trouverait la réponse. Les emprunts étudiants, ça doit vous coûter bonbon, pour avoir pris un boulot aussi nul. Avec une mention à vos exams, vous auriez peut-être eu une bourse ?

Je retrouvais la bonne vieille Roux de l'an passé ; celle qui frappait comme un cobra pour être sûre que les autres ne la frapperaient pas en premier. Plusieurs élèves la fixaient bouche bée. Une fille s'est penchée pour murmurer à l'oreille de sa voisine, qui a regardé Roux en gloussant.

Même si je ne suis pas spécialiste en ados, il était clair que ce gloussement-là n'avait rien de sympa. Elles sortaient des crasses sur Roux, dont les oreilles viraient au rouge vif.

– Elle a la rage parce qu'elle prend cher sur Facebook, a glissé une troisième fille. Hou, les vilains. La pauvre Rouxie ! C'est moche, personne ne l'aime, même pas son papa et sa maman.

Un poids m'a écrasé la poitrine. On aurait dit que la salle s'était vidée de son air. Dans un silence total, Roux a pris son sac et elle est sortie en trombe. Sa chaise est tombée bruyamment, brisant la tension générale. Je ne connaissais pas ces filles – j'étais à peu près sûre qu'elles ne fréquentaient pas Harper –, mais elles, en tout cas, elles connaissaient Roux.

Et ce n'était pas une bonne nouvelle.

J'ai ramassé mon sac à mon tour pour me précipiter dehors.

– Roux ! Attends-moi !

Mais elle était déjà loin, marchant à toute vitesse, et j'ai dû courir pour la rattraper.

– Attends ! Tu vas t'arrêter, oui ?

– Fiche-moi la paix ! m'a-t-elle crié en faisant volte-face, ses cheveux volant comme un voile autour de sa tête. Tu m'as clairement expliqué que les choses étaient en train de changer, non ? À quoi ça rime de faire comme si de rien n'était, maintenant ?

– Roux, ce n'est pas parce que les choses changent que...

– Qu'on ne peut pas rester amies ? C'est ce que tu allais dire ? Sois réaliste, Maggie ; Jesse, toi et moi, c'est du provisoire. Personne ne te fera arrêter d'être espionne. C'est ta nature.

– Je peux être plus que... plus que ça, ai-je répondu. Je peux être plus qu'une chose à la fois. Comme tout le monde.

– Ah oui ? Tu crois que tu vas passer tes examens, continuer tes études et ne plus jamais traquer un type de ta vie ?

Elle a eu une moue dubitative avant de reprendre :

– Franchement, ça fait longtemps que je n'ai pas entendu un truc aussi idiot ; et c'est pas faute d'en entendre en ce moment.

Je me suis demandé ce qu'on disait d'elle sur Facebook.

– Écoute, Maggie…

Elle a pris une grande inspiration et expiré lentement en se pinçant la racine du nez, et j'ai compris qu'elle se retenait de pleurer.

– … avant que tu arrives, j'étais toute seule, et ce sera de nouveau le cas si tu t'en vas.

– Roux…

– Je ne dis pas ça pour te culpabiliser, mais c'est comme ça, c'est la vérité, et tu le sais.

Son portable a sonné, et ses traits se sont affaissés quand elle a regardé l'écran.

– Génial, encore une mise à jour sur Facebook, a-t-elle lâché entre ses dents.

– Roux, le fait que les choses changent n'est pas nécessairement mauvais, ai-je déclaré, dans l'espoir de la détourner de son portable. Je ne vais pas m'envoler demain pour toujours.

– Je suis en retard pour le taekwondo. On se parle plus tard, OK ?

Et avant que j'aie pu lui répondre, elle avait passé la porte et disparu dans la foule.

– Bon sang, ai-je marmonné en passant une main dans mes cheveux.

Il était hors de question que je retourne dans cette salle de cours et je ne voulais pas rentrer chez moi. Alors j'ai remonté la rue pour aller prendre un café chez Dean & DeLuca, où je me suis installée à une table derrière la vitre. Là, j'ai sorti ma foutue serrure de mon sac et j'ai fait ce que je faisais le mieux : je me suis mise au boulot.

Quelques heures plus tard, j'avais accompli une avancée microscopique et presque réussi à ouvrir le troisième verrou avant de perdre ma prise et qu'il se referme dans un déclic. C'est là que j'ai vu la carte d'Angelo scotchée de l'autre côté de la vitre. On distinguait au dos ce qui ressemblait à un dessin à l'encre, qui suivait les contours du « A » en relief.

Je ne comprendrai jamais comment il arrive à faire ça sans que je le voie.

En allant récupérer sa carte dehors, j'ai découvert le croquis d'un château en pierre aux fenêtres cintrées et aux tourelles en ruine, entouré d'arbres et d'eau.

Le château du Belvédère à Central Park.

– Génial, ai-je grogné en me mettant en route vers la station de la ligne 6 à Astor Place.

Si vous décidez un jour de visiter le château du

Belvédère, un bon tuyau : échauffez-vous un peu les mollets avant, ou trouvez un sherpa pour vous porter. Il est bourré d'escaliers.

J'espérais qu'Angelo avait une bonne raison de me faire courir jusque là-bas, autre que son amour pour l'architecture. On devait pouvoir trouver des vieilles pierres plus près du centre.

Arrivée sur place, j'ai mis quelques minutes à le repérer, et manqué une respiration quand mes yeux sont tombés sur lui. Je ne sais pas si c'était une bonne raison, mais il ne m'avait pas fait déplacer pour rien.

Il était assis à une petite table en bois devant un échiquier, dont les pièces étaient disposées en ordre stratégique. Il plissait le front, comme toujours quand il se concentre, mais son regard semblait calme et passif.

– Oh, doucement, doucement, a-t-il déclaré quand son adversaire a fait mine de déplacer son cavalier. Rappelle-toi, ma belle : cavalier au bord de l'échiquier, pieds et poings liés.

Son adversaire, en revanche, était tout sauf posée.

– Pourquoi tu me répètes ça *tout le temps* ? s'est emportée Roux tandis que je m'approchais doucement dans son dos. Tu n'arrêtes pas de me dire ce truc, qui est du chinois pour moi, et ça m'exaspère. Argh.

Elle n'avait pas encore lâché son cavalier, qu'elle maintenait du bout de l'index.

– C'est des gros mots de joueurs d'échecs en langage codé ? Ils se défoulent avec des platitudes sur la lente agonie des cavaliers ?

– Tiens, qui voilà ! s'est exclamé Angelo en me regardant.

Roux a pivoté à quatre-vingt-dix degrés sur sa chaise, les yeux rouges et gonflés. Ça m'a fait mal de la voir comme ça.

– Qui eût cru qu'on se croiserait ici, Maggie ? a poursuivi Angelo. Précisément dans ce château, en plus ?

– Oui, c'est dingue, ai-je rétorqué en brandissant sa carte.

Roux a fait volte-face comme une tornade.

– Tu m'as menti ! Tu as dit que tu voulais jouer aux échecs !

– Et c'est ce que nous faisons, a-t-il répondu placidement. Je n'appellerais pas cela un mensonge.

Sa voix gardait un ton neutre et une texture égale, ce qui devait faire grimper Roux au mur.

– Mais tu ne m'as jamais dit qu'elle serait là aussi !

– « Elle » ? ai-je répété en les rejoignant à la table. Tu as oublié mon nom ? Je suis là, je te signale.

Roux a remonté ses lunettes de soleil sur son nez et entrepris de ramasser ses affaires.

– Merci pour cet excellent moment, mais je dois y aller.

Angelo a posé une main sur son bras et elle s'est instantanément radoucie. Tout à coup, je me suis rendu compte qu'il y avait plus de points communs entre ces deux-là que de différences. Entêtés, indépendants… et souvent seuls. Je me suis demandé de quoi ils parlaient avant que j'arrive.

– Écoute, ma douce, lui a dit Angelo. Maggie et toi, vous êtes amies. Vous avez partagé beaucoup d'aventures. Tu es dans la confidence de beaucoup de nos secrets. L'amitié ne se laisse pas arrêter par la géographie.

Roux a croisé les bras et posé un regard noir sur l'échiquier.

– Maintenant, asseyez-vous, a repris Angelo. Je vais acheter une bouteille d'eau, je reviens dans cinq minutes. Vous devriez discuter, toutes les deux.

Tout en parlant, il s'est levé en me désignant sa chaise.

– Il n'y a rien à dire, a répliqué sèchement Roux.

– Ah non ? J'ai du mal à le croire. Je vous vois toujours en train de caqueter. Des petites pies, voilà ce que vous êtes.

Et il est parti en lui donnant une tape sur la tête, nous laissant dans un silence de plomb.

– Booon, ai-je fait en prenant un des pions d'Angelo. Alors.

– Ouais. Bon. Et repose ça, tu mets le souk dans le jeu.

Je me suis exécutée, avant de prendre la reine rien que pour l'énerver.

– Je sais ce que tu es en train de faire, m'a-t-elle signalé en plissant les yeux d'un air mauvais. C'est moi qui ai inventé ce jeu-là.

– Les échecs ? Tu fais plus jeune que ton âge.

Elle a ouvert la bouche et l'a refermée, s'est rassise, a tapé trois fois du pied par terre, rouvert la bouche.

– Je te parle de manipulation. Et *peut-être* que j'ai réagi de manière un peu excessive, OK ? Je me doute que ça a dû te surprendre, vu que jamais, au grand jamais, je ne réagis comme ça.

Je l'ai défiée en remuant les sourcils tout en faisant rouler la reine dans ma paume, ce qui ne pouvait que la mettre en rogne.

– Qu'est-ce que tu… ? Mais arrête, remets ce… ! Je rêve, tu n'as vraiment aucun respect pour ce vénérable jeu de bras de fer mental, hein ? C'est irrévérencieux !

J'ai reposé la reine sur la mauvaise case, et souri tandis qu'elle la replaçait sur la bonne.

– Roux, tu ne peux pas mettre fin à notre amitié simplement parce qu'il *risque* d'arriver quelque chose. Je ne te laisserai pas faire, ou je ne serais pas ton amie.

Elle a poussé un long soupir étouffé, avant de poser le doigt sur le roi pour le renverser. On a gloussé.

– Je déteste ce mec, m'a-t-elle informée. Il reste planté

là à se tourner les pouces pendant que la reine s'agite partout sur l'échiquier. Trop nul.

Comme je ne disais rien, elle a continué :

– Je suis super déprimée. Demande à Angelo, je lui ai tout expliqué.

Je me suis tournée vers Angelo, qui inspectait son portable près de la buvette.

– Ah bon ?

– Je n'avais personne d'autre à qui parler, m'a-t-elle confirmé en hochant la tête.

Ouille. Ça, ça faisait mal.

– Tu comprends, ça me fait drôle d'ignorer des choses sur ta vie, a-t-elle repris sans remarquer ma grimace. Les amis, normalement, ça partage tout, non ? Enfin, nous, en tout cas. Avec tous ces coffres qu'on a percés et…

Je n'ai pas pu me retenir :

– « On » ?

– Ouais, tu m'as comprise. Et là, on dirait que tu vas encore faire un truc cool, et je reste sur le carreau.

Elle a haussé les épaules et paru soudain toute petite.

– Je déteste rester sur le carreau. Ça craint.

– C'est sûr, ai-je admis, en songeant à toutes les villes où j'avais vécu, à tous les logements que j'avais occupés, à toutes les amitiés que je n'avais pas pu tisser.

– Alors tu m'expliques ?

J'ai ri malgré moi.

– Non. Mais si ça peut te consoler, je n'ai rien expliqué non plus à Jesse. Et il a autant envie de savoir que toi.

Ma dernière phrase était un peu exagérée, mais tant qu'elle ne le savait pas, ça ne pouvait pas lui faire de mal.

– Ben y'a intérêt, parce que si jamais tu mets ce bouffon dans la confidence et pas moi, je déclenche une émeute.

Elle s'est adossée à sa chaise d'un air assez content d'elle.

– Et je fais ça mieux que n'importe qui.

– Merci de le préciser, j'avais remarqué. Et, Roux, ce n'est pas que je ne veux pas t'en parler. C'est simple, Angelo est la seule personne avec qui je puisse discuter de ça. Alors je sais ce que c'est que de se sentir seule.

– Angelo a raté sa vocation. Il aurait dû faire psy.

– Je crois que c'est ce qu'il fait.

Ça a fait glousser Roux.

– Mais tu peux quand même répondre à *une* question sur ton affaire ?

– Ça dépend.

Elle s'est penchée en avant, la mine grave.

– Est-ce que je pourrai encore balancer mon poing dans la figure de quelqu'un, cette fois-ci ?

– Je te tiendrai au courant, lui ai-je promis en riant.

Elle m'a fait un grand sourire. J'étais heureuse d'avoir retrouvé mon amie.

11

Je les ai regardés jouer aux échecs un moment, puis Roux a dû partir pour sa séance de massage.

– Mon corps a besoin de se libérer de toute cette tension ! a-t-elle déclaré en prenant son sac. Je crois que j'ai un enveloppement d'algues prévu aussi. Adieu, toxines !

Elle a agité le bras comme une sorcière jetant un sort, avant de secouer un index menaçant sous le nez d'Angelo.

– Toi, ne touche pas cet échiquier ou ça annule toute la partie et je gagne par défaut.

– Cela ne me traverserait pas l'esprit, ma chère, lui a-t-il assuré en levant les mains vers l'extérieur en signe d'innocence.

– Merci, l'ai-je entendue murmurer en le prenant par la taille.

Il a souri en lui tapotant l'épaule.

– À ton service, ma belle. Je te l'ai dit, on prend toujours soin de nos amis.

Après le départ de Roux, je me suis affalée sur sa chaise en jetant un coup d'œil sur le jeu d'échecs.

– On dirait que ce machin ne change jamais, ai-je dit. Je n'ai même pas l'impression que vous ayez déplacé un seul pion.

– On bricole en amateurs, m'a-t-il répondu. Alors, comment va Maggie ? Elle a retrouvé sa meilleure amie, elle devrait se sentir mieux !

– C'est un fait, ai-je confirmé. Cela dit, je crois que je ne suis pas très douée comme amie.

– Voilà une chose que je trouve difficile à croire.

– Il y avait des filles qui disaient des trucs moches sur Roux tout à l'heure, et je ne l'ai même pas défendue. Tu parles d'une amie !

Ça m'a soulagée de l'avouer, mais je ne me suis pas sentie moins nulle pour autant.

Angelo a gardé le silence un moment en roulant le cavalier dans sa main. (Un tic que je devais tenir de lui.)

– Il faut parfois se concentrer sur le tableau général sans trop s'attacher aux détails. Tu as toujours été là pour elle, non ?

– Si, et elle pour moi.

– Donc, un faux pas n'est pas si grave. Ce qui compte, c'est d'être là quand les autres ont vraiment besoin de toi.

– Ce n'est plus de Roux qu'on parle là, si ? ai-je demandé.

– Non, en effet.

Angelo a reposé le cavalier et croisé les mains posément devant lui.

– Il y a une chose que tu dois savoir.

J'ai senti mes cheveux se hérisser dans ma nuque.

– D'autres personnes se sont manifestées pour dire qu'elles avaient été renvoyées du Collectif.

– Combien ?

– Trois, m'a-t-il répondu sans tourner autour du pot.

– Je peux te demander comment tu l'as appris ?

Angelo a regardé brièvement par-dessus mon épaule et poussé vers moi la bouteille d'eau de Roux, qu'elle n'avait pas ouverte.

– Tu dois t'hydrater, ma puce. Il fait chaud aujourd'hui. Et je ne peux pas te répondre. Du moins pour l'instant.

J'avais carrément la chair de poule, maintenant.

– Pourquoi ?

– Il devient de plus en plus difficile de distinguer les amis des ennemis, m'a-t-il chuchoté.

– Des fissures dans l'armure du Collectif, ai-je supposé.

– Quelques-unes, oui. Mais Dominique Arment fait sans équivoque partie des ennemis.

Il a tapoté la bouteille d'eau, que je me suis décidée à prendre.

– Mais pourquoi maintenant ? Pourquoi se retourne-t-il contre nous tout à coup ?

Angelo a lâché un petit soupir prolongé.

– Apparemment, la mort de Colton Hooper lui aurait ouvert des perspectives. Ils étaient ennemis…

– Qui n'était pas ennemi avec Colton ?

– … et après la mort de Colton, Dominique a décidé de passer à l'action.

– En résumé, on a supprimé un méchant pour qu'un autre prenne sa place, ai-je commenté avec découragement.

– Tous les méchants n'ont pas les mêmes motivations, a nuancé Angelo. Pour paraphraser Tolstoï, chaque méchant l'est à sa manière. Dominique a décidé qu'il voulait diriger le Collectif tout seul, et ceux qui ne sont pas d'accord, eh bien…

La suite n'était pas difficile à déduire.

– Maggie, si je te raconte ça, c'est pour que tu comprennes une chose. Tu ne dois parler de ça à personne sans mon feu vert. C'est clair ?

– Évidemment. De toute façon, je ne vois pas à qui j'en parlerais.

– À personne. Et si quelqu'un te dit qu'il fait partie du Collectif, ça ne suffit plus pour que tu lui fasses confiance. Ce sera à moi d'en décider.

– Mais avec mes parents ? J'ai ton autorisation ?

Je blaguais ; mais le visage d'Angelo s'est assombri.

– Pas à moins que je te le dise.

Si je n'avais pas été assise, je serais tombée à la renverse.

– Attends, c'est pas vrai, tu ne crois pas que mes parents sont...

– Non, non, chérie, excuse-moi. Bien sûr que non. Mais je pense que moins ils en sauront, mieux ça vaudra. Ce sera plus prudent pour tout le monde.

C'était bien la première fois qu'il me demandait de cacher des choses à mes parents. L'heure était grave.

– Sur une échelle de un à dix, on est à quel degré de danger ? lui ai-je demandé.

– Je dirais sept, peut-être huit.

– Et si je n'arrive pas à entrer chez Dominique par effraction pour trouver les pièces ?

Angelo a souri.

– À quand remonte la dernière fois où tu n'as pas réussi à crocheter une serrure ?

– Bon, d'accord. Autre scénario : si j'arrive à entrer chez lui mais que les pièces n'y sont pas ? Il se passe quoi ?

– Chaque chose en son temps. On s'en souciera si le problème se pose.

Mais à son ton, j'ai eu le sentiment qu'il était persuadé que les pièces se trouvaient bien chez notre homme.

En regardant les touristes qui grimpaient les escaliers

du château, j'ai envié leur vie facile, leur capacité à voyager avec un seul passeport, un seul nom, une seule identité.

– C'est horrible, j'ai l'impression de faire du sur-place, me suis-je plainte. Je n'arrive pas à débloquer la serrure que tu m'as donnée, je ne peux pas encore aller chez Dominique... Je n'aime pas ça. Je voudrais tellement que ça bouge !

– Oh, ma douce. Réfléchis bien avant de formuler un souhait.

Le poids de ses paroles est resté suspendu entre nous un moment, puis il a ajouté à mi-voix :

– Tu as quelque chose de prévu vendredi soir ?

Le vendredi, j'avais rendez-vous pour dîner avec Jesse et sa mère, mais si je le disais à Angelo, il insisterait pour que j'y aille.

– Non, je suis... ai-je commencé sur le même ton.

– Parfait. Tu pourras aller faire un petit tour chez Dominique Arment. Il retrouve sa femme pour dîner dehors tous les vendredis soir à six heures. Tu as deux heures devant toi.

J'avais rendez-vous avec Jesse et sa mère vers huit heures. C'était jouable. En me débrouillant bien, je pourrais même être en avance au restaurant.

– J'y serai, ai-je répondu à Angelo.

– Tu te souviens de l'adresse ?

22, Pomander Walk.

– Bien sûr.

– Parfait. Bien, dossier suivant. Tu me dis que tu n'arrives pas à ouvrir cette serrure ? Tu l'as avec toi ?

– Je la traîne partout comme une esclave, ai-je dit en sortant le gros bidule lourdaud de mon sac. Plus débile que ce truc débile, tu meurs.

Angelo, grand défenseur du langage châtié, a eu un petit claquement de langue réprobateur.

– Tu en es où ?

– Je ne suis pas très avancée, ai-je admis en donnant une pichenette à l'une des serrures. Regarde-moi ça. C'est impossible ! Il y a quatre trous de serrures en tout, dont une à gauche et une à droite. Le côté droit donne accès à une petite porte qui comporte deux autres trous de serrure, mais celui du milieu ne peut être ouvert qu'en dernier. Voilà où j'en suis pour l'instant. Pas moyen d'atteindre le dernier, et la plupart du temps, je n'arrive même pas à ouvrir le premier. C'est quoi, cet engin ? Un instrument de torture médiéval ? Tu peux me le dire, je le garderai pour moi.

Angelo m'a souri d'un air contrit et a manipulé la serrure pour l'examiner de profil.

Elle m'a paru plus petite, plus maniable dans sa main à lui.

– Je ne pense pas t'avoir expliqué d'où venait cet

objet, a-t-il murmuré. Si ? Je suis un vieux bonhomme, ma mémoire me joue parfois des tours.

– Oh, arrête. Ta mémoire est infaillible et tu n'es pas vieux. Ou tu serais tombé dans un escalier et tu te serais fracturé la hanche. Ce qui ne t'est pas arrivé, donc tu n'es pas vieux.

– Ta connaissance des processus de vieillissement est aussi lacunaire qu'effrayante, m'a-t-il taquinée.

Puis il a jeté des petits coups d'œil à gauche et à droite. C'était fait trop discrètement pour qu'un autre que moi s'en aperçoive, mais je savais qu'il passait les visages au crible, s'assurant que tout était normal. Les hordes de touristes continuaient à circuler autour de nous, et il s'est penché pour me chuchoter :

– Cette serrure vient d'un très vieux monastère grec, le monastère de Saint-Paul, sur le mont Athos. Tu en as peut-être entendu parler ?

– Je te remercie pour ton optimisme, mais à quelle fréquence crois-tu que je discute monastères grecs avec Jesse et Roux ?

– Argument recevable. Ton absence d'éducation religieuse mise à part, ce monastère date du XIIIe siècle. Les moines se lèvent à trois heures du matin et prient toute la journée dans un silence presque complet. Très monastique, pour tout dire. Dommage que les femmes n'y soient pas acceptées, je suis sûr que tu adorerais.

– Je pourrais peut-être emmener Roux, histoire de mettre un peu d'ambiance, ai-je répondu en souriant.

Angelo a éclaté de rire.

– Que le ciel les protège ! Pour en revenir à ces moines, ils veillent également sur des milliers d'objets et de trésors religieux qui valent des millions, peut-être même des milliards de dollars.

– Il y a toujours de l'argent à gagner, ai-je murmuré en reprenant une phrase qu'il m'avait dite. Il y a déjà eu des tentatives de vol ?

Angelo a secoué la tête négativement.

– Une suggestion sur la raison ?

J'ai baissé les yeux sur la serrure qu'il tenait entre les mains.

– Oh.

– Absolument, a-t-il confirmé en tapant le bout de mon nez avant de me rendre la serrure. Cet objet est en réalité l'une des quelques copies de la serrure qui garde ces précieux trésors. Seuls une poignée de moines ont accès aux clés, et aucun ne peut jamais détenir plus d'une clé à la fois.

– Une sorte de fonctionnement en équipe ?

– Probablement. Ça les a protégés contre les croisés, les nazis et d'innombrables tentatives de cambriolage.

– Comment sais-tu tout ça ? ai-je demandé. Depuis quand es-tu expert en monastères ?

– Oh, j'ai mes informateurs. J'aime bien en savoir un petit peu sur toutes sortes de choses. Je trouve que c'est ce qui rend la vie intéressante.

– Et tu n'as pas de conseils à me donner pour venir à bout de cette saleté ? Parce que ça me rend dingue. Je déteste tomber sur un objet inanimé plus intelligent que moi.

– Je crois que tu l'as bien montré au fil des années, a-t-il répliqué avec un sourire moqueur. Continue d'essayer. Elle s'ouvrira quand tu en auras vraiment besoin.

– Et c'est tout ? me suis-je exclamée. Tu n'as pas d'autre conseil que ça ?

Il a haussé les épaules.

– Si je savais ouvrir ce genre de serrure, ma belle, je n'aurais pas besoin de toi sur cette affaire.

– Vieux ou pas, je crois que je vais te péter la hanche, ai-je grondé en le foudroyant du regard.

Il a éclaté de rire en passant un bras autour de mes épaules.

– Je peux t'assurer que de plus coriaces que toi s'y sont cassé les dents.

12

Je n'ai pas fermé l'œil dans la nuit du jeudi au vendredi, trop stressée par l'idée de m'introduire dans l'appartement de Dominique, et encore plus par le fait de devoir le cacher à mes parents. Depuis que j'étais en âge de parler, on avait toujours discuté de nos dossiers. Je les avais toujours consultés, écoutés, et voilà que du jour au lendemain, je me retrouvais toute seule. Ils étaient là sans l'être et ça me donnait un sentiment d'instabilité, de déséquilibre.

C'est drôle comme tout à coup, je voyais la situation familiale de Roux sous un jour nouveau.

Cela dit, ce sentiment d'insécurité ne faisait que me confirmer ce que je savais déjà : je devais retrouver ces pièces et prouver l'innocence de mes parents. Même si le Collectif maintenait sa décision de nous virer, je ferais éclater la vérité. Et c'est moi qui la leur livrerais.

Dans ma détermination, j'avais oublié un petit détail : mes parents aussi étaient des espions.

– Où vas-tu ? m'a demandé mon père quand il m'a vue enfiler mon sweat le vendredi soir.

– Je dîne avec Jesse et sa mère. Je passe d'abord chez Roux, elle doit m'aider à choisir quoi mettre. Une histoire de chaussures et de l'art de ne pas marcher comme un bulldozer, à ce que j'ai compris.

Ça, c'était vrai. Roux essayait depuis des mois de me faire porter des talons hauts et je m'entêtais à refuser.

En revanche, je n'allais pas chez Roux.

– Tu dînes avec la mère de Jesse ? a relevé ma mère, soudain intéressée. Vous allez où ?

– Dans un resto de sushis dans Bond Street. Je ne connais pas. C'est elle qui a dû le choisir.

– À quelle heure ?

J'ai hésité en tirant sur mes boots.

– C'est une inquisition ?

– Pas besoin d'être sur la défensive, a répliqué ma mère en levant les sourcils.

– C'est toi qui l'es. Moi, j'essaie juste de mettre ces fichus boots.

Mon père s'est penché pour que je puisse me tenir à son épaule pendant que je faisais la cigogne sur une jambe.

– Tu te couches très tard ces temps-ci, a-t-il observé, dans une pitoyable tentative pour prendre un ton détaché. Tu as du boulot ?

– Oui, je suis sur la serrure que m'a donnée Angelo. C'est du délire. Je passe mes journées à me prendre la tête pour essayer de comprendre pourquoi je n'y arrive pas.

Demi-vérité, ai-je songé. Je ne leur mentais pas vraiment.

– Tu es sûre que tu ne sors pas à cause de cette histoire de pièces ?

Trop forts, mes parents.

– Puisque je vous dis que je vais dîner avec Jesse et sa mère ! Appelez le resto pour vérifier, si vous ne me croyez pas !

– Mais tu pars super tôt, a insisté mon père en arpentant la cuisine.

Ce n'est jamais bon signe quand il commence à faire les cent pas.

– Vous m'écoutez quand je vous parle ? Je passe chez Roux ! Qu'est-ce que vous avez à être à cran comme ça tous les deux ?

Ils n'avaient pas besoin de me répondre ; les espions reniflent les embrouilles même quand ce ne sont pas les leurs. Mes parents sentaient qu'il y avait un truc dans l'air parce qu'il y avait un truc dans l'air.

Ils continuaient à me fixer d'un air mi-accusateur, mi-implorant. J'ai pris mon sac en haussant les épaules.

– Si vous voulez en savoir plus, adressez-vous à Angelo. C'est lui qui m'a mise en mode silence.

J'avais dit ça machinalement, sans y penser, et je n'ai pas compris tout de suite pourquoi il y avait soudain un grand blanc. J'ai commis des tas – mais alors, des tas – d'erreurs stupides dans ma vie, mais cette petite phrase décrochait le pompon. C'était comme si je venais de dégoupiller une grenade dans la cuisine.

– Quoi ? a hurlé ma mère. Il t'a quoi ?

– Il n'a pas le droit de t'ordonner un truc pareil ! a rugi mon père. Où est-il ? Appelle-le immédiatement !

– On est tes parents... !

– C'est inacceptable... !

– HÉ ! ai-je braillé plus fort qu'eux.

Pour un peu, j'aurais pris l'un de nos tabourets pour les tenir à distance, comme un dompteur de lions dans un cirque.

– Je vous ai dit de voir ça avec lui. Mais il a raison, vous êtes trop concernés par cette affaire. Trop impliqués.

– Tu es notre fille ! s'est écriée ma mère. Évidemment qu'on est impliqués !

– Eh bien faites un peu confiance à vos gènes ! Vous vous rappelez ce qui s'est passé la dernière fois que vous ne m'avez pas fait confiance ? Colton Hooper a failli me tuer.

Je reconnais que c'était un coup bas, mais ça a marché.

La tension s'est apaisée, leurs épaules se sont affaissées, et ils m'ont presque fait de la peine.

– Détendez-vous un peu, ai-je repris. Qu'est-ce que vous ferez quand je m'en irai vivre ma vie ? Vous ne pouvez pas contrôler tout ce qui m'arrive. Et vous ne saurez pas toujours tout non plus. Ça va être comme ça aussi quand je ferai mes études après le lycée ? Vous allez m'appeler tous les quarts d'heure pour savoir ce que je fais ?

– Oui, a répondu mon père.

– La différence, a signalé ma mère, c'est qu'à la fac, tu ne risqueras pas ta vie pour sauver la nôtre.

J'ai haussé les épaules en tâchant d'ignorer la boule qui commençait à me serrer la gorge.

– À la guerre comme à la guerre. Il ne fallait pas avoir une fille qui soit une espionne aussi géniale. Mais je vous le répète, je vais dîner avec Jesse. On déstresse, OK ?

Je me suis penchée pour déposer un baiser sur la joue de mon père et j'ai serré ma mère dans mes bras.

– Je ne sais pas, moi. Regardez une émission de téléachat. Prenez un bain, une verveine… Et ne vous inquiétez pas pour moi.

« J'ai déjà bien assez de souci à me faire pour nous tous », ai-je conclu en pensée.

– Tu vas devoir y aller à l'aveuglette, m'a informé Angelo. Je ne sais pas si Dominique a un système de surveillance.

– T'aurais quand même pu me prévenir plus tôt.

On était au milieu de la ligne 42e Avenue-Times Square. C'est toujours l'une des stations les plus fréquentées de la ville, mais le vendredi soir, ça frôlait l'hystérie. On était pris en sandwich entre un violoniste de rue et un chanteur d'opéra, ce qui empêchait les autres d'entendre notre conversation… et les leurs, accessoirement. Le chanteur d'opéra n'y allait pas de main morte dans les aigus.

– Qu'est-ce qui nous dit que les caméras de surveillance du métro ne sont pas en train de nous filmer ? ai-je demandé à Angelo tandis qu'il me passait le plan des lieux. J'aimerais autant ne pas apparaître sur leurs images.

– Quelqu'un se charge de les brouiller en ce moment même. On a environ trois minutes avant que cette caméra (il m'en a désigné une juste au-dessus de nos têtes) ne se remette à fonctionner. Bien, a-t-il ajouté en tapotant le plan, ça, c'est l'appartement de Dominique. Tu l'as en tête ?

Je l'ai examiné quinze secondes.

– C'est bon.

– Fantastique.

Angelo l'a rangé dans sa veste. Les vestes d'Angelo, c'est le sac de Mary Poppins. Je ne serais pas plus surprise que ça s'il sortait un jour de sa poche intérieure un chat sphinx et un porte-chapeaux.

– Les choses à savoir : il y a un code de sécurité, mais on ne le connaît pas.

– Excellente nouvelle, ai-je commenté d'un ton guilleret.

– Tu as une minute pour trouver le code avant que l'alarme se déclenche. En cas de déclenchement, tu as cinq minutes avant l'arrivée de la police et quinze avant celle de Dominique.

– Une chance que j'aime les défis. On a une idée de ce que peut être le code de l'alarme ?

– Il le change tous les jours.

J'ai fermé les yeux et inspiré à fond.

« Tout va bien, me suis-je répété. Tu es la meilleure. Tu peux le faire. »

– Ne t'inquiète pas, ma douce, m'a dit Angelo en lisant dans mes pensées. Tu es la meilleure dans la profession, tout le monde le sait.

– Ouais, c'est bien le problème. Tout le monde le sait, y compris nos ennemis.

– Certes. Mais ça les empêche de se ramollir.

Il m'a fait un clin d'œil en me tapotant l'épaule.

– Et mieux vaut être à la place du chasseur qu'à celle du gibier, a-t-il conclu.

– Pourvu que ça dure.

– Préviens-moi quand tu seras ressortie. Et ne t'en fais pas, tu es un vrai chat. Tu retombes toujours sur tes pieds.

Ce n'était pas faux, mais Angelo oubliait une chose : pour atterrir sur ses pattes, un chat doit d'abord tomber en chute libre.

J'ai gardé mes réflexions pour moi et je me suis contentée de secouer mes mains en sautillant sur place comme un footballeur avant le match. Ça faisait du bien de retrouver cette poussée d'adrénaline, cette sensation de chaleur sous la peau, d'avoir tous les sens en alerte maximale. Le chanteur d'opéra avait atteint un volume assourdissant. Je sentais le métro vrombir sous mes pieds, l'air humide des souterrains glisser sur mon visage. J'avais l'impression d'être de retour dans mon monde, et je n'avais pas réalisé jusque-là combien j'avais eu le mal du pays.

Angelo me regardait en souriant.

– Ravi de te voir de retour.

– Oh, je n'étais pas partie pour de bon, ai-je rectifié avec un grand sourire joyeux qui m'a tiré les pommettes. Fais-moi entrer sur le terrain, coach, je vais les massacrer !

13

Pomander Walk était une toute petite allée de l'Upper West Side nichée entre la 94e et la 99e Rue, fermée par des grilles de sécurité. On pouvait facilement passer devant sans la voir. Elle avait des allures de ruelle londonienne, avec ses maisons de style Tudor peintes en couleurs vives et ses vrais lampadaires à gaz. Je comprenais que Dominique l'ait choisie pour y retrouver ses maîtresses. On n'a pas besoin d'être anglais pour apprécier le charme discret d'une allée secrète et protégée, surtout si on a quelque chose à cacher; quelque chose de plus gros qu'une maîtresse.

Il y avait un peu de passage, rien d'extraordinaire pour un vendredi soir à Manhattan. Ça n'avait pas d'importance; je savais que je pouvais crocheter cette serrure sans attirer les regards. C'est l'immense avantage d'opérer à New York: personne ne prête la moindre attention à ce que font les autres. Si j'avais voulu ouvrir cette serrure au chalumeau déguisée en Mickey, les gens ne se seraient pas retournés. (Non pas que ça fasse partie de mes projets. Tout ce tissu à proximité d'une flamme découverte ? Je me retrouverais flambée en dix secondes, avec la médaille d'or de la pire espionne du monde.)

J'ai sorti une épingle de ma poche et commencé à frotter doucement les goupilles à l'intérieur de la serrure. Les résidants de Pomander Walk auraient mieux fait de garder l'argent de leur système de sécurité pour s'acheter des dobermans, parce que la serrure s'est ouverte en moins de dix secondes et que j'ai pu franchir tranquillement la grille, comme une lycéenne qui rentrerait de cours.

C'est fou ce que les apparences sont trompeuses.

Même si la maison de Dominique était censée être vide, j'ai quand même jeté un coup d'œil par la fenêtre en passant, au cas où je repérerais de la lumière ou un signe de vie. Mais l'intérieur était sombre. J'entendais les bruits du quotidien en provenance des maisons voisines. Des cliquetis de vaisselle, des pleurs de bébé, un klaxon plus loin. Ça m'aurait arrangé si ce bébé avait pu brailler plus fort, mais je ne pouvais pas compter uniquement là-dessus pour créer une diversion. Un jour, à Milan, mon père avait échappé de justesse à la capture grâce à un bébé qui pleurait. Ça faisait des années, mais il ne se lassait pas de cette histoire. Contrairement à ma mère et moi.

Je m'étais doutée qu'entrer chez Dominique ne serait pas si simple que ça, et je ne m'étais pas trompée : la serrure allait bien au-delà du pêne dormant classique. La porte en comportait deux, ainsi qu'une serrure plus légère du même type que celui de la grille. Une fois à l'intérieur, il me restait encore à déchiffrer le système de sécurité en soixante secondes avant que l'alarme ne sonne. Apparemment, Dominique était allergique aux chiens ; pas de risque que Médor ne vienne me déchiqueter les mollets. Mais je savais que ces serrures me tiendraient occupée pendant au moins cinq minutes. C'était déjà une chance qu'il n'y ait pas de scanner à empreinte digitale comme chez nous. Après tout, Pomander Walk était censée être une petite enclave pittoresque, et installer un dispostif pareil serait revenu à clouer une pancarte clamant : HOU HOU, IL Y A DES CHOSES TRRRÈS INTÉRESSANTES DERRIÈRE CES PORTES ! Je parie que ça aurait perturbé les patrouilles de surveillance du quartier.

Les deux premiers pênes dormants ne m'ont pas donné trop de mal, et j'ai réglé son compte à la petite serrure en quelques secondes. Mais le poids de mon sac m'a déséquilibrée et j'ai appuyé sur la poignée en m'y rattrapant pour me retenir.

– Mince, ai-je marmonné.

Je suis restée parfaitement immobile le temps de

m'assurer que je n'avais pas accidentellement déclenché le compte à rebours de soixante secondes avant la sonnerie. Pour désactiver l'alarme, ces soixante secondes n'étaient pas de trop. Mon record personnel était de sept secondes... et mon pire temps, de soixante et une secondes.

Après une petite prière pour être dans une de mes soirées «record de rapidité», j'ai tourné prudemment la poignée et ouvert la porte.

J'ai guetté les bips d'avertissement de l'alarme, tous mes muscles raidis par la tension. Mon cœur s'affolait comme celui d'un lapin, mon pouls tambourinait dans mes oreilles, mais mes mains ne tremblaient pas. Elles ne tremblent jamais quand je suis tendue. C'est l'une des raisons qui font que je suis bonne dans mon boulot.

J'ai attendu quelques secondes, et encore quelques autres, mais il ne s'est rien passé. Mon cœur battait à toute vitesse. Ce n'était pas normal. Pas du tout normal. L'alarme aurait dû se mettre en marche. Dominique ne serait jamais sorti de chez lui sans l'enclencher. C'était un pro, un ex-agent du Collectif. Il ne serait pas sorti sans l'allumer parce que...

Malheur. Il ne l'avait pas allumée parce qu'il n'était *pas* sorti.

Il était chez lui.

14

Mon cerveau est passé en mode survie à une vitesse étonnante, compte tenu du fait que j'avais décroché depuis un bout de temps.

Quand quelqu'un veut vous tendre un traquenard, classiquement, il piège une pièce de manière à vous tomber dessus rapidement, sans vous laisser le temps de réaliser l'existence même du piège. Personne ne m'ayant encore saisie ni attaquée, j'étais à peu près sûre que la surprise était à mon avantage.

Bon. Vérifier l'absence de tout élément bizarre, inhabituel ou trop voyant. Maintenant que ma vision s'était accommodée à la pénombre, je distinguais une lueur dans la cuisine et une autre à l'étage. Il n'y avait ni fils déclencheurs, ni points de lumière laser dansant sur mon visage, ni porte métallique se rabattant derrière moi pour m'emprisonner.

Il y avait un bruissement continu à l'étage, comme de l'eau qui coulait. Immobile, j'ai essayé de l'identifier, au cas où Dominique Arment aurait décidé de m'attirer chez lui pour inonder sa maison jusqu'à ce que je me noie sous la table basse, quand le bruit s'est arrêté brusquement.

« Oh, je rêve », me suis-je murmuré. Toute cette planification millimétrique pour débarquer au moment où Dominique était sous sa douche ?

Bon, ce n'était pas ce qui était prévu, mais j'allais devoir faire avec.

Ignorant le temps dont je disposais avant qu'il ne descende, j'ai gagné le salon. Pour cacher mes cheveux, je m'étais fait une natte que j'avais coincée dans le dos de mon tee-shirt. Par cette chaleur, c'était toujours plus discret qu'un bonnet, et nettement moins étouffant. J'avais mis des bottes de motard, d'abord parce que je ne m'attendais pas à trouver Dominique chez lui et que je ne m'étais pas préoccupée du bruit qu'elles feraient, ensuite parce que j'avais eu la flemme de lacer mes boots. Je portais un tee-shirt gris à col en V et le même jean que les deux jours précédents (toujours la flemme). C'était une tenue assez adaptée pour fouiner en douce chez quelqu'un, franchement moins pour sortir dîner avec Jesse et sa mère. En conséquence, j'avais fourré dans mon sac à dos une paire de sandales compensées, un gilet et un gloss « emprunté » à ma mère (elle aurait dit

« volé »), en me disant que je me changerais dans le taxi.

La vie d'une espionne au XXIe siècle. Pas simple.

J'entendais Dominique fredonner en haut, un vague air d'opéra italien, et j'ai traversé le salon sur la pointe des pieds. Quelle idée, mais quelle idée d'avoir mis des boots de motard… Si je me sortais de ce sac de nœuds – *quand* je me sortirais de ce sac de nœuds –, je m'achèterais une paire de ballerines. Roux pourrait m'aider, ai-je raisonné. Elle était douée pour le shopping et les comparatifs qualité/pr–

Je me suis arrêtée net.

– Oh, ai-je murmuré. *Oh.*

Un mur entier du salon était couvert de rayonnages, remplis d'objets de collection de toutes sortes. Des premières éditions de livres anciens, de la verrerie des années trente, de minuscules figurines en porcelaine bleu et blanc de style chinois, et ce qui ressemblait à une rangée d'œufs de Fabergé. Il y en avait partout, et j'ai réalisé avec horreur que les pièces d'or pouvaient se trouver n'importe où. Ça prendrait des heures d'ouvrir chaque livre, de regarder derrière chaque étagère à la recherche d'un coffre, de soulever chaque figurine en quête d'une clé ou d'un indice.

Et ce n'était que le rez-de-chaussée.

Je n'arrivais pas à déterminer s'il s'agissait de vrais trésors ou de vulgaires copies, et je n'avais pas le temps de m'en assurer, parce que les fredonnements de Dominique se rapprochaient de l'escalier dans le couloir du haut.

Autrement dit, se rapprochaient de *moi*.

J'ai inspecté le salon d'un bref coup d'œil, la zone repas, le coin cuisine, à la recherche de la meilleure planque. Je n'avais pas le temps de regagner l'entrée, et si, en plus, Dominique partait dans cinq minutes, je me retrouverais dehors sans le code : retour à la case départ. Être coincée dans une maison en compagnie d'un type éventuellement fou et clairement criminel ne figurait pas sur ma « liste des choses à faire une fois dans ma vie », mais c'était mieux que rentrer bredouille.

Dans le mur de la télévision, juste en dessous du plafond, il y avait une niche tout en longueur et assez profonde pour y tenir à plat ventre. On aurait pu y mettre des plantes vertes ou autres décorations ramasse-poussière, ou même y ranger des valises, mais elle était vide. Là encore, pas l'idéal, mais ça ferait l'affaire.

Alors que Dominique commençait à descendre l'escalier, j'ai grimpé sans bruit sur un fauteuil, je me suis agrippée au rebord et j'ai effectué une traction. Mes muscles me brûlaient, et je me suis dit que Roux avait bien fait de s'inscrire au taekwondo. Elle aurait peut-être pu grimper le long du mur version arts martiaux (ou utiliser je ne sais quelle technique, je ne connais strictement rien au taekwondo). Quant à moi, j'ai dû me contenter de me hisser en serrant les dents jusqu'à un espace qui s'est avéré nettement plus petit que prévu. Je me suis calée en me tortillant sur le dos, juste au moment où Dominique entrait dans la pièce.

Soyons honnête, les fredonnements ne faisaient rien pour arranger les choses. J'avais l'impression d'être coincée en compagnie d'un bourdon géant. Un bourdon géant aspergé d'eau de Cologne. Je plaignais la femme et les maîtresses de Dominique.

Je restais plaquée contre la paroi en plâtre, regardant ma poitrine monter et descendre tout en m'efforçant de calmer ma respiration. « Tout va bien, me répétais-je. Tout va parfaitement, cent pour cent bien. C'est toi qui l'as surpris, et pas l'inverse. Tu vas bientôt sortir de là et trouver les pièces et aller dîner au restaurant avec ton petit ami et sa mère et tout sera parfait. »

Dominique s'est assis dans son fauteuil et a allumé la télévision.

Tout n'allait pas si bien que ça.

15

Je suis restée allongée sans bouger dans cet espace minuscule pendant deux heures et demie.

Comment je sais qu'il s'est passé deux heures et demie ? Je vais vous le dire.

Dominique Arment, cerveau criminel, détenteur potentiel de dix pièces d'or d'une valeur totale de soixante-quinze millions de dollars, possesseur d'antiquités *a priori* inestimables, avait entre autres un faible pour les coucous suisses.

J'ai cru que j'allais devenir dingue.

Il n'a pas fait grand-chose d'autre que regarder la télé. Il s'est levé une fois pour se servir un verre, ce qui ne m'a pas laissé le temps de descendre de mon perchoir et de filer. J'étais bel et bien coincée. Avec les coucous suisses.

Quand les oiseaux ont pété un câble à dix-neuf heures, j'ai légèrement commencé à stresser. Ça ne me gênait pas de rester allongée sans bouger (j'ai déjà passé six heures dans un monte-plats à Munich, j'avais de la marge), mais l'heure de mon rendez-vous approchait à grands pas. Quand les coucous ont remis ça à dix-neuf heures trente, j'ai senti mon cœur accélérer, et quand ils ont repris leurs piaillements à vingt heures, j'ai soupiré en fixant le plafond.

Jesse allait être super méga déçu. Et m'en vouloir à mort. Et être super méga déçu. Et… argh.

Le seul point positif – je dis bien le seul, vu la cacophonie d'oiseaux qui me faisait sursauter tous les quarts d'heure – était que j'avais une vue plongeante idéale sur la collection de Dominique. Je voyais le dos de ses livres, tous recouverts d'un plastique de protection et éloignés de la fenêtre et de la lumière du jour. Il y avait un Faulkner, quelques Fitzgerald, des Dickens et même un exemplaire de *Moby Dick*. Mais je me doutais que Dominique n'était pas du genre à les avoir lus, ni à avoir acquis des premières éditions par amour de la littérature. Il les achetait pour la frime, et parce qu'elles étaient chères. Le genre d'objets qu'il pouvait cacher à sa femme pour éviter qu'elle ne mette la main dessus en cas de divorce. Et fièrement montrer à ses maîtresses histoire qu'elles le prennent pour quelqu'un de cultivé.

Chaque minute qui passait me faisait détester un peu plus Dominique Arment.

Si les figurines étaient trop éloignées pour que je

puisse me faire une idée de leur valeur, j'avais une bonne vue sur les œufs de Fabergé. Ils étaient superbes, d'un ovale parfait, luisant dans la lumière douce. Au cours de mes périples, je n'avais jamais eu l'occasion d'en voir, et ça me frustrait de ne pas pouvoir m'approcher en catimini pour en prendre un et l'examiner. Je me suis demandé combien il faudrait de pièces d'or pour en acheter un, si Dominique avait dû dépenser toutes les siennes pour acquérir ces reliques russes.

Plus je les fixais, plus j'avais l'impression qu'un truc clochait. Parmi la rangée, un œuf se distinguait. Il était de la même taille que les autres, mais paraissait un peu plus brillant, plus voyant. Il était d'une couleur d'or chaud, juché sur un petit chariot tiré par une figurine bleu sombre. Bien que tout aussi travaillé que les autres il avait quelque chose de curieux. De loin, il ressemblait un peu à une montgolfière, et me faisait signe comme un coffre me fait signe quand je suis sur le point de l'ouvrir. *J'ai un secret, Maggie. Tu ne meurs pas d'envie de savoir ce que c'est ?*

Là-dessus, les coucous ont relancé leur fanfare, indiquant vingt heures trente, et j'ai failli en dégringoler de mon perchoir.

Apparemment, ils ont aussi fait tressaillir Dominique, parce que j'ai entendu son verre s'écraser par terre.

– Bon sang ! s'est-il exclamé.

Je me suis changée en statue de pierre, tellement crispée que ça me faisait mal. Il s'est levé et je l'ai entendu marmonner en se rendant dans la cuisine :

– Où est passé ce foutu balai ?

C'était ma chance.

Je suis sortie en me tortillant de ma cachette et je me suis accroupie le plus silencieusement possible. (Saletés de bottes de motard !) Il y avait des morceaux de verre et du whisky partout par terre et j'ai sauté par-dessus, en manquant perdre l'équilibre, avant de me redresser pile à l'instant où Dominique ressortait de la cuisine.

Il y a des moments, comme celui-là, où mon cerveau se débranche carrément. Je ne vois pas comment expliquer le phénomène autrement. C'est comme si je ne pensais plus et que mon corps prenait la relève pour bouger tout seul, instinctivement, et me conduire à l'abri. Ça me fait pareil avec Jesse. Je sais toujours exactement quand l'embrasser ou le serrer dans mes bras, presque comme si on partageait les mêmes pensées, les mêmes besoins.

J'ai plongé sous la cage d'escalier pour m'accroupir dans l'ombre. J'entendais les bouts de verre crisser sous les pas de Dominique. Il n'avait qu'à se retourner pour me voir. Et je n'avais qu'à respirer pour qu'il m'entende. Je commençais à avoir une crampe dans la jambe et je me suis mordu la joue en prenant sur moi, parce que c'était ça ou me faire prendre et décevoir tout le monde et flanquer par terre l'avenir professionnel de mes parents. Puisque, de toute façon, mon petit ami allait m'en vouloir d'avoir raté le dîner avec sa mère, autant que ce soit pour une bonne raison.

Dominique balayait le verre à trois mètres de moi. Je ne le voyais que de dos, mais il paraissait un peu plus âgé que mes parents, un peu voûté, avec un début de calvitie. Si j'ai appris une chose, c'est que les grands génies criminels ont le physique le plus ordinaire de la terre ; et Dominique remplissait parfaitement ce critère-là.

Le quart d'heure qui a suivi a été parmi l'un des plus pénibles de mon existence, collée à genoux sous l'escalier, à attendre la seconde où le raffut des coucous couvrirait le bruit de ma fuite. Mon cœur battait si vite que je sentais mon pouls dans tout mon corps, et quand je clignais des paupières, j'aurais juré entendre mes cils cligner sur ma peau.

– COUCOU ! COUCOU !

– COUCOUCOUCOUCOCOU !

– COOU ! COOU ! COOU ! COOU !

J'ai jailli de ma planque et foncé vers la sortie. Dominique ne risquait pas de m'entendre, ni de percevoir le déclic de la porte. Mais en la refermant tout doucement pour l'empêcher de claquer, j'ai su qu'il allait sentir le courant d'air. Ça lui mettrait forcément la puce à l'oreille, et je devais disparaître avant qu'il ne sorte voir ce qui se passait. Mes jambes tremblaient tellement que j'avais peur de m'effondrer. Je suis passée sous la fenêtre le dos courbé, j'ai dévalé la ruelle à fond de train en inspirant de grandes goulées d'oxygène et j'ai sauté par-dessus la grille.

J'ai pris un rythme normal dès que j'ai tourné dans la 94e Rue. J'allais sentir mes jambes pendant des jours.

Quand j'ai rallumé mon portable, j'avais onze messages de Jesse, tous des variantes d'une même question:

OÙ ES-TU?

Il y avait aussi un appel d'Angelo, ce qui n'avait rien d'étonnant. Il avait dû apprendre le contretemps. Mais jamais il n'aurait laissé de message sur mon portable. Roux m'avait envoyé un SMS avec une photo d'elle et de son portier, Harold, prise dans l'entrée de son immeuble. Elle avait un sourire jusqu'aux oreilles, le genre qui n'annonçait que des embrouilles, et Harold semblait prier le ciel que des hyènes sauvages prennent l'immeuble d'assaut pour le dévorer vivant.

« Harold te fait coucooou! » disait le texte.

J'ai appelé Angelo en premier.

– Ton info, c'était de l'intox! ai-je crié dès qu'il a décroché.

Les rues étaient plus animées que jamais maintenant

que la nuit était tombée, et je n'avais pas besoin de chercher à être discrète. À vrai dire, ça m'a fait du bien de crier. Deux heures et demie passées dans une espèce de boyau m'avaient laissé un trop-plein d'énergie et d'adrénaline. Je suis sûre que j'aurais pu bondir d'un building à l'autre comme Spider-Man, pour vous dire combien j'étais speed.

– C'était de l'intox ! ai-je répété sans lui laisser une chance de parler. Il n'a pas bougé de chez lui ! Pas une minute !

– Je sais, ma douce. Je l'ai appris juste après ton départ. J'ai essayé de te prévenir, mais c'était trop tard.

– Et tu savais aussi qu'il faisait collection de coucous suisses ? ai-je piaillé, bien qu'Angelo n'ait pas besoin de cette précision pour survivre. C'est un malade, Angelo ! Qui collectionne ces trucs-là ? Un maniaque, je te le dis !

– Calme-toi, chérie. Tout va bien ? Tu n'as pas trouvé...

– Ben non, je n'ai rien trouvé du tout !

J'ai pris Broadway en direction de la station de métro la plus proche, mi-design contemporain, mi-engin spatial. Si seulement elle avait pu me faire remonter le temps pour revenir à celui où tout était normal, où ma famille était tranquille et où je savais ce que je faisais.

– Je n'ai rien trouvé du tout parce qu'il était dans le salon ! ai-je dit à Angelo. Je me suis retrouvée coincée dans un trou à rat ! Qui t'a refilé cette info, Angelo ? Parce que c'était un traquenard !

– Je sais. Je t'en ai déjà parlé, ma douce. Ça devient de plus en plus dur de savoir qui est dans le même camp que nous.

– Mais pourquoi ? Qu'est-ce qui se passe ?

– On en discutera plus tard. Tu as pu repérer quelque chose ? Un truc bizarre, qui sorte de l'ordinaire ?

– Tu veux dire, à part la collection de coucous suisses ?

– Maggie.

Je me suis arrêtée au coin de la rue en me frottant le front. J'étais épuisée, j'avais une migraine et la suite de la soirée ne risquait pas d'aller en s'arrangeant.

Mais j'avais un boulot à faire.

– Il y a un œuf, ai-je répondu. Un œuf de Fabergé. Il est... je ne sais pas si c'est un vrai ou une copie, mais il n'était pas comme les autres. Dominique en a sept, mais celui-là a un truc spécial.

– C'est bien, c'est très bien.

– Mais il a aussi des tonnes de livres et de figurines. Cette maison est un vrai musée, Angelo. Les pièces peuvent se trouver n'importe où.

Quelqu'un m'a dépassée en me bousculant et j'ai sursauté en me détournant instinctivement pour nous protéger, moi et mon sac à dos.

– Et il ne t'a pas repérée ?

– Je suis sûre qu'il a senti le courant d'air quand je suis ressortie, mais il ne m'a pas vue.

J'ai fermé brièvement les yeux pour me forcer à me concentrer.

– Écoute, Angelo, il faut que j'y aille, Jesse m'attend depuis plus d'une heure. J'étais censée dîner avec sa mère et lui.

– Attends, Maggie…

– Non, ai-je coupé. Je-dois-y-aller. On se parle demain.

Sur quoi j'ai raccroché et arraché la carte SIM de mon portable, que j'ai balancé dans la première poubelle venue en m'avançant sur la chaussée le bras levé. Un taxi s'est arrêté à mon niveau, mon seul coup de chance de la soirée, et j'ai laissé tomber ma carte SIM par terre d'un air détaché avant de monter et de foncer vers le centre-ville retrouver mon petit ami.

16

Le temps que j'arrive au restaurant de sushis de Bond Street, il était vingt et une heures trente. J'étais à bout de souffle, ayant abandonné le taxi en route à cause des bouchons et couru sur deux cents mètres, en bousculant les hordes de banlieusards de sortie. Sur place, j'ai superbement ignoré le maître d'hôtel pour m'engouffrer dans l'ascenseur qui menait à l'étage.

L'atmosphère qui régnait au premier était sombre et plutôt éteinte, alourdie par le cliquetis des assiettes et des baguettes.

– J'ai rendez-vous, ai-je annoncé à un deuxième maître d'hôtel (c'est dingue, il leur en faut combien ?) avant d'entrer dans la salle.

Jesse était seul à une table, devant une tasse de café. Les assiettes avaient été débarrassées, et le seul indice que le dîner avait été servi était une petite tache de sauce soja sur la nappe.

– Salut, ai-je dit en m'arrêtant à côté de lui. Je suis vraiment, vraiment désolée.

Il a levé vers moi un regard blessé et furieux.

– Tu l'as ratée. Elle est partie prendre son train il y a dix minutes.

Je me suis laissée tomber sur la chaise en face de lui. Toute l'adrénaline a brusquement reflué dans mon corps comme une vague qui se retire, en me laissant l'impression d'emporter mes os avec elle.

– Je suis désolée, ai-je répété. J'étais coincée, je n'ai pas pu t'appeler. Vraiment désolée. C'était sympa ?

– Non, c'était pas sympa ! a-t-il explosé, s'attirant des coups d'œil de la table voisine. Tu devais être ici il y a une heure et demie ! Tu n'as pas répondu à un seul de mes messages ! Je ne savais même pas si tu étais occupée ou si tu t'en fichais !

– Évidemment que j'étais occupée ! ai-je riposté. Sinon, pourquoi j'aurais raté ça ? Je n'ai pas eu le choix, Jesse ! Tu ne crois pas que j'aurais préféré être ici avec vous que de devoir rester planquée sous le nez d'un type au milieu de son salon ?

Je me suis mordu la lèvre pour ne pas en dire plus.

Trop tard.

– Attends, tu veux dire que tu es entrée en douce chez quelqu'un alors qu'il était chez lui ? Tu te rends compte du danger que ça représente ? Tu n'es pas invincible,

Mags ! Quelqu'un pourrait vraiment te cogner dessus, un de ces jours !

– C'est pas toi qui vas me faire un cours sur le danger, ai-je répliqué en le pointant du doigt. Je suis au courant. J'ai bien conscience des risques dans cette histoire, crois-moi. C'est même pour ça que je ne peux rien te dire !

– Tu sais que tu as les pupilles dilatées ? m'a-t-il signalé. À croire que t'as pris de l'exta.

– C'est juste l'adrénaline, ai-je répondu en me demandant soudain de quoi j'avais l'air au milieu de tous les clients très chic du restaurant. C'est rien, ça va passer.

– Et tu ne pouvais pas répondre à un seul SMS ? a-t-il insisté. Pas un ? J'ai même appelé tes parents, ils n'avaient pas la moindre idée de l'endroit où tu pouvais être !

– Tu as appelé mes parents ? ai-je couiné, achevant d'attirer l'attention des tables voisines. Écoute, allons dehors. On ne peut pas poursuivre cette conversation ici.

– Très bien. Justement, j'allais partir.

On est sortis en trombe, moi en tee-shirt et les cheveux en bataille, avec mes bottes qui martelaient le carrelage au milieu du *tic-tic* délicat des hauts talons. Je n'avais jamais eu honte de mon apparence, mais là, je me distinguais pour toutes les mauvaises raisons.

À la seconde où on s'est retrouvés dans la rue, la dispute a repris.

– Tu ne peux pas appeler mes parents comme ça ! ai-je braillé. Eux non plus, ils ne sont pas au courant ! Oh bon Dieu, ils doivent être en train de flipper à mort !

– Comment ça, ils ne sont pas au courant ? Tu n'es pas censée leur parler de ce que tu fais ? Je croyais que vous vous étiez mis d'accord là-dessus ! La dernière fois que tu as opéré en solo, tu as failli nous faire tous tuer !

Tout l'air a déserté mes poumons. Si Jesse m'avait balancé un coup de poing dans l'estomac, je ne me serais pas sentie plus mal.

– Excuse-moi, a-t-il ajouté aussitôt d'un ton désolé. Ce n'est pas ce que je voulais dire.

– Oh mais si. On ne balance pas un truc comme ça si on ne le pense pas.

Je sentais des larmes brûlantes me picoter les yeux, mais j'étais trop en colère pour pleurer.

– Je ne peux pas le dire à mes parents parce que ça les concerne, OK ? lui ai-je expliqué. S'ils étaient au courant, ils essaieraient de m'en empêcher et on serait fichus.

– Et tu es prête à risquer ta vie et les leurs rien que pour sauver leur réputation ?

J'ai respiré à fond pour me donner du courage.

– Si je me souviens bien, ça ne t'a pas gêné que je

risque ma vie quand c'était pour sauver la mise à *ton* père. Mais quand il s'agit de *mes* parents, ça te pose un problème ? Je te remercie, Jesse. Merci pour ta solidarité.

J'ai tourné les talons pour m'éloigner, mais il m'a rattrapée en trois pas et m'a pris le bras pour m'obliger à me retourner.

– Là, tu es injuste…

– Si la justice avait quelque chose à faire là-dedans, ai-je explosé, j'aurais passé mon vendredi soir au resto avec mon petit ami et sa mère, et pas coincée dans une soupente dans l'Upper West Side ! Alors ne viens pas me parler de justice ! Toi, tout ce que tu as à faire, c'est d'être normal ! C'est moi qui me retrouve avec le sale boulot, là !

– Et tu crois que c'est marrant de rester assis à se demander si sa petite amie a disparu ou si elle est morte ? m'a répliqué Jesse sur le même ton. Ça, ça te paraît juste ? Parce que c'est l'enfer, Maggie. Tu es je ne sais où en train de faire je ne sais quoi, et moi, pendant ce temps-là, j'attends. Je ne peux même pas t'aider et ça me rend dingue !

J'ai pressé mes doigts sur mes paupières, tellement en colère que j'aurais voulu pouvoir frapper sur quelque chose.

– Eh bien c'est comme ça, ai-je répondu, si froidement que j'en ai eu la chair de poule. Tu le sais depuis le début. C'est ma vie. C'est ce que je suis. Je ne peux pas et je ne veux pas changer, encore moins en ce moment. Si ça ne te va pas, autant que tu laisses tomber.

J'ai aussitôt regretté ma dernière phrase.

Les yeux de Jesse se sont agrandis de surprise et ses traits se sont lissés dans une expression que je ne lui avais jamais vue.

– C'est bien le problème, Maggie. Je ne pourrai jamais m'empêcher de m'inquiéter pour toi. Même si on rompait demain...

– Tu veux rompre ?

– Mais non, c'est une façon de parler ! Même si on rompait, je continuerais à m'inquiéter. Je m'inquiéterai jusqu'à la fin de ma vie à cause de ton métier de fou. Je ne supporte pas l'idée que tu sois en train de risquer ta peau quelque part sans que je puisse te protéger !

– Pourquoi ? Parce que je suis une fille ?

– Mais non, parce que je t'aime !

Il s'est détourné vivement, la main plaquée sur sa bouche. Ses épaules étaient voûtées, toute sa colonne vertébrale crispée. Quand il s'est tourné de nouveau vers moi, il y avait des larmes dans ses yeux.

– C'est comme ça que ça se passe quand les gens s'aiment, Mags. Ils se protègent. Tu nous as défendus, Roux et moi ; mais tu ne nous laisses pas faire pareil pour toi, et ça me rend fou.

Cette fois, mes larmes s'étaient mises à couler, et je n'avais plus la force de les retenir.

– Jesse, écoute. On est tous les deux fatigués. Et en colère. Attendons demain pour parler de tout ça, d'accord ?

– Quand ? Tu peux trouver du temps pour moi, dans ton programme pour sauver le monde ? Ou tu vas encore me planter là comme ce soir où j'ai passé une heure et demie à m'excuser auprès de ma mère ?

– Tu ne lui as rien dit, j'espère ? Oh, bon sang, Jesse…

– Bien sûr que non ! s'est-il offusqué. Tu vois ? Tu n'arrives même pas à me faire confiance, alors que je ne fais que ça, à part flipper pour toi et…

– Ce n'est pas une question de confiance, Jesse ! me suis-je écriée. Roux et toi, vous ne devriez même pas être au courant de mon activité ! Maintenant que j'ai eu la bêtise de vous le dire, je dois vous protéger. Si je ne le faisais pas…

Les mots sont restés bloqués dans ma gorge et j'ai mis quelques secondes à les décoincer.

– Si je ne le faisais pas et qu'il vous arrivait un truc…

Cette fois, impossible de sortir la suite de ma phrase.

– Mais en ce moment, tu n'as pas besoin de me protéger, a dit Jesse en avançant d'un pas.

– Mais si ! Si tu ne détiens pas d'infos, personne ne peut te les arracher ! Voilà ce que j'essaie de t'expliquer !

Jesse s'est tu pendant presque une minute tandis qu'on restait face à face, chacun essayant de reprendre son souffle.

– Mais si toi, tu ne peux pas me faire confiance et si moi, je ne peux pas te protéger, a-t-il fini par demander, comment veux-tu que ça marche entre nous ?

On éprouve une douleur particulière quand quelqu'un formule nos propres peurs et nous dit que non seulement toutes les pensées noires qu'on a sur soi-même sont réelles, mais que les autres peuvent les avoir aussi. Une douleur qui nous tire les larmes des yeux, et nous enserre le cœur dans une barrière de fer, et nous fait comprendre que, oui, être seul, c'est terrible, mais que ça ne sera jamais aussi difficile que ce sentiment-ci.

– Peut-être qu'on ne peut pas, ai-je répondu, la gorge nouée. Peut-être que ça s'arrête là.

Jesse a battu des paupières.

– Tu veux qu'on rompe, sérieusement ?

– Ce n'est pas ce que je veux, ai-je dit en m'essuyant les yeux. Mais je ne sais plus ce que je dois faire ! Dans tous les cas, je vais te faire du mal !

Jesse s'est mordu la joue, la mâchoire crispée.

– Tu ne peux pas me faire plus de mal qu'en ce moment, a-t-il déclaré en faisant écho à mes propres pensées.

– On a peut-être besoin de faire un break, ai-je ajouté.

Je ne parle pas de rompre, juste de prendre le temps de réfléchir.

Il a hoché la tête, avec autant de sarcasme qu'il est possible d'en mettre dans un hochement de tête.

– Cool. OK. Très bien.

Il a levé le bras pour héler un taxi et a ouvert la portière dès que la voiture s'est arrêtée :

– Monte.

– Jesse, je suis capable de m'appeler un…

– Laisse-moi…

Il a inspiré une grande goulée d'air et j'ai vu son menton trembler légèrement.

– Laisse-moi au moins faire ça pour toi, a-t-il achevé. Au cas où ta « réflexion » n'irait pas dans le bon sens, laisse-moi faire un dernier truc sympa pour toi.

Je suis montée dans la voiture les mains tremblantes. La première fois qu'on avait pris le taxi ensemble, c'était le soir d'Halloween, pour ramener chez elle une Roux totalement bourrée. Puis on était retournés dans le centre-ville, et on s'était embrassés sur le perron d'un immeuble de l'Upper East Side. C'était notre premier baiser. Je me rappelais encore la sensation du skaï craquelé de la banquette, l'odeur de l'eau de toilette de Jesse, et le vertige d'avoir embrassé un garçon pour la première fois. J'étais amoureuse de lui, alors. Depuis, c'était devenu plus sérieux ; maintenant, je l'aimais.

Et je devais renoncer à lui.

Il a claqué la portière et j'ai posé la main à plat sur la vitre, en me demandant si j'allais sentir le contact de sa peau à travers le verre. Il a détourné le regard et mon cœur s'est serré, mais il s'est essuyé les yeux et il a appuyé sa paume contre la mienne. Il n'y a eu que du froid entre nous, aucun contact, et quand le taxi a démarré, les doigts de Jesse ont glissé sur la vitre en y laissant des traces de larmes. Et je suis rentrée chez moi.

17

La scène qui m'attendait chez moi n'était pas moins explosive.

– Où étais-tu ? a braillé ma mère dès que le scanner à empreinte a sonné pour me laisser entrer. On attend que tu nous appelles depuis…

– Les morceaux de ma carte SIM sont quelque part dans la 95e Rue, l'ai-je coupée en levant une main pour l'interrompre. Je ne vais pas me battre avec vous ce soir.

– Oh, mais si, parce qu'on est tes parents et qu'on panique depuis deux heures.

Cette fois, c'était mon père qui entrait dans la bagarre. Il avait une petite tache de beurre de cacahuète sur la joue, signe qu'il s'était bâfré pour calmer son stress.

– *Deux heures*, Maggie ! On n'a même pas réussi à joindre Angelo. Tu vas tout nous expliquer, et tout de suite !

– Impossible, ai-je rétorqué en ouvrant le frigo.

J'étais affamée. À part deux barres de céréales à midi, je n'avais rien mangé de la journée.

– Vous êtes impliqués dans l'affaire, je ne peux pas vous en parler.

Ça a déclenché l'hystérie parentale.

– On est tes parents ! a crié ma mère. On n'est pas une simple mission !

J'ai pris un yaourt et claqué la porte du frigo. Je savais que j'étais de mauvaise foi, mais il était tard et j'étais trop fatiguée pour m'en soucier.

– C'est la consigne d'Angelo, ai-je répondu. C'est le seul à qui je puisse en parler.

– Jesse te voyait déjà morte dans un caniveau ! a hurlé mon père. Et nous aussi !

– Eh bien, il se pourrait fort qu'on vienne juste de rompre, vous n'avez plus à vous en faire pour lui, ai-je dit en ouvrant mon pot de yaourt.

C'était un bi-goût fraise banane, le mélange le plus répugnant qu'on puisse imaginer de mon point de vue, mais j'avais trop faim.

– Accessoirement, je ne suis pas morte, comme vous pouvez le constater. Donc, plus besoin de vous en faire pour ça non plus.

– Depuis quand es-tu aussi désinvolte ? m'a demandé mon père, en même temps que ma mère disait :

– Tu as rompu avec Jesse ? Mais pourquoi ?

– Je ne sais même pas si on a *rompu*, ai-je répondu en léchant le couvercle du yaourt tout en allant chercher une cuiller. Mais si oui, c'est sans doute parce qu'il en a marre que je lui mente. Oui, ça doit être ça. Et franchement, moi aussi, j'en ai marre de lui mentir. Ça craint. Et pour répondre à ta question, papa, je suis devenue désinvolte depuis que j'ai passé deux heures coincée dans une soupente en essayant de vous sauver la mise à maman et toi. Mais ne me remerciez pas, tout le plaisir a été pour moi.

Ils sont restés abasourdis, et à vrai dire, je l'étais un peu aussi. C'était la première fois que je leur parlais sur ce ton. On ne s'était jamais disputés aussi vite ni aussi fort. C'était comme si l'équilibre des forces s'était inversé et que j'étais tout à coup devenue celle qui détenait les informations et qui prenait les décisions. Je venais de me découvrir un talent pour les coups bas, et je ne me lassais pas de le tester.

Le problème, avec les coups bas, c'est que ça donne le sentiment *d'être* quelqu'un de bas. Je me trompais et de cause, et d'adversaires. Je m'étais disputée avec Jesse parce qu'il avait peur pour moi, je continuais avec mes parents pour la même raison et j'en voulais à Angelo de m'avoir fourni une mauvaise info. Mais en réalité, c'est contre moi que j'en avais. J'avais besoin que les deux aspects de moi-même s'affrontent pour de bon et que l'un des deux l'emporte une fois pour toutes. Soit j'étais une espionne, soit j'étais une ado normale ; c'était tout l'un ou tout l'autre. Je ruais dans tous les sens, mais c'est en moi que se déroulait la bataille.

Et dans les deux cas, il y aurait une perdante.

– Je vais dans ma chambre, ai-je annoncé, consciente que ma voix tremblait.

– Non, tu ne vas pas dans ta chambre, a objecté ma mère. Comment ça, tu as passé deux heures coincée dans une soupente ? Tu es tombée dans un piège ?

– Pas le droit d'en parler.

– Tu vas le faire quand même, a répliqué mon père.

– Non, papa. Je n'ai pas le droit, c'est comme ça. OK ? Je...

J'ai pris une grande inspiration qui ressemblait à un sanglot.

– ... Je veux aller me coucher. J'ai besoin de dormir. Demain, j'essaierai de comprendre où j'en suis, et ensuite, on pourra parler. Mais ce soir, je ne peux pas. Je n'ai pas les mots pour expliquer.

L'argument a semblé les frapper chacun de manière différente. Mon père s'est contenté de me répondre d'un ton radouci :

– D'accord, chérie. On parlera demain matin.

Mais ma mère, elle...

– Jesse t'a dit quelque chose ? Il a été méchant avec toi ?

Les mères, je vous jure. Comment font-elles pour *toujours* savoir ?

– M'man, on n'est plus à la maternelle.

– Je le savais. Je le savais ! Vous vous êtes disputés parce que tu es une espionne ?

– Mais évidemment ! ai-je explosé. Quelle autre raison on aurait de se disputer ? C'est le seul truc sur lequel on se dispute ! Ce n'est pas comme pour papa et toi ! Au moins, vous, vous travaillez ensemble, vous pouvez partager vos infos ! Vous n'avez pas eu besoin de vous mentir quand vous vous être rencontrés à Paris ! À ce propos, elle était un peu expédiée, votre histoire. Vous pourriez quand même m'en dire plus sur cette période-là et sur Dominique.

Il y a eu une pause.

– On ne t'en a pas dit plus pour la même raison que tu ne dis pas tout à Roux et à Jesse, m'a répondu mon père à voix basse. Pour te protéger.

– Me protéger de quoi ? Il n'y a plus moyen de trouver *une* personne qui dise encore la vérité ?

Je pleurais, cette fois, pour de bon. Mon père s'est approché pour me consoler, mais j'ai reculé en tendant le bras pour le maintenir à distance.

– Non, papa, s'il te plaît. Dis-moi les choses ou ne fais rien.

Ma mère s'est affalée sur un tabouret, les coudes sur le bar en béton.

– On t'a raconté qu'on allait souvent dans les galeries souterraines ? m'a-t-elle demandé.

J'ai hoché la tête en m'essuyant les yeux.

Mon père s'est assis à côté d'elle et lui a pris la main.

– Quand on avait à peu près ton âge, on a trouvé un plan des souterrains, a-t-il enchaîné. Et on s'est mis à les explorer avec quelques copains du lycée. On s'est vite rendu compte que ces tunnels permettaient de se rendre dans toutes sortes d'endroits. On pouvait entrer dans des musées, ou au Panthéon, partout où on voulait, et on a commencé à rénover des bâtisses historiques et leur mobilier. Attention, on n'a jamais rien pris ! s'est-il empressé d'ajouter. Tes parents ne sont pas des voleurs.

– J'adore que tu te sentes obligé de le préciser, ai-je commenté. Et Dominique, il venait avec vous ?

Je dois avouer que mes larmes commençaient déjà à sécher.

– Non, a répondu ma mère, on ne lui a rien dit. Plus précisément, on ne *voulait pas* lui dire. Dominique a toujours été… différent de nous… Il avait un côté sournois. Plusieurs étudiants l'ont accusé d'avoir volé des affaires dans leurs chambres. Il piquait des trucs à midi et les remettait deux heures plus tard, ni vu ni connu.

– Il avait un vrai talent, dans son genre, a ajouté mon

père. Il était capable de faire apparaître ou disparaître les choses comme par magie.

– Vous aviez peur qu'il vole des trucs dans les musées si vous le mettiez sur le coup, ai-je explicité.

– Oui, m'a confirmé ma mère. Et bien évidemment, il nous en a voulu de lui avoir caché ça. On n'a jamais été d'accord avec la décision du Collectif de le recruter. Mais en même temps, il n'a jamais rien fait d'illégal, en tout cas rien qui puisse être prouvé. Du moins jusqu'à aujourd'hui.

– Alors il l'a su, que vous alliez dans les souterrains ?

– Bien sûr. Ce qu'il ne savait pas, c'est pourquoi. Mais au fond, on voulait surtout s'amuser. On était jeunes et bêtes, en ce temps-là.

– Je te remercie.

– Tu verras, un jour, a repris ma mère en souriant. Plus tard, tu seras épatée par le nombre de choses que tu ne comprenais pas quand tu étais jeune.

– C'est déjà le cas, ai-je grommelé. D'autres secrets de famille à me révéler ?

– Pas pour le moment, a dit mon père. Et toi ? Rien de spécial à nous avouer ?

– Pas pour le moment non plus.

La tension de la soirée commençait à me rattraper et j'avais besoin de rester un peu seule avec mes pensées, les vieilles comme les nouvelles.

– Ça vous embête si je vais me coucher ? ai-je demandé. Je suis crevée.

– Bien sûr que non, m'a dit ma mère en venant me faire un câlin. On t'aime, ma puce. Très fort.

– Moi aussi, je vous aime, ai-je dit en réprimant une grimace quand elle m'a écrasé les côtes. Bonne nuit.

18

Le lendemain, je me suis réveillée vers dix heures, toujours aussi épuisée. J'avais passé une bonne partie de la nuit à faire des sauts de carpe dans mon lit, mais je n'avais plus pleuré. Pleurer, ça me vidait trop, et j'avais besoin de toute mon énergie pour démêler cette affaire et remettre ma vie sur ses rails. Ou à défaut, pour en définir de nouveaux. Il était clair que toute cette histoire de « je suis une espionne et une ado, youpi », ça ne marchait pas du tout.

En me retournant dans mon lit, j'ai vu une carte ornée d'un « A » sur la porte de ma chambre.

– C'est pas vrai… ai-je grommelé en me forçant à me lever.

Visiblement, Angelo était passé déposer à sa manière furtive une de ses éternelles cartes. Je me suis demandé s'il avait parlé à mes parents, ou si eux lui avaient parlé. Ils étaient forcément furieux qu'il m'ait interdit d'aborder l'affaire avec eux, mais Angelo était un grand garçon, il savait se débrouiller. En revanche, je ne tenais pas du tout à me trouver sur la ligne de tir, expression qui résumait assez bien ma situation du moment.

– Bon, qu'est-ce que tu as à me raconter, aujourd'hui ? ai-je marmonné à la carte.

Cette fois, le croquis au verso représentait un petit jardin planté d'herbe et d'arbres, entouré d'arcades en pierre. C'était le musée des Cloîtres, qui se trouve tout au nord de Manhattan.

– Ô joie, ai-je commenté en filant sous la douche.

Une fois prête, j'ai passé prudemment la tête par la porte de ma chambre, comme un lapin pointant une oreille hors de son terrier pour repérer d'éventuels prédateurs. Ce n'est pas que je ne voulais pas parler à mes parents, mais je refusais d'entrer dans une discussion.

Ils n'étaient pas là. Un mot dans la cuisine m'a informée qu'ils étaient sortis faire des courses. Ça m'a paru assez louche, et je me suis demandé si eux aussi n'avaient pas préféré fuir une discussion. La situation était trop critique pour qu'on puisse s'abriter derrière des échanges de banalités, et encore trop récente pour qu'on aborde les choses avec calme. C'est toujours perturbant de s'apercevoir que nos parents n'ont pas de réelle solution à apporter à un problème et qu'ils sont tout aussi perdus que nous. Ça les rend trop réels, trop humains, aussi faillibles que nous.

– Alors, comment s'est passée ta traversée de Manhattan ? m'a demandé Angelo quand je l'ai retrouvé aux Cloîtres.

Il était adossé à une arcade, un expresso à la main (un double, aurais-je parié), arborant son calme habituel. Il respirait cette sorte de sérénité qu'ont les gens qui savent très bien où ils vont, ce qui m'a un peu rassurée.

Sans plus.

– Bah, ai-je répondu en toquant mon gobelet contre le sien avant de lécher le couvercle qui fuyait. Tu prends la ligne A, tu patientes quelques années et c'est tout bon !

– Tu sais qu'il y a une chanson là-dessus ? m'a-t-il signalé avec un sourire en coin.

– Sur le nombre d'années qu'il faut pour traverser Manhattan en métro ?

– Non, sur la ligne A. Une vieille chanson de Duke Ellington, un pianiste de jazz de génie.

Il a secoué la tête avec désespoir devant mon air ignare.

– Sapristi, on a vraiment négligé ton éducation musicale. Il faudra que je te fasse un mix.

– Tu veux me faire un mix ? me suis-je exclamée, incrédule. Tu ne crois pas qu'on a un peu autre chose à faire ces temps-ci ? Et depuis quand tu sais faire des mix ?

– Maggie, mon ange, on est au XXIe siècle. Et la technologie allant toujours dans le même sens, à savoir en avant, mieux vaut se tenir à flot. Par ailleurs, on peut toujours trouver le temps pour une ou deux chansons. Bien, a-il poursuivi sur un autre ton, en chassant une poussière invisible de la manche de sa veste. Si on parlait d'hier soir ?

– Fiasco total. Avec coucous suisses. Je crois que je n'oublie rien.

– Toutes mes excuses pour le tuyau percé, a déclaré Angelo avec un soupir. C'est ma faute. Il y avait une petite faille dans le système. Mais c'est réparé, maintenant.

– Rassure-moi, tu n'as jeté personne dans l'Hudson, j'espère ? ai-je demandé en lui glissant un coup d'œil.

– Jamais je ne ferais une chose pareille. Pas dans ce costume.

J'ai éclaté de rire, pour ce qui devait être la première fois depuis des jours.

– Tu vois ? a-t-il repris. La vie n'est jamais aussi moche qu'on le croit.

– Tu as parlé avec mes parents, non ?

Angelo a acquiescé tout en faisant tourner son pouce sur le rebord de son gobelet.

– Ils étaient... inquiets. Mais je leur ai assuré que tout allait bien.

– C'est vrai ? Tu veux bien me rassurer aussi ?

– Et si *toi*, tu me rassurais, plutôt ? Raconte-moi tout ce qui s'est passé hier soir, en commençant par le premier cri de coucou.

Prenant une grande inspiration, je me suis lancée dans le récit de ma visite chez Dominique Arment, avec ses drôles de collections, son eau de Cologne écœurante et son tic insupportable de fredonner.

– … Et puis il y a cet œuf, ai-je conclu. Un œuf de Fabergé, enfin je crois. J'ai l'impression qu'il est… je ne pourrais pas t'expliquer, mais je suis sûre qu'il est important.

– Dans quel sens ?

– Je ne sais pas. Il avait quelque chose de spécial. Comme s'il cachait un secret.

Angelo a souri d'un air entendu.

– Quelle est la première règle d'un espion ? m'a-t-il demandé d'un ton chantant.

– Savoir écouter. Et j'ai écouté cet œuf pendant deux heures et demie. Si l'on peut dire. Ce n'est pas vraiment qu'il me parlait, je n'ai pas encore d'hallucinations, mais il avait un truc.

– Tu penses que c'est un vrai Fabergé ? Il y en a plusieurs qui ont disparu sans laisser de traces. Huit, si je ne m'abuse.

– Je ne sais pas, ai-je admis. Ça peut être un faux.

Il faut que j'y retourne pour en avoir le cœur net, Angelo. Aujourd'hui. Ce soir.

– On fixera le bon moment. Mais si tu me racontais la suite ?

J'ai jeté un coup d'œil sur le petit jardin, sur la façon dont le vert des feuilles ressortait sur les murs ocre.

– Ça doit être super joli en automne, ai-je murmuré. On devrait revenir à ce moment-là. Si on est encore à New York, évidemment.

Angelo s'est assis à côté de moi ; Angelo, mon port dans la tempête, qui entend toujours ce que je dis même quand je ne le formule pas.

– C'est difficile de concilier vie privée et vie professionnelle, dans notre métier, tu ne trouves pas ? m'a-t-il demandé doucement.

J'ai hoché la tête en sentant une boule se former dans ma gorge.

– Comment tu y arrives, toi, Angelo ? À faire ce boulot tout en aimant des gens, comme mes parents et moi ?

– C'est vrai que je vous aime énormément.

– Mais comment tu y arrives ?

Il a réfléchi une minute, le regard perdu au loin. Ça ne lui ressemblait pas de ne pas avoir une réponse toute prête à me fournir.

– Je suppose, a-t-il fini par dire, que je fais ce métier justement parce que je vous aime, toi, tes parents et quelques autres. Ce monde a des côtés terriblement sombres et déprimants, Maggie. On n'arrête pas d'y croiser des gens horribles.

– Oui, mais on les fait tomber.

– C'est exactement ce que je voulais dire. On rend le monde meilleur. Quand on aime des gens, on veut rendre le monde plus beau pour eux. Avec un peu de chance, on peut le faire rien qu'en restant à leurs côtés. Et avec beaucoup de chance, on peut même travailler à rendre le monde meilleur *avec* eux. Ensemble.

– Et d'autres fois… ? ai-je soufflé, pour lui faire dire pile ce que je ne voulais pas entendre.

– D'autres fois, ça nous oblige à partir très loin d'eux, a-t-il admis avec un sourire triste.

– Tu crois que je peux améliorer le monde de Jesse en partant loin de lui ?

– Ah, j'aurais dû m'en douter. Vous vous êtes disputés, j'imagine ?

– C'était horrible, ai-je confirmé. Je crois bien qu'on a rompu. J'ai raté le dîner avec lui et sa mère hier soir, et après, il était perturbé que je ne puisse pas lui dire pourquoi j'étais en retard.

– C'est légitime.

J'ai réfléchi un moment.

– C'est pour ça que les espions n'ont pas d'amis, hein ? À cause de ce genre de trucs ?

– Parfois, oui. D'autres fois, ce sont précisément les amis qui nous sauvent. On ne peut jamais prévoir. Si je me souviens bien, Roux a une bonne frappe, non ? Elle nous a peut-être bien tous sauvés ce jour-là.

Ça m'a fait sourire.

– Elle en est convaincue, en tout cas.

– Ça, je veux bien te croire. Maggie, ce qui est fait est fait. En décidant d'impliquer Roux et Jesse, tu as fait des choix qui avaient leurs inconvénients, et tu dois en assumer les conséquences. S'ils t'en veulent de ne pas tout leur dire...

– Mais il faut bien que je les protège !...

– Je sais, et loin de moi l'idée de t'en blâmer. Mais de leur côté, ils ont le droit d'en souffrir. On peut contrôler beaucoup de choses, ma belle, mais pas ce que les autres ressentent.

J'ai hoché la tête en signe de compréhension. Si mes parents m'avaient dit ça, il est probable que je me serais sentie agressée et que je leur aurais sauté à la figure. Mais Angelo s'adressait toujours à moi comme à une adulte. C'était l'une des raisons parmi tant d'autres pour lesquelles je l'aimais autant.

– Mais si jamais...

J'avais un mal de chien à former les mots.

– ... si jamais une de ces conséquences était qu'il leur arrive quelque chose ?

Angelo a posé son café et m'a pris le bras pour me forcer à le regarder.

– Écoute-moi, Maggie. Écoute-moi bien. *Je ne laisserai jamais rien arriver à Roux ni à Jesse.* Est-ce bien clair ?

J'ai acquiescé, surprise par la force de ses paroles.

– Je sais, ai-je répondu.

Et je me suis rendu compte avec un tressaillement qu'effectivement, je le savais déjà. Angelo remuerait ciel et terre pour nous protéger, moi, ma famille et mes amis.

J'espérais juste que je serais capable de faire de même.

On est restés un moment sans rien dire, à observer les touristes et les groupes scolaires déambuler autour de nous.

– Tu n'as pas oublié où on met les choses importantes ? m'a-t-il demandé soudain.

J'ai senti un frisson courir le long de mon dos. On n'avait pas abordé ce sujet depuis des années.

– Non, ai-je confirmé. Je n'oublierais jamais un truc pareil.

– Parfait. Maintenant, mémorise cette adresse.

Il m'a baragouiné une adresse en français.

– C'est bien noté ?

– Mais oui.

Je me suis imaginé que je la gravais dans ma tête, que je la tatouais dans mes pensées.

– Mais pourquoi…

– Si un jour tu dois t'en aller, tu y seras à l'abri.

– Attends, qu'est-ce que...

Angelo m'a regardée et, pour une fois, son expression était si grave que j'ai préféré laisser tomber.

– OK, me suis-je contentée de dire. Pigé. Ne t'en fais pas, c'est noté.

– Parfait. Et où en es-tu avec ta serrure ?

– Bouh.

– Voilà une bonne nouvelle.

– Non, ça va, je bloque juste sur la dernière serrure. Je n'en dors plus, Angelo.

– Tu arriveras à l'ouvrir quand tu en auras vraiment besoin. Fais-moi confiance.

Il m'a tapoté le genou, a pris son gobelet, l'a reposé.

– Tu sais, ma puce, c'est vrai qu'il y a pas mal de gens qui ont une dent contre nous, dont quelques-uns qui ont une dent contre *toi* en particulier.

J'ai songé à Dominique Arment, à tous ceux du Collectif qui essayaient de salir le nom de ma famille, et j'ai rétorqué :

– Eh bien, c'est réciproque, tu peux leur dire de ma part.

Angelo a eu un petit sourire.

– J'en prends bonne note. Mais on a aussi des alliés. Tu ne dois pas l'oublier.

J'ai laissé s'éloigner un couple qui passait devant nous avant de répondre :

– L'autre jour, il m'a semblé que quelqu'un nous suivait, Jesse et moi. Un homme.

– C'est tout à fait possible.

– J'en étais sûre ! C'était un gentil ou un méchant ?

– Quoi, tu n'es pas capable de le dire rien qu'en les regardant ?

J'ai levé les yeux au ciel et il m'a décoché un coup de coude.

– Les méchants n'ont pas tous les mêmes motivations, mais concernant ce type, je ne sais pas trop. Il était peut-être un peu des deux. Ou bien il s'était perdu, tout simplement. Il vaut mieux ne pas trop s'embrouiller la tête avec des « si » et des « peut-être ».

– Dit celui qui vient de me rappeler notre cachette secrète et de me faire mémoriser une mystérieuse adresse à Paris.

– Comment sais-tu que c'est à Paris ?

– Parce que tu détestes la banlieue.

Cette fois, il a éclaté de rire.

– Bien joué. Bon, revenons-en à cet étrange œuf de Fabergé, celui qui te raconte des choses.

– J'ai besoin de le revoir, ai-je répété. Je n'arrête pas d'y penser. Le seul problème, c'est que je n'ai aucun point de comparaison, puisque je n'en ai jamais vu un vrai. Tu sais où on peut en trouver ?

– Possible. Malheureusement pas sur notre continent.

– Oh, il doit bien y avoir une exposition quelque part, ou un…

Et brusquement, je me suis rappelé. Je connaissais quelqu'un qui avait un œuf de Fabergé ! Ou du moins qui le prétendait.

– Roux !

19

– Harold ! a retenti la voix de Roux dans l'interphone. Harold, soleil de ma vie !

C'est tout juste si Harold, portier et éternel souffre-douleur de Roux, a battu un cil. J'ai agrippé le comptoir en granite de l'entrée de l'immeuble pour tâcher de contenir mon impatience.

– Harold ! Vous êtes le soleil de ma journée quand vous me sonnez comme ça ! a-t-elle poursuivi. Vous le saviez, au moins ? Parce que vous devriez. Le savoir, je veux dire.

– Une certaine Maggie demande à vous voir, miss Green, a-t-il ânonné d'un ton monocorde.

– « Une certaine Maggie » ? me suis-je exclamée. Franchement, Harold ! Vous me connaissez depuis un an ! Vous ne pouvez pas me laisser monter tout simplement ?

– Maggie ! a repris Roux, carrément euphorique. Magga Ragga !

– Je hais ce surnom, lui ai-je rappelé. Pourrais-tu me faire monter, maintenant, s'il te plaît ?

– Harold, c'est Maggie ! Vous saviez que les choses étaient devenues super bizarres entre nous, mais qu'on est redevenues amies ? Il faut vous tenir au courant, Harold. Ça change toutes les cinq minutes, par ici.

– Roux...

Mais elle était lancée :

– Sauf vous, Harold. Vous, vous ne devez pas changer, jamais. D'accord ? Sauf si c'est en mieux. Dans ce cas, vous avez le droit. Mais je regretterais toujours l'homme qui...

Au secours.

– Roux ! ai-je crié dans l'interphone. C'est pas vrai ! Tu pourrais laisser ce malheureux boire son café tranquille et me laisser monter ?

Il y a eu un bref silence, puis :

– Maggie a l'air stressée, Harold, a-t-elle repris. Est-ce qu'elle vous paraît stressée ?

Harold m'a dévisagée et je lui ai rendu son coup d'œil.

– Bon, laissez tomber, a décrété Roux. Faites-la monter, Harold. Je lui ferai faire des exercices de respiration ventrale. C'est bon pour le corps *et* pour l'esprit.

– Allez-y, m'a dit Harold en me désignant l'ascenseur au design recherché.

– Merci.

J'entendais encore la voix de Roux épiloguer sur les bienfaits du yoga quand l'ascenseur s'est refermé.

Il m'a libérée au treizième étage et j'ai tambouriné sur la porte de Roux.

– Où est ton œuf ? ai-je demandé d'un ton énergique en entrant en trombe dès qu'elle a ouvert.

– Mon quoi ? a-t-elle répliqué avec un grand sourire. J'en étais sûre, tu as vraiment la tête de quelqu'un de stressé. C'est à cause de Jesse ?

Minute. Quoi ?

– Comment tu es au courant ? Il t'a appelée ? Qu'est-ce qu'il t'a dit ?

– Il ne m'a pas appelée, m'a-t-elle répondu en secouant la tête. C'est sur le Net. Une certaine Sara vous a vus en train de vous disputer et elle l'a mis sur sa page Facebook. Tu l'as vraiment jeté ?

J'ai fait la grimace en passant une main sur mon visage.

– Mais non, bien sûr que non. C'est une longue histoire.

– Je suis tout ouïe, avec une longue journée vide devant moi, m'a-t-elle assuré. Et un tiroir plein de cartes de menus livrables à domicile ; il faut bien se nourrir.

J'ai pris une graaande inspiration.

– Roux, te serait-il possible d'arrêter une minute ?

– Arrêter quoi ? Oh, ça, c'était une grande bouffée

d'air purificatrice. Je vois déjà à ta tête que tu te sens mieux.

– Où est ton œuf de Fabergé ?

Roux s'est figée, et son sourire a peu à peu disparu de son visage.

– Tu te souviens ? ai-je repris. Quand on est entrés chez Colton Hooper, tu m'as dit que tu avais reçu un œuf de Fabergé pour ton anniversaire. C'était une blague ? Parce que si oui, je préférerais que tu me le dises tout de suite.

Je connaissais Roux sur un petit nuage, Roux furieuse, totalement ivre, résolue, en larmes, le cœur brisé... Mais je ne lui avais jamais vu cette expression-là : celle d'une adulte, pesant le pour et le contre avant d'agir. Je me suis demandé si j'avais cet air-là, moi aussi, quand je travaillais.

– Ce n'était pas une blague. J'étais sérieuse.

J'ai pris une nouvelle goulée d'air. À ce rythme, j'allais finir soit par être totalement détendue, soit par faire une crise d'hyperventilation.

– Je peux le voir ? S'il te plaît. C'est super important.

Roux est allée verrouiller la porte d'entrée, puis m'a fait signe de la suivre à l'étage. Tout ici était glaçant, le sol en marbre, les lustres en cristal... et ne faisait qu'amplifier le silence de l'appartement. C'était peut-être pour ça qu'elle faisait autant de bruit d'habitude.

Vivre tout seul dans un tel vide, ça doit finir par devenir insupportable. On doit avoir besoin de le combler comme on peut de temps en temps.

J'ai suivi Roux dans sa chambre, jusqu'à son énorme dressing. À Stockholm, avec mes parents, j'ai habité dans un appartement qui devait faire la même taille, et ça, sans compter le grand mur où s'alignaient toutes ses paires de chaussures.

– Il est là, m'a dit Roux.

Elle s'est agenouillée, elle a repoussé une pile de jeans et elle a soulevé l'épaisse moquette pour révéler un solide coffre-fort encastré dans le sol.

– Je me doute que toi, tu saurais l'ouvrir, m'a-t-elle déclaré avec une nuance d'excuse dans la voix. Je l'ai fait installer par mon père après avoir fait ta connais sance.

– C'est pour ça que tu m'as interrogée sur les meilleurs modèles encastrables ? Parce que tu avais peur que je te vole ?!

– Mais non, pas toi. C'est juste que tu m'as appris des tas de trucs sur les méthodes de protection. Je me suis dit que ce n'était peut-être pas une bonne idée de garder mon œuf de Fabergé dans mon tiroir à chaussettes.

Elle a commencé à tourner la serrure, l'air un peu gênée.

– J'ai l'impression de faire de la peinture au doigt

devant Picasso, a-t-elle bougonné. Tu ne regardes pas, OK ?

– Tu me flattes.

Après un dernier tour, le coffre s'est ouvert. Il était spacieux mais ne contenait qu'un seul petit objet, enveloppé dans du tissu rouge. Elle l'a déballé, faisant apparaître un magnifique œuf vert rangé dans une petite boîte en verre.

– C'est l'œuf aux pensées impérial, m'a-t-elle précisé d'une voix presque déférente.

– Wouah, ai-je soufflé.

Il était d'une beauté stupéfiante, d'un vert de jade marbré, serti sur des volutes dorées en formes de lianes qui s'enroulaient autour de sa base. Les lianes s'affinaient à leurs extrémités pour former des tiges qui portaient chacune une délicate pensée rose, et les fleurs étaient reliées les unes aux autres par un mince fil d'or.

– Roux, mais c'est du délire ! Tes parents t'ont offert ça ?

– Pas mes parents, ma grand-mère. Elle est morte il y a longtemps, mais son testament précisait que cet œuf devait me revenir le jour de mes seize ans. J'aimais beaucoup ma grand-mère. Elle était super. Mes parents m'envoyaient chez elle pendant les vacances d'été, quand j'étais trop petite pour aller en camp de vacances, et j'admirais toujours cet œuf. Alors elle me l'a légué.

Roux a haussé les épaules comme pour chasser ces vieux souvenirs.

– Ma mère était hyper vexée de ne pas l'avoir, a-t-elle repris. J'ai cru que sa tête allait exploser, c'était trop drôle.

J'ai souri avec elle.

– J'aurais voulu voir ça. Tu peux me le montrer ?

– Ouais, tiens.

Elle m'a tendu la boîte, que j'ai tournée et retournée pour observer l'œuf sous toutes ses faces. Sur le socle en or étaient gravées des initiales minuscules.

– Et ça, qu'est-ce que c'est ? Ce sont les initiales de qui ?

– Oh, ça, c'est la signature du créateur. Il la gravait avant de passer l'œuf au four. C'est comme une sorte de carte de visite, ou comme le logo de Nike, tu vois.

Je l'ai dévisagée en essayant de réprimer un sourire.

– Tu veux dire que tu t'es renseignée sur ces œufs ? ai-je demandé. En faisant des recherches sur ordi et tout ?

– Oh, la ferme, m'a-t-elle rétorqué en souriant à son tour. Je me suis dit que je devrais quand même en savoir un minimum sur un truc dont j'avais hérité. Tu ne trouveras pas une contrefaçon dans ce dressing. Je me suis débarrassée de mon faux Balenciaga à la minute où les vrais n'ont plus été en rupture de stocks, tu ne me piégeras pas sur ce coup-là. Bref, je voulais être sûre que cet œuf était un vrai.

– Et alors ?

Un sourire assez effrayant a flotté sur le visage de Roux, du même genre que celui qu'elle avait eu avant de coller son poing sur le nez de Colton ; un sourire plein de certitude et de satisfaction.

– Oh, oui, je peux te dire que c'est un vrai.

– OK, ai-je dit en le lui rendant. Tu me passes ton ordi ?

Une heure plus tard, on écumait les sites sur les œufs de Fabergé, assises sur le lit de Roux au milieu d'emballages de plats à emporter thaïs.

– Ton cerveau ne te fait jamais un truc bizarre, quand tu vois passer le même mot des centaines de fois ? m'a demandé Roux en se détournant de l'écran pour se frotter les yeux. Tu sais, comme si tu lisais des hiéroglyphes totalement incompréhensibles ?

Je l'ai regardée.

– Mon cerveau non plus, il ne fait pas ça, a-t-elle repris à la hâte.

– Bon, il y a huit œufs de Fabergé impériaux qui ont disparu, ai-je résumé. Dont un pourrait se trouver aux États-Unis. Et c'est la copie conforme de celui que j'ai vu...

Roux a tourné l'écran pour lire le descriptif.

– « Un angelot en saphir tirant un chariot à deux roues portant un œuf en or serti de diamants ». Tu ne trouves pas ça super glauque, les angelots ? Franchement, t'imagines, choisir comme symbole de l'amour des bébés tout nus qui tirent des flèches empoisonnées ? Comme symbole de l'anarchie des moins de trois ans, à la limite.

– Roux… ai-je commencé.

Sur quoi j'ai pris le temps de considérer son point de vue.

– … Remarque tout à fait pertinente, ai-je admis après réflexion.

– C'est la faute de tous ces fabricants de cartes de vœux, avec leur invasion de bébés anarchistes ! Bon, pour en revenir à cet œuf, tu crois que celui-ci est le tien, celui que tu as vu chez je ne sais qui ?

– Ça se pourrait. Mais ça peut aussi être une copie.

Roux s'est assise en tailleur et s'est mise à pincer sa couette entre ses ongles vernis de mauve.

– Je sais qu'on a déjà eu un genre de dispute là-dessus, a-t-elle déclaré avec une toute petite voix, et je te jure que je ne dis pas ça pour t'énerver, mais c'est plutôt sympa de chercher des infos à deux. C'était cool quand on a bossé tous les trois avec Jesse l'année dernière. C'était comme si on formait une équipe.

– C'est vrai, ai-je dit en passant sur un autre site.

– Alors, tu pourrais peut-être m'expliquer pourquoi tu t'intéresses à cet œuf. C'est juste que je connais des gens qui pourraient nous renseigner, s'est-elle empressée d'ajouter. Sérieux. Croix de bois croix de fer. Ce n'est pas uniquement par curiosité.

On faisait des recherches depuis deux heures. Elle avait raison, je lui devais une explication.

– Je dois retrouver un truc super important…

– Ouais, merci pour le scoop. C'est pas l'histoire de ta vie ? Oups, pardon, continue, continue.

– Donc, je dois retrouver un truc super important, et je crois que ça a un rapport avec cet œuf.

– Ce serait caché dedans, tu veux dire ?

– Possible. J'en sais rien.

J'entendais presque tourner les rouages de son cerveau.

– Parce que si ce que tu cherches se trouve dedans…

– … alors l'œuf est un faux.

– Et sinon ?

– Sinon, j'aurai détruit un trésor inestimable pour des clous et je ne serai pas plus avancée.

– Mmm, a fait Roux en fronçant les sourcils. Bouh, Maggie, j'aimerais pas être à ta place.

Je l'ai regardée fixement, avant d'attraper un oreiller et de l'abattre sur sa tête.

– Je blaguais ! a-t-elle piaillé avant le deuxième coup. Je te jure que je blaguais ! Pitié pour les civils innocents !

Mais elle riait trop pour continuer à protester, et comme je riais aussi, j'ai raté le moment où elle a pris un oreiller à son tour pour me le balancer dans la figure.

– Aïe ! ai-je crié. Depuis quand es-tu devenue une brute ?

– J'apprends vite. Demande à Colton Hooper !

20

En sortant de chez Roux, j'ai longé Central Park un moment en passant la main sur les barreaux de la grille. Je réfléchissais à l'œuf et aux pièces disparues. Pour créer un faux, encore fallait-il que Dominique soit un génie machiavélique. Angelo enquêtait de son côté pour découvrir si un faussaire avait produit récemment une contrefaçon d'œuf de Fabergé. Mais comme il ne m'avait pas appelée, j'en déduisais qu'il avait dû faire chou blanc.

J'ai traversé la cohue de Columbus Circle et continué vers le sud le long de Central Park, en saluant au passage quelques chevaux attelés à des calèches pour touristes. Je me suis rendu compte tout à coup que mes pas m'avaient menée là où tout avait commencé : au monument Sherman, sous la statue ailée de la Victoire aux bras ouverts, qui avait l'air de me dire : « Salut ! Alors, qu'est-ce que tu penses de moi, *maintenant* ? »

– Frimeuse, ai-je marmonné.

Ce qui ne m'a pas empêchée de m'asseoir sur les marches pour poursuivre ma réflexion sous ses ailes protectrices.

Si je brisais l'un des objets les plus précieux du début du XXe siècle, je cramais ma réputation d'espionne et de perceuse de coffres. Mais si je trouvais les pièces à l'intérieur, je sauvais l'avenir de mes parents et *leur* réputation. Je n'avais jamais été confrontée à ce genre de dilemme. D'habitude, c'était le Collectif qui me disait où aller et quoi ouvrir, et je suivais docilement ses consignes. Je faisais ce qu'on me demandait de faire quand on me le demandait. Quelqu'un comme Roux aurait posé tellement de questions qu'elle se serait sûrement fait virer du Collectif avant d'avoir terminé sa première mission. Moi, j'avais toujours obéi sans discuter.

Et je commençais à réaliser que ç'avait été une erreur monumentale.

Je suis restée là à observer les passants jusqu'à ce que le soleil plonge derrière les immeubles. Beaucoup de couples se promenaient main dans la main, et je me suis sentie seule, tout à coup. J'aurais voulu sentir la main de Jesse dans la mienne, la douceur de ses doigts. Ça m'a rappelé le contact glacé de nos paumes la veille, et j'ai secoué la tête pour me recentrer sur mon travail.

Quand il a fait trop sombre pour que je distingue le bout du parc, j'ai levé la tête vers Victoria :

– Alors, pas de tuyaux pour moi ? lui ai-je demandé. Parce qu'un petit conseil ne serait pas de trop.

Mais elle a continué à regarder droit devant elle en direction du sud, celle de notre loft, ce qui m'a décidée à rentrer.

Je sortais de la ligne R à Spring Street quand mon portable (équipé de sa carte SIM flambant neuve) a sonné. J'ai vérifié : quatre appels en absence d'Angelo.

Très mauvais signe.

Je suis allée me poster à l'angle de la rue devant l'épicerie Dean & DeLuca pour le rappeler à l'écart de la foule. C'était là que j'avais retrouvé Roux le soir d'Halloween, avant qu'elle ne sache que j'étais une espionne. J'aurais dit que ça remontait à bien plus d'un an.

– Allô, Angelo ? Qu'est-ce qui se passe ?

– Tu as une heure devant toi, m'a-t-il répondu d'une voix curieusement essoufflée. Il vient de sortir de chez lui. Où es-tu ?

– Dans le centre-ville. Tu as le code d'entrée ?

– Non, il vient encore de le changer. Tu n'auras pas d'autre occasion, Maggie. Dominique se méfie.

– Je me mets en route.

J'ai raccroché et je suis partie en trombe. « Pardon ! Pardon ! » criais-je aux passants en les bousculant. Bon, j'ai bien entendu quelques exclamations peu aimables, mais je m'en fichais. J'avais exactement une heure pour entrer chez Dominique, trouver le code de l'alarme et décider si, oui ou non, j'allais casser cet œuf. Chaque minute comptait.

Vingt minutes plus tard, je montais quatre à quatre les marches de la station de métro à l'allure de vaisseau spatial de la 95e Rue, tout près de chez Dominique. J'avais encore des courbatures des deux heures passées la veille accroupie sous son escalier. Pas grave. L'essentiel, c'était que je règle ce foutu dossier et que ma famille retrouve une vie normale.

Je me suis approchée de la grille de Pomander Walk en enfilant mes gants, que j'avais gardés dans mon sac. Je n'avais pas le temps de faire dans la subtilité. En quelques secondes, j'avais ouvert la serrure, franchi le portail et filé jusque chez Dominique, le front plissé et les mâchoires serrées. Les rideaux de dentelle étaient tirés, cette fois, et m'ont fait penser aux fenêtres des maisons dans les villages français, ce qui m'a rappelé que Dominique était français, justement.

Il devait me rester dans les vingt-cinq minutes, mais je n'ai pas osé sortir mon portable pour vérifier. (Je n'avais pas fini d'entendre Angelo ; ça le rend dingue que je persiste à ne pas porter de montre, en particulier quand je travaille.) La ruelle était aussi tranquille que la veille. J'allais me charger d'y mettre un peu d'ambiance.

Quelques minutes m'ont suffi pour débloquer la serrure. J'ai inspiré à fond, expiré, et poussé la porte.

– C'est parti, ai-je dit entre mes dents.

À cette seconde, l'alarme s'est déclenchée, m'arrachant une grimace. J'ai fait quelques tentatives sans conviction pour trouver le code, mais toutes m'ont signalé mon erreur par un bourdonnement irrité. Angelo m'avait dit que j'avais une minute avant que la police ne soit avertie de l'effraction, et cinq avant son arrivée. J'ai réessayé, mais rien à faire. Le bourdonnement s'est fait plus pressant et plus agressif, me signalant que le temps imparti serait bientôt écoulé.

Il fallait que je me décide.

– Et zut, ai-je grommelé.

De toute façon, d'après Angelo, Dominique avait déjà des soupçons, et il ne pouvait qu'en avoir davantage en découvrant qu'un de ses œufs avait disparu. Au point où j'en étais, autant gagner du temps.

J'ai arraché le boîtier d'alarme du mur.

Ça a déclenché un raffut dix fois pire que celui des coucous suisses, au point que j'ai dû me retenir de mettre mes doigts dans mes oreilles. « Bon sang, des boules Quies, ai-je songé. J'aurais dû prendre des boules Quies. » La sirène était continue et si stridente que je pouvais presque voir les ondes traverser l'air avant de venir me fracasser le crâne. C'était la première fois qu'un bruit me faisait réellement, physiquement mal. Mais ça ne faisait que renforcer ma détermination. Ça me confirmait que les pièces étaient forcément là quelque part.

En marchant sur les débris du système d'alarme, je suis allée droit au mystérieux œuf doré, au milieu des autres sur son étagère. Je l'aurais trouvé les yeux fermés, tellement sa puissance d'attraction était forte. J'avais ressenti la même chose avec le coffre-fort de Colton Hooper, presque comme s'il me murmurait: «Allez, viens jouer avec moi. On va bien s'amuser.»

Je l'ai pris et retourné pour l'observer sous toutes ses faces. Il avait la même beauté fragile que l'œuf de Roux, et dégageait la même impression contradictoire de poids et de légèreté. Je ne pouvais le comparer qu'avec des descriptions écrites, puisqu'il n'existait pas d'image de cet œuf-là, mais il correspondait parfaitement.

Plus que quatre minutes avant l'arrivée de la police.

– Allez, allez, ai-je murmuré en le retournant vers le bas pour examiner les volutes dorées de son socle.

Toutes les contrefaçons présentent un petit détail qui les trahit. Il suffit d'être assez malin pour le trouver. Et je savais que je l'étais. Mais est-ce que je l'étais assez pour sauver ma famille ? Ça, c'était une autre question.

J'ai levé l'œuf vers la lumière pour examiner une petite marque gravée dessous. C'était la signature que j'avais vue sur l'œuf de Roux, deux petites initiales qui…

Une minute.

J'ai regardé de plus près. Elles étaient différentes, gravées moins profondément que sur celui de Roux, d'un geste plus hésitant. Roux m'avait expliqué qu'elles étaient gravées avant que les œufs ne passent au four pour la cuisson. Si celles-ci étaient moins marquées, ça voulait dire qu'elles l'avaient été *après* la cuisson. Les graver sur de l'or solidifié aurait été presque impossible.

Dix-neuf heures. Plus que trois minutes.

– COUCOU ! COUCOU !

– COUCOUCOUCOUCOCOU !

– COOU ! COOU ! COOU ! COOU !

L'œuf commençait à peser dans ma main.

– Pas de panique, me suis-je ordonné.

Je me suis emparée d'un autre œuf, qui s'est avéré sensiblement plus léger.

Hé hé.

J'ai reposé le deuxième œuf et déposé un rapide baiser sur la joue de l'angelot en lui déclarant :

– Sympa d'avoir veillé sur les pièces !

Puis j'ai brandi le premier œuf au-dessus de ma tête pour le jeter par terre de toutes mes forces.

Il s'est brisé en mille morceaux. En déversant une poignée de pièces d'or. Dix exactement.

21

– Angelo ! ai-je crié dans mon portable dès que j'ai cru l'entendre répondre.

Ce n'était que le bourdonnement du signal d'appel en absence, mais ça n'avait aucune importance. J'étais tellement euphorique que j'aurais pu rentrer chez moi en volant dans les airs, et téléporter Angelo jusque sur mon paillasson rien que par la force de ma bonne humeur.

En marchant, je sentais les pièces dans la poche de mon jean, dures et plates contre ma hanche. Je ne pouvais pas courir, parce que la police devait être prévenue maintenant et que ça aurait pu éveiller les soupçons. Même si une fille de dix-sept ans qui court à Manhattan n'est pas plus étrange que ça, pas la peine de prendre de risque. J'avais les pièces et je ne laisserais personne me les reprendre.

J'ai raccroché avec un sourire béat en hélant un taxi. Les pièces étaient exactement comme sur la photo, assez lourdes pour être authentiques, et le symbole de la victoire m'avait fixé de son air serein tandis que je les fourrais, elle et ses neuf sœurs, dans une pochette en velours. Curieusement, tout cet or me rendait légère. Dans le taxi, le chauffeur m'a lancé plusieurs regards suspicieux dans le rétroviseur, sans doute parce que je souriais toute seule.

Je me suis forcée à reprendre une tête normale, mais c'est devenu encore plus difficile après avoir reçu un texto de Jesse qui me disait : « Il faut qu'on parle. Je n'aime pas quand je ne te vois pas. »

Mes parents allaient être super heureux et Angelo super fier. J'allais enfin pouvoir expliquer à Jesse pourquoi cette histoire était assez importante pour me faire rater le dîner avec sa mère. Les cours reprenaient dans moins d'une semaine, tout serait de nouveau merveilleusement normal et je m'inscrirais à l'université, et le Collectif redeviendrait ce qu'il avait toujours été, et Dominique Arment serait détruit par son karma et moisirait dans un cachot avec des chaînes aux chevilles.

Il y avait des moments où j'aimais trop ma vie.

Je me suis fait déposer par le taxi à cinq cents mètres de chez moi, par sécurité, et j'ai fini à pied en prenant quelques détours, en me mêlant aux piétons qui traînaient encore dans Soho. J'ai pris l'ascenseur en trépignant d'impatience, scanné mes empreintes à la porte en un temps record, et je suis entrée en claironnant :

– Je les ai ! J'ai réussi ! Je les ai !

Mes parents ont accouru, et j'ai vu aussitôt que quelque chose n'allait pas. Mon père passait et repassait sa main sur son visage comme s'il espérait en effacer son air hagard, et ma mère se tordait les mains, les yeux rouges et les cheveux noués en un chignon sauvage. Il y avait deux valises à moitié remplies dans l'entrée, dont dépassaient des vêtements et des passeports.

– Qu'est-ce qu'il y a ? Qu'est-ce qui s'est passé ? ai-je demandé en me figeant.

– Tout va bien, a commencé ma mère.

Mais comme elle ne me regardait pas en face, je me suis tournée vers mon père.

– Ça va, m'a-t-il assuré avec un geste apaisant. Tout va bien, rien de grave.

Ça ne répondait pas à ma question. Mon cœur s'est emballé.

Puis j'ai senti l'eau de Cologne.

– Dominique est venu ici ? me suis-je écriée. Mais oui, il est venu ! Qu'est-ce qu'il voulait ?

– Simplement parler, m'a dit ma mère.

– Parler de quoi ? Il vous a menacés ?

Soudain, c'était comme si les pièces s'étaient mises à vibrer dans ma poche.

Ils n'ont rien dit pendant une minute, puis mon père s'est décidé :

– Il m'a offert « l'immunité » (là, mon père a levé les yeux au ciel) si je dénonçais ta mère pour avoir « pris » les pièces.

– On aurait dit un fou, on ne l'a même pas reconnu, a déclaré ma mère en rétrécissant les yeux avec l'air mauvais d'une maman ourse dont on menacerait les oursons. Enfin, c'était toujours lui, mais… L'effet du pouvoir, sans doute. Ça l'a corrompu jusqu'à la moelle.

– Mais au fait, de quoi tu parlais en entrant ? m'a demandé mon père. Tu as réussi quoi ?

– À mettre la main sur les pièces, ai-je dit d'une voix un peu tremblante. Pendant que Dominique était ici, moi, j'étais chez lui. C'est Angelo qui m'a envoyée là-bas.

– Aurait-on prononcé mon nom ?

En faisant volte-face, j'ai découvert Angelo sur le seuil. J'avais oublié de refermer la porte.

– J'ai les pièces ! lui ai-je annoncé. J'ai essayé de t'appeler, mais ton portable était éteint. Et Dominique sort d'ici.

Angelo a fait une drôle de tête.

– Mon portable n'est pas éteint, a-t-il rectifié en le

brandissant. D'ailleurs, tes parents viennent de m'envoyer un texto pour me demander de passer.

– Pas du tout, a dit mon père. (Puis, en se tournant vers ma mère :) C'est toi ?

– Non plus, a-t-elle assuré. En revanche, je viens de recevoir un texto de toi, Angelo, nous donnant rendez-vous ici.

– Oh non ! La porte est ouverte ! Je peux même pas faire le truc de l'empreinte digitale, c'est super frustrant ! *J'adore* faire le truc de l'empreinte digitale !

C'était Roux.

– Maggie, tu veux bien fermer la porte pour que je puisse le faire ? m'a-t-elle demandé en passant la tête dans l'entrebâillement. Ça me donne le sentiment d'être quelqu'un d'important.

– Euh, qu'est-ce qui t'amène ? lui a demandé ma mère.

Vu sa tête, elle devait rêver de la mettre dehors, et je ne pouvais pas lui en vouloir. Roux était la dernière personne dont on avait besoin à cet instant.

– Jesse vient de me donner rendez-vous ici par texto. Une histoire de réconciliation ou je ne sais quoi. Tout ce que j'espère, c'est qu'il ne va pas se lancer dans de grandes déclarations avec une main sur le cœur, parce que ça me donne la nausée. Sérieux, je vous jure ! Au fait, c'est quoi, le menu de ce soir ? Je meurs de faim, moi.

Quelque chose ne tournait pas rond . Mais avant que j'aie pu dire un mot, la porte de l'ascenseur s'est ouverte sur Jesse. Mon cœur a cogné contre ma poitrine. Ça ne faisait que vingt-quatre heures qu'on ne s'était pas vus, mais à cette minute, je me suis rendu compte à quel point il m'avait manqué. En me voyant, il a vivement repoussé la mèche qui lui retombait devant les yeux, et ce petit geste familier m'a rendue encore plus fébrile.

– Salut, a-t-il lancé en entrant.

– Tu as envoyé un texto à Roux? lui ai-je demandé.

– Pourquoi j'aurais fait ça? Bonsoir, M. et Mme Silver. Bonsoir, Angelo.

Toujours aussi poli. Mon cœur a battu encore un peu plus vite.

– Et pourquoi pas? lui a rétorqué Roux d'un air vexé. Regardez vous-même!

Elle nous a montré l'écran de son portable.

– Tu m'en as envoyé un à moi aussi, ai-je complété en sortant mon téléphone à mon tour. Tu me disais qu'il fallait qu'on parle.

– Je n'ai envoyé aucun texto. Mags, c'est toi qui viens de me donner rendez-vous ici. C'était censé être important.

On s'est dévisagés tous les six, debout au milieu du salon. Je voyais sur le visage de mes parents qu'ils commençaient à comprendre, tout comme moi.

Nos portables avaient été piratés. On nous avait manipulés.

J'ai regardé Angelo pour voir s'il tirait les mêmes conclusions que moi, mais il avait les yeux fixés sur la fenêtre derrière mon épaule, les traits figés. Je me suis retournée.

Mon sang s'est glacé dans mes veines quand j'ai vu la fine ligne rouge qui courait sur la vitre. Angelo avait raison : il faut bien réfléchir avant de souhaiter quelque chose, parce que pour changer, les choses allaient changer, et, oh, j'aurais dû le savoir…

J'aurais dû le savoir.

– À TERRE ! a crié Angelo en attrapant Roux tandis que je poussais Jesse au sol.

Mes parents se sont couchés à leur tour et j'ai pressé la joue sur le parquet. Les premiers tirs ont fait exploser la fenêtre et les bris de verre ont plu dans la pièce, nous exposant au ciel sombre et à tous les démons qui s'apprêtaient à fondre sur nous.

22

J'entendais les cris de Roux, aussi aigus que les fracas des vitres qui se brisaient. Il y avait de minuscules débris de verre dans mes cheveux, sur ma peau, qui s'étaient glissés dans mes vêtements. Mes doigts s'enfonçaient dans le mollet de Jesse avec une telle force que je sentais battre son pouls.

Ce n'était pas le moment de chercher des explications, ni de raisonner, ni même de penser. Mon instinct commençait à reprendre le dessus, et mon cerveau me répétait en boucle deux petits mots : *Sauve-toi sauve-toi sauve-toi sauve-toi.*

Le courant avait sauté, nous laissant dans le noir, et je distinguais à peine les silhouettes grises de mes parents, de Roux et d'Angelo qui rampaient vers la cuisine et l'abri du bar. J'ai agrippé le jean de Jesse en me redressant sur les coudes pour me mettre à ramper aussi, en me soulevant le moins possible.

– Suis-moi ! lui ai-je crié en essayant de couvrir le vacarme.

Je ne sais pas s'il m'a entendue, mais il a obéi, en restant si collé à moi que je sentais l'odeur de son savon et de sa sueur.

– Ça va ? nous ont demandé mes parents dès qu'on a atteint la cuisine.

À la lueur des lampadaires, j'ai noté que ma mère avait une éraflure à la tête, mais ça semblait superficiel. Les lunettes de mon père étaient cassées, mais ça n'était pas grave non plus. Roux pleurait, par tout petits sanglots, et Angelo avait l'air sombre, résolu et plus en colère que je ne l'avais encore jamais vu.

– Je vais bien ! Je vais bien ! ai-je crié avant de me rendre compte que les tirs avaient cessé, nous plongeant dans un silence presque plus effrayant que le fracas des coups de feu.

– Jesse... ?

– Ça va ! m'a-t-il répondu aussitôt.

Mais ça n'allait pas ; il y avait une tache rouge sombre sur son tee-shirt, et j'ai eu l'impression que tout mon sang remontait dans mon cœur et qu'il allait exploser.

– Ça va ! a-t-il répété en voyant la terreur sur mon visage. Je vais bien, je t'assure, ce n'est qu'une coupure.

Mais je ne le croyais pas. J'ai écarté les pans de son tee-shirt déchiré et posé ma main sur sa poitrine. Sa peau était froide et mes doigts glacés, presque électrisés par l'adrénaline. Ce n'était pas un impact de balle, en effet, juste une égratignure, mais ça ne m'a pas réconfortée. Jesse saignait, Roux pleurait, et tout était ma faute.

– Il faut partir ! nous a lancé Angelo en composant un numéro sur son portable. Tout de suite !

– L'issue de secours ! ai-je répliqué. Dans ma chambre !

Puis les tirs ont repris de plus belle, dirigés droit sur nous. De nouveau, j'ai attrapé le tee-shirt de Jesse et il m'a pris le poignet et on a plongé derrière le bar. Roux s'est collée dans mon dos, tandis que mes parents et Angelo braillaient des phrases en français, ajoutant encore au vacarme.

C'est là que j'ai senti l'odeur du gaz.

Mes parents s'en sont rendu compte une seconde plus tard, à en juger par la façon dont ma mère s'est tue brusquement, pétrifiée. Quelque chose d'horrible commençait à me retourner l'estomac, quelque chose de sirupeux, de chaud et d'acide. J'ai regardé Angelo.

Il l'avait senti aussi.

Dans un même mouvement, on s'est mis en branle tous les quatre, moi entraînant Jesse et Roux par la main, pour gagner en rampant le fond de l'appartement. Les chambres étaient séparées des pièces principales par un mur en briques, qui nous a protégés des balles pendant quelques minutes.

– C'est quoi, cette odeur ? a hurlé Roux.

Elle avait les cheveux en bataille et les joues noires de mascara. Jesse ne disait rien, mais sa main tremblait dans la mienne. Je l'ai serrée de toutes mes forces avant de la lâcher.

– C'est quoi, cette odeur ? a répété Roux, cette fois d'un ton paniqué qui montrait qu'elle avait très bien compris.

– Il faut y aller ! m'a ordonné ma mère. Prenez l'escalier de secours ! Vous partez tout de suite, les enfants !

On a couru tous les trois jusqu'à ma chambre, suivis d'Angelo. J'entendais encore mes parents se parler en français à tue-tête au bout du couloir, puis leurs paroles ont été noyées par le bruit de la fusillade.

Les balles volaient toujours dans le salon, frappant les lampes, les cadres, les coussins. Il ne s'agissait pas d'un avertissement ; les tireurs essayaient de nous tuer. Et si les balles n'y suffisaient pas, c'est le gaz qui s'en chargerait.

Angelo a ouvert la fenêtre et fait signe à Roux. Elle a eu un mouvement de recul, hésitant à se mettre à découvert.

– Il y a des gens qui vous attendent en bas, ils vont vous aider, a précisé Angelo en élevant la voix pardessus le vacarme. Vite, vite ! Il faut y aller, maintenant !

– Maggie ? a dit Roux en se tournant vers moi.

– Tout va bien ! lui ai-je répondu. Je te suis !

Or, rien ne me disait que tout allait bien. On se trouvait soudain projetés en terrain inconnu, là où aucune de nos règles d'or ne s'appliquait. Il n'était plus question de savoir écouter ce qu'on nous disait. Le concept du gris souris était tombé au fond d'un puits. Ma seule envie était de regarder en arrière. Mais si je n'avais aucune idée de ce qui nous attendait dehors, une chose était sûre : si on restait dans cet appartement, on était morts.

Aller de l'avant était la seule et unique possibilité.

– Vas-y ! ai-je crié à Roux en sentant l'odeur du gaz s'intensifier. Allez !

Une lueur métallique a traversé son regard, comme si elle venait de s'injecter une dose de courage, et elle a enjambé la fenêtre. Tandis qu'elle commençait à descendre le vieil escalier rouillé, Angelo a fait signe à Jesse, qui lui a lancé :

– Non ! Mags d'abord !

Mais Angelo n'écoutait pas, et j'ai réalisé qu'il n'était plus question de fonctionnement démocratique. Il donnait les ordres et il n'y avait pas à discuter. Une fois Jesse dehors, Angelo m'a attrapée par la taille pour me pousser à sa suite. J'ai vu Roux qui descendait avec précaution, Jesse qui se calait patiemment sur son rythme, et une voiture noire qui tournait dans la ruelle et qui s'arrêtait. On s'est immobilisés tous les trois.

– Tout va bien ! nous a rassurés Angelo en m'aidant à me stabiliser. Ils viennent vous chercher ! Plus vite, plus vite, ne vous arrêtez pas !

– Angelo… ai-je bredouillé.

Ma voix tremblait si fort que ça m'a surprise moi-même.

– Tu te souviens où vous devez aller ? m'a-t-il demandé.

– À Paris.

– Oui. Dans notre planque d'abord et à Paris ensuite. Ils s'occuperont de vous.

Je n'avais pas la moindre idée de qui « ils » étaient, mais j'étais prête à remettre ma vie entre les mains d'Angelo, et à aller n'importe où tant que c'était lui qui me l'ordonnait. Il n'y avait qu'un petit problème.

– Et mes parents ? me suis-je écriée. Ils viennent aussi, pas vrai ?

– Ils vont prendre un autre chemin.

– Mais, et toi ? Où est-ce que tu vas ?

– File, Margaret ! Arrête de poser des questions et pars !

J'ai agrippé la rampe métallique et entrepris de descendre. Mes genoux tremblaient, ce qui compliquait les choses. Angelo nous suivait des yeux depuis la fenêtre, une main enfouie dans son manteau. J'avais beau répéter à Roux depuis un an qu'il n'était qu'un faussaire, elle disait toujours que c'était un tueur et je savais qu'en effet, il ferait ce qu'il fallait pour nous protéger.

Il me l'avait promis.

Arrivée à la dernière marche, Roux a sauté et atterri sur ses pieds avec un petit cri et Jesse l'a imitée, aidé par ses longues jambes. Ils se sont engouffrés dans la voiture, une berline noire, du même genre que celle qui me conduisait partout en ville un an plus tôt, quand j'enquêtais sur le père de Jesse. Je suis montée derrière eux en claquant la portière et le chauffeur a démarré dans une gerbe d'eau du caniveau. Il a esquivé une poubelle et foncé dans les rues de Soho. Je me suis retournée pour voir si on nous suivait, mais la chaussée était déserte.

– On va où ? ai-je demandé au chauffeur au bout d'une minute.

Je le savais mais je voulais le lui entendre dire.

– Au quai soixante et un, m'a-t-il répondu en me regardant brièvement.

Avec un sursaut, j'ai réalisé que c'était l'homme qui me suivait l'autre jour dans le West Village.

– Ne t'inquiète pas, Maggie, a-t-il poursuivi, avec un léger accent, russe peut-être, ou slave en tout cas. On sait ce qu'on fait.

– C'est quoi, le quai soixante et un ? a questionné Jesse, tandis que Roux, les yeux écarquillés, tremblait comme une feuille à côté de lui. Où est-ce qu'on va ? Maggie, on doit rentrer chez nous, prévenir nos parents !

– Vos familles sont déjà sous notre protection, a répondu le chauffeur par-dessus son épaule en passant à l'orange. Ne vous inquiétez pas pour ça.

– Mais je ne sais même pas où sont les miens ! s'est mise à brailler Roux.

– Ils sont à Berlin, l'a-t-il informée calmement.

Roux s'est radossée à la banquette, un peu sonnée par le fait qu'un parfait inconnu en sache plus qu'elle sur l'endroit où se trouvaient ses parents.

Jesse s'est tortillé pour me lancer un coup d'œil. En silence, Roux regardait défiler les rues, une main crispée sur l'autre.

– Mais *qui* les protège ? a demandé sèchement Jesse. Qui, Maggie ? On parle de l'organisation qui vient d'essayer de nous tuer ?

Que répondre ? J'étais en état de choc, encore étourdie et l'esprit légèrement embrouillé par le gaz.

– J-je ne sais pas, ai-je admis.

– C'est le nouveau « nous », a marmonné le chauffeur en coupant le carrefour pour tourner à gauche, manquant renverser une vieille dame avec son chariot de courses.

Roux a murmuré quelque chose d'inaudible en fermant les yeux.

– Qu'est-ce que c'est que ça, le nouveau « nous » ? s'est écrié Jesse en se penchant en avant.

– Ça fait presque vingt ans que je travaille pour eux, a répondu le chauffeur. Et maintenant, ils disent que j'ai détruit des pièces à conviction.

Un drôle de bourdonnement s'est déclenché dans mes oreilles.

– Et c'est vrai ? a demandé Roux.

– Bien sûr que non ! Ils voulaient que je trahisse des amis. Mais j'ai refusé. Alors ils ont dit qu'il me manquait des papiers. Après, que je n'avais plus de numéro de Sécurité sociale. Et maintenant, aucun de mes passeports n'est plus valable.

Ses yeux se sont encadrés dans le rétroviseur et il m'a prise à témoin d'un air indigné avant de me demander :

– Qu'est-ce qu'on vous a dit ?

Jesse s'est tourné vers moi dans un sursaut :

– Tu étais au courant de tout ça ?

– Bien sûr que non ! ai-je riposté. Tout ce que je sais, c'est où on va, là maintenant, et que je ne fais confiance à personne sans le feu vert d'Angelo. Et il m'a dit que je pouvais lui faire confiance à *lui*, ai-je poursuivi en désignant le chauffeur du pouce, donc on lui fait confiance.

– Bon résumé, a approuvé ce dernier avant de passer sur un dos-d'âne qui nous a fait décoller de nos sièges. Mais ne vous en faites pas pour vos parents, a-t-il continué en ignorant le petit cri de surprise de Roux. Ils sont sous protection. La nôtre, pas celle du Collectif.

Roux a rouvert les yeux, interloquée.

– Ce n'est pas le Collectif qui les protège ? C'est d'eux qu'il était en train de parler, juste avant ?

– Le Collectif est corrompu, ai-je admis, confirmant ainsi les soupçons de Jesse sans croiser son regard.

Le chauffeur a grommelé quelque chose dans sa langue, et ce n'était visiblement pas un commentaire poli.

– T'es sérieuse ? a insisté Roux.

– On ne peut plus.

Et à cet instant, c'était comme si quelque chose en moi se fendait en deux, comme si toutes les fondations sur lesquelles ma vie reposait s'écroulaient. Le Collectif, qui avait pris soin de moi chaque jour de ma vie, n'était plus fiable. Depuis des semaines, Angelo essayait de me préparer à cette idée. La poutre la plus solide de ma vie s'était irrémédiablement brisée et ni Angelo ni mes parents ne pouvaient la réparer.

J'ai vu le reflet orange sur le visage de Jesse avant même d'entendre le bruit, une sorte d'explosion assourdie qui nous a fait nous retourner tous les trois.

Derrière nous, un énorme champignon de fumée s'élevait lentement dans le ciel, suivi de traînées hachées. Au même moment, c'était comme si une deuxième déflagration éclatait dans mon cœur, et que les flammes qui montaient dans les airs m'embrasaient aussi le corps.

– C'est... c'est chez moi... ai-je réussi à articuler.

– Plus maintenant, m'a répondu le chauffeur.

– Mais c'est pas possible d'être con à ce point-là ! l'a invectivé Roux en passant un bras autour de mes épaules. Je suis sûre qu'ils sont à l'abri, Mags, a-t-elle ajouté, formulant les mots qui restaient coincés dans ma gorge.

Le chauffeur a brandi son portable.

– Je confirme : ils vont bien, a-t-il déclaré. Angelo vient de m'envoyer un texto. Ils sont sortis.

Mais j'étais incapable de me détourner de la vitre arrière pour lire le message d'Angelo. Jesse avait glissé sa main dans la mienne et je sentais la chaleur de nos paumes irradier comme une boule de feu, en songeant à notre table de cuisine, à l'ordinateur de ma mère, à mon lit, à mes vêtements, à ma vie, à tout ce qui venait d'être réduit en cendres.

Quelque chose d'insidieux s'est posé sur ma poitrine, bloquant ma respiration, et je me suis secouée pour me débarrasser de la main de Jesse et du bras de Roux, pour rejeter leurs gestes d'apaisement. Si je les laissais me réconforter, j'allais craquer, et j'avais maintenant deux personnes à protéger. Ce n'était pas le moment de faiblir.

Jesse m'a fait un signe de compréhension quand je lui ai lâché la main, et je me suis dit que mes pensées devaient se lire sur mon visage.

– Dites, ai-je lancé au chauffeur en me penchant vers lui, il y a moyen d'aller plus vite ?

Il a souri et appuyé sur l'accélérateur.

23

Le temps qu'on atteigne Park Avenue et la 50e Rue Est, Roux était toujours pâle mais elle ne tremblait plus, et Jesse semblait s'être calmé après son éclat. J'ai deviné qu'eux aussi avaient décidé de prendre sur eux, et je me suis demandé quelle était la part de courage réel et la part de choc dans leur réaction. Cela dit, au final, ça revenait au même. Tant qu'on arrivait à passer les obstacles des prochaines heures, pour moi, tous les moyens étaient bons.

La berline s'est arrêtée dans un crissement de pneus et Roux a détaché sa ceinture en lâchant un soupir excédé.

– Je jure de ne plus jamais me plaindre de la conduite des chauffeurs de taxi, a-t-elle déclaré.

Puis, après un coup d'œil sur l'immeuble devant lequel on s'était garés :

– Et est-ce qu'on était obligés de rouler comme des

sauvages simplement pour venir au Waldorf-Astoria[1] ?

– On va *sous* le Waldorf-Astoria, ai-je rectifié en tendant le bras pour ouvrir la portière. Allons-y.

Le chauffeur – Markus, ai-je appris plus tard – s'est tenu derrière la portière pendant qu'on descendait, une main glissée dans son manteau, examinant chacun des passants. Jesse, qui s'apprêtait à sortir à son tour, s'est interrompu pour me demander :

– On devrait peut-être t'attendre ici ?

J'ai secoué la tête en le poussant doucement dehors.

– Pas question que je vous lâche une seconde, ai-je répliqué. Et j'ai un truc intéressant à vous montrer.

Markus nous a guidés jusqu'à deux énormes portes plaquées d'argent dans la 50e Rue.

– C'est quoi, ça, l'entrée des cuisines ? s'est étonnée Roux en se tordant le cou pour distinguer le haut de la tour.

J'ai échangé un coup d'œil avec Markus.

– C'est l'une des entrées de la gare de Grand Central, ai-je répondu en cherchant mes outils dans mon sac. Bon, elles se présentent comment, ces serrures ?

– Attends, a dit Roux en désignant le bout de la rue. La gare de Grand Central, elle est là-bas. Ici, c'est un hôtel, pas une gare.

1. Le Waldorf-Astoria est un célèbre palace new-yorkais occupant un gratte-ciel de Manhattan.

– Et il n'y a que soixante quais à Grand Central, pas soixante et un, a enchéri Jesse.

– Comment vous savez tout ça sur Grand Central, vous ? leur ai-je demandé en suspendant mon geste.

– Qu'est-ce qu'on fait là, Maggie ? a insisté Roux sans me répondre.

J'ai soupiré devant leurs airs très très réticents et très très flippés. Ce n'est pas moi qui allais le leur reprocher ; je ressentais exactement la même chose.

– C'est ici que se trouve notre planque, ai-je lâché. (Puis, avec une grimace :) C'est carrément nul, comme phrase. Je reformule : c'est ici qu'on garde des papiers.

– Des papiers, a répété Jesse, comme si c'était un mot nouveau pour lui.

– L'heure tourne, nous a rappelé Markus entre ses dents.

Il avait raison. On discuterait plus tard.

– Écoutez, pour l'instant, contentez-vous de me faire confiance, OK ? S'il vous plaît ?

– OK, a acquiescé Roux tandis que Jesse hochait la tête.

J'ai lu dans leurs yeux qu'ils étaient toujours avec moi, et bien décidés à me suivre là où j'irais.

– Tic tac, tic tac ! nous a lancé Markus.

– OK, c'est bon ! ai-je répondu. Maintenant, essayez d'avoir l'air détaché pendant les trente prochaines secondes.

Il ne m'en a fallu que vingt pour crocheter la serrure, ce qui m'a fait encore plus de bien qu'en temps normal. Crocheter une serrure, c'était LE truc que je savais faire, et par cette soirée de terreur et de chaos total, c'était déjà une consolation. Même si c'était pour pénétrer dans le lieu public le plus fréquenté de New York.

– Venez, ai-je dit en ouvrant la porte.

Elle donnait sur un escalier, si mal éclairé que j'ai dû attendre d'arriver en haut pour que mes yeux s'habituent.

– Mais, bon Dieu, où est-ce qu'on est ? a demandé Jesse.

– Sur un quai secret, l'ai-je informé en tâtonnant le long du mur pour trouver mon chemin.

Je n'étais venue qu'une seule fois, avec Angelo qui m'avait expliqué l'importance que cet endroit avait pour nous. Il y avait de cela presque cinq ans, mais je ne l'avais pas oublié. On n'oublie pas un truc comme ça.

– Franklin Roosevelt arrivait sur ce quai de gare quand il venait à New York, pour cacher le fait qu'il avait la polio et qu'il se déplaçait en fauteuil roulant. Ça, c'était son wagon, ai-je précisé en désignant une vieille voiture couverte de poussière.

Roux et Jesse ont eu l'air impressionnés, et j'en ai profité :

– Et il prenait cet ascenseur qui mène tout droit au Waldorf-Astoria. Il a été installé exprès pour lui.

– La politique… a grommelé Markus en haussant les épaules.

Roux a levé le poing pour lui faire un check.

– Tu viens avec moi ? ai-je demandé à Jesse. Les papiers sont dans le train.

Et on a traversé les rails tandis que Markus et Roux nous attendaient au bord du quai. On entendait des petits couinements tout autour de nous, sans doute des rats perturbés par notre présence, et j'ai fait attention où je mettais les pieds, histoire de ne pas écraser une bestiole mal lunée atteinte de la rage.

À la seconde où on s'est retrouvés de l'autre côté, je me suis tournée face à Jesse et lui ai pris la main.

– Ça va, toi ? ai-je demandé. Je veux dire, je sais que tu as eu une entaille, mais tu n'es pas blessé *blessé* ?

– Ça… ça va. Je veux dire, pas bien *bien*, mais OK. Rien de grave. Et toi, comment tu te sens ?

J'ai hoché la tête, ce qui m'a paru plus sûr que de parler. J'avais toujours cette sensation d'acide sirupeux dans l'estomac, mais il n'était pas question que j'y cède maintenant. Ça me boufferait si je me laissais aller.

– Mags ? m'a-t-il dit à mi-voix en posant doucement les mains sur mes épaules. Tu es sûre ?

J'ai fait non de la tête, pris une grande inspiration et posé mes mains sur les siennes.

– Je voulais juste te dire que j'étais désolée. Cette dispute entre nous, c'était vraiment idiot, j'étais stressée, et fatiguée, et je suis désolée de vous avoir mis en danger et…

Il m'a interrompue par un baiser. Ses lèvres étaient chaudes et familières, et j'ai senti que je commençais à céder à la terreur qui m'habitait. Ce serait si simple de rester là, avec Roux et Jesse, à l'abri de tout ce que j'ignorais et que je ne pouvais pas encore comprendre et…

– TIC TAC, MESDAMES ET MESSIEURS !

– Oh, fichez-leur la paix, ai-je entendu répliquer Roux. On a failli se faire tuer ce soir ! Ils ont bien le droit de se papouiller une minute.

Je me suis écartée de Jesse avec un gros soupir.

– Bon, ce sera pour plus tard. Je voulais juste te dire que j'étais désolée. Je n'aurais jamais imaginé que ça dégénérerait comme ça.

– T'en fais pas, m'a-t-il murmuré. Je suis content d'être avec toi. On est là-dedans ensemble, maintenant. Avec Roux. Tu vas trouver une solution et on est là pour t'aider. OK ?

Il a tenté de sourire, mais on n'était pas vraiment d'humeur souriante ni l'un ni l'autre.

Cela dit, c'était à la fois la chose la pire et la meilleure qu'il pouvait me dire. J'ai acquiescé en me mordant la lèvre.

– OK. Bon, allons chercher ces papiers.

Il m'a embrassée de nouveau avant de me prendre par la main et de m'aider à monter dans le train.

Il faisait sombre à l'intérieur, et l'air était si chargé de poussière que j'ai éternué trois fois (« À tes souhaits ! » m'a lancé Roux) avant de repérer une enveloppe kraft couverte de suie. Elle était plus épaisse que je ne m'y attendais. Je l'ai prise et j'ai tendu la main à Jesse pour qu'il m'aide à redescendre. Un passeport a glissé par terre et il s'est penché pour le ramasser.

– Oh, a-t-il fait d'une voix un peu étranglée. Oh, c'est… wouah. OK.

– Quoi ?

Il m'a montré le passeport.

Il contenait sa photo, la même que celle de sa carte du lycée, qui avait été photoshopée pour correspondre aux normes d'une photo d'identité. Il était établi au nom d'Andrew Meyers, avec une fausse date de naissance, et indiquait « New York, État de New York » comme lieu de naissance.

J'aurais pu le deviner. Angelo m'avait certifié qu'il veillerait à ce qu'il ne nous arrive rien. Cette enveloppe, c'était un peu notre assurance-vie.

– Bienvenue dans le monde de l'espionnage international, ai-je dit à Jesse en le lui rendant.

– C'est Angelo qui a fait ces papiers ?

– Oui. Tu n'as pas à t'inquiéter, c'est lui le meilleur.

J'ai jeté un bref coup d'œil sur le mien (Katherine Randall) avant de donner à Jesse le faux certificat de naissance qui allait avec son passeport.

– Alors, qu'est-ce qu'on a ? a demandé Roux en traversant la voie d'un pas prudent. Markus est super stressé. Il me donne envie d'une clope. Toute cette soirée me donne envie d'une clope.

– Tu peux toujours rêver, ai-je répliqué en lui donnant ses papiers.

Ses yeux se sont agrandis de surprise quand elle a ouvert son passeport.

– D'où Angelo a-t-il sorti ça ? s'est-elle étonnée en me désignant sa photo.

– J'évite de questionner Angelo sur l'ensemble de ses faits et gestes. J'en ferais autant, si j'étais toi.

– Reçu.

– Comment tu t'appelles ? lui a demandé Jesse.

– Comment je m'appelle ? Ooh. Euh… Margaux Ellis.

Elle a réfléchi quelques secondes avant d'ajouter avec un petit sourire :

– Margaux avec un « x », comme le grand vin français. Ça, ça veut dire qu'Angelo me trouve classe !

On jouait les fiers-à-bras pour ne pas se laisser submerger par le cauchemar de cette nuit-là, et ça faisait du bien. En ce qui me concernait, tout était bon tant que ça tenait la panique à distance.

– Euh, Mags ? m'a dit Roux, qui commençait à froisser nerveusement son certificat de naissance. Pourquoi on a besoin de faux passeports ? Pourquoi pas juste de fausses cartes d'identité ?

Jesse s'est mis à hocher la tête pour soutenir sa question.

– Parce que, ai-je dit en me mettant en marche pour rejoindre Markus, on va à Paris.

24

Roux ne tenait plus en place.

– À Paris ? s'est-elle écriée en me suivant dans l'escalier. Tu veux dire à Paris en France ?

– Tu en connais un autre ? ai-je répondu.

– Allez, allez ! nous harcelait Markus.

– Paris au Texas, a riposté Roux.

– Il y en a un aussi à Las Vegas, a ajouté Jesse. Et sûrement des tas d'autres. On devrait regarder sur Wikipé…

– Oui, c'est Paris en France, ai-je coupé. Depuis quand vous êtes aussi fans de géo, vous deux ?

– Eh bien figure-toi que j'ai gagné un prix de géo en troisième, m'a informé Roux, un peu essoufflée, tandis que Markus nous pressait. Pas pour me vanter ni rien.

Jesse a ricané, mais il n'a rien dit, et n'a pas réagi au regard noir qu'elle lui a lancé.

De retour dans la voiture, on a repris notre folle course à travers Manhattan. Le silence s'est installé et j'ai senti la panique revenir par vaguelettes.

– Markus ? ai-je demandé. Mes parents viennent avec nous, hein ?

– Je n'en sais rien du tout, m'a-t-il avoué. Mon travail consiste à vous conduire tous les trois à l'aéroport. Point.

Je me suis renfoncée dans mon siège, d'humeur sombre.

– Et Angelo ? s'est inquiétée Roux.

Les lampadaires éclairaient son visage par intermittence, et je voyais qu'elle essayait de toutes ses forces de lutter contre l'angoisse.

– Même réponse que précédemment, a dit Markus.

– Je peux poser une question ? est intervenu Jesse en levant la main comme s'il était en cours. Pourquoi Paris ?

– Angelo m'a fait mémoriser une adresse ce matin, ai-je répondu. Il a dit que c'était là que je devais aller s'il arrivait quelque chose.

J'enroulais machinalement un fil de mon tee-shirt autour de mon index, qui s'est mis à me lancer. Signe que j'étais encore bien vivante, ce qui était déjà ça.

– Tu savais ce qui allait se passer ?

– Je savais que c'était plus dangereux que prévu, ai-je admis. Mais je me disais que si je trouvais ce que je cherchais, tout s'arrangerait.

– Et tu l'as trouvé ? s'est informée Roux.

À sa petite voix tendue, j'ai compris qu'elle pensait à nos recherches sur les œufs de Fabergé.

– Oui, ai-je reconnu, tout en craignant d'en dire trop sur les pièces.

À cet instant, Dominique, Angelo, mes parents et moi étions les seuls à savoir que je les détenais, et ça ne devait pas changer tant que je ne saurais pas à qui me fier.

– Je ne peux pas vous dire ce que c'est, ai-je ajouté à la hâte, mais je l'ai trouvé.

– Et c'est pour ça qu'on s'est fait tirer dessus par une bande de dingues qui a fait sauter ton appart ? a demandé Roux.

– C'est très possible. Très très possible, oui.

Jesse a émis un long sifflement et s'est affalé sur la banquette.

– Et ce truc que tu as trouvé, tu l'as encore ?

J'ai acquiescé au moment où on passait sous un lampadaire. On traversait l'arrondissement de Queens en direction de l'aéroport international JFK.

– Oui. J'en ai besoin, je ne peux pas m'en débarrasser. C'est ce qui permettra à mes parents de prouver leur innocence.

À la seconde où j'ai prononcé cette phrase, j'ai su que ça ne suffirait pas. Ceux qui tiraient les ficelles du nouveau Collectif se fichaient bien que j'aie les pièces ou non. Tout ce qui les intéressait, c'était le pouvoir. Et en m'en mêlant, je ne faisais que leur mettre des bâtons dans les roues.

Une vague d'énergie m'a électrisée à l'instant où j'ai compris ça. « Qu'ils aillent se faire voir », ai-je songé. Le Collectif ne leur appartenait pas. C'était *ma* famille, *mon* foyer. Il m'avait fait rencontrer Angelo, Roux et Jesse. Je ne laisserais personne me prendre ça.

Pas sans me battre, en tout cas.

– Écoutez, ai-je dit à Roux et Jesse en me penchant pour les regarder. Je fais une confiance aveugle à Angelo pour nous tirer de là. Si moi, je lui fais confiance, vous, vous devez me faire confiance, OK ?

– OK, a dit Roux aussitôt, sans plus d'hésitation que si je lui demandais de me passer son cours d'histoire. (Même si elle ne note jamais rien en cours d'histoire. Ni en cours de maths. Ni… Enfin bref.)

– Mais tu sais au moins où on va ? s'est enquis Jesse. En dehors du fait de connaître l'adresse ?

– On ne le sait jamais, ai-je répondu. Pas dans notre boulot. Et maintenant, vous bossez avec moi.

Rien que le fait de le dire tout haut, ça m'a fait du bien.

– On l'a déjà fait, non ? On peut recommencer !

J'ai vu un sourire prudent éclairer le visage de Roux.

– Fais gaffe à ce que tu souhaites, m'a-t-elle murmuré. Parce que après, on ne te laissera plus changer d'avis.

– Je suis sérieuse, lui ai-je assuré en repensant à la petite phrase qu'Angelo m'avait dite quelques jours plus tôt.

Puis j'ai dû m'agripper à l'accoudoir parce que Markus prenait un virage en épingle à cheveux à l'aéroport dans le terminal de British Airways.

– Je croyais qu'on allait à Paris, pas à Londres, a observé Roux en regardant par la vitre teintée. Maggie, Paris, c'est le nom de code pour Londres ou quoi ? Un signal secret ? Ça fait partie d'une grande liste qu'il faut apprendre par cœur ?

– Non, vous allez bien à Paris, a confirmé Markus en pilant, nous obligeant tous les trois à nous retenir au premier truc venu pour ne pas décoller de nos sièges. Tout le monde descend.

– Sains et saufs, a marmonné Jesse. Où ce type a-t-il déniché son permis ?

– Eh bien, ce n'est pas exactement dans les auto-écoles de quartier qu'on nous apprend à conduire, lui ai-je répondu tandis que Markus venait nous ouvrir.

Comme devant l'hôtel, il s'est campé derrière la portière, une main posée sur la hanche, pendant qu'on sortait de la voiture.

Le terminal ressemblait à n'importe quel autre terminal, avec des voyageurs qui allaient et venaient dans l'odeur du kérosène, chargés de valises bourrées à craquer. Je me suis demandé comment Markus était censé différencier un ami d'un ennemi, avant de décider que je ne voulais pas le savoir. Si Angelo lui avait confié notre sécurité, il avait ses raisons. (Autres que ses talents de cascadeur, je veux dire.)

Roux a recalé la bandoulière de son sac sur son épaule, son nouveau passeport à la main.

– Vous venez avec nous ? lui a-t-elle demandé.

Vu son ton, cette perspective l'emballait moyennement.

Il a fait non de la tête en désignant le point d'enregistrement.

– À partir d'ici, c'est eux qui s'occupent de vous.

Après avoir serré la main à Roux et à Jesse, il a posé sa grosse pogne sur mon épaule et m'a dit :

– Je sais que ce n'est pas l'impression que tu as, mais tu as fait un super boulot aujourd'hui.

J'ai senti les larmes me monter aux yeux et je me suis empressée de les ravaler.

– C'est vrai, ce n'est pas du tout l'impression que j'ai.

– Qu'est-ce que tu croyais ? m'a-t-il répliqué avec un haussement d'épaules. Que ça allait être facile ?

Bonne remarque, malheureusement.

Du coin de l'œil, j'ai vu Roux passer la main dans ses cheveux, dont sont tombés deux petits éclats de verre qui ont rebondi par terre.

– Oh, génial, a-t-elle marmonné.

On a passé les portes coulissantes à la queue leu leu.

– Adieu, chauffeur fou, a dit Roux tandis que Markus

redémarrait en trombe. J'espère qu'il a une trousse de premiers secours dans le coffre.

– Où est-ce qu'on va maintenant, Mags ? m'a demandé Jesse tandis qu'on observait le comptoir d'enregistrement. On a des billets ?

– Aucune idée. Je ne...

– Par ici, s'il vous plaît, a lancé une voix.

Une hôtesse nous faisait signe depuis le comptoir des premières classes. Sa tête m'était familière. Je suis restée immobile le temps de la situer. « Merci, Zelda », lui avait dit ma mère.

Zelda. Le Collectif avait dû essayer de la faire changer de bord, elle aussi. Peut-être qu'elle avait subi le même sort que Markus, qu'elle aussi s'était soudain retrouvée en situation d'étrangère sans papiers.

– Je la connais, ai-je murmuré pour moi-même.

C'était l'hôtesse qui nous accompagnait sur le vol Reykjavík-New York un an plus tôt. À l'époque, j'avais tellement hâte de vivre à Manhattan, de laisser derrière moi la beauté et l'ennui de l'Islande pour la vie trépidante d'une grande ville ! Tellement hâte que les choses bougent ! En regardant Zelda et en détectant un éclair de reconnaissance dans ses yeux, j'ai réalisé à quel point j'avais été stupide.

– Par ici, je vous prie ! a-t-elle répété d'un ton ferme et professionnel.

Roux m'a interrogée du regard. L'ayant rassurée d'un signe, j'ai pris la tête de notre trio dépenaillé pour m'avancer vers le comptoir.

– Tu as grandi, m'a dit Zelda en guise de salutation, plus par convenance que parce qu'elle le pensait.

– Vous vous connaissez ? a demandé Roux.

Jesse l'a rabrouée d'un coup de coude et elle s'est tue, non sans avoir riposté.

– Fais gaffe, a-t-elle bougonné en se frottant le bras.

– Vos passeports, a réclamé Zelda avec autorité.

On les lui a tendus aussitôt, et j'ai eu la nette impression que personne ne devait jamais désobéir ouvertement à Zelda. Ou que ceux qui s'y étaient risqués n'étaient plus là pour s'en vanter.

– Vous savez où sont mes parents ? l'ai-je questionnée.

J'avais baissé la voix, ce qui était parfaitement superflu, vu qu'il n'y avait presque personne aux alentours, et aucune oreille assez proche pour m'entendre interroger une hôtesse de l'air sur mes parents. Mais c'était plus fort que moi. La question était flippante, et la réponse potentielle l'était encore plus.

– On m'a demandé de m'occuper de vous trois, pas d'eux, m'a-t-elle répondu d'un ton radouci. Ah, Angelo fait un travail fantastique, a-t-elle ajouté en examinant mon passeport. C'est un grand artiste.

– Mais lui, au moins, vous savez où il est ? ai-je insisté.

Mais elle s'est contentée de hocher la tête en scannant les passeports de Jesse et de Roux, avant d'imprimer nos cartes d'embarquement.

– Suivez-moi.

Comme si on avait le choix.

Elle nous a guidés dans le labyrinthe de JFK jusqu'à la zone embouteillée des points de sécurité. Ses talons claquaient à chacun de ses pas comme de petits tirs d'avertissement, et j'ai remarqué que quelques agents de surveillance marchaient dans notre sillage. Roux et Jesse leur lançaient des coups d'œil nerveux, mais j'étais sûre qu'ils travaillaient avec Zelda. Elle ne les aurait jamais laissés s'approcher autant autrement. Dans cette mission-ci, je n'avais aucun dossier pour me dire où aller, quoi faire ni quel rôle jouer. Je ne pouvais compter que sur mon instinct et sur mon expérience.

Et mon instinct me disait de suivre Zelda.

Roux m'est rentrée dedans quand je me suis arrêtée net en voyant le détecteur de métaux dans la zone de sécurité.

– Qu'est-ce qu'il y a, Mags ? s'est-elle inquiétée.

Les dix pièces d'or pesaient sur ma hanche dans la poche de mon jean, et j'ai dû faire un effort pour ne pas poser la main dessus.

– Je ne peux pas passer là-dedans, ai-je soufflé à Zelda.

– Moi non plus, a fait Jesse en écho.

Roux et moi l'avons regardé. Je ne voyais pas du tout ce qui lui faisait dire ça, mais bon, l'union fait la force.

Zelda l'a regardé à son tour d'un air légèrement surpris, mais quand ses yeux se sont posés sur moi, j'ai su qu'elle savait parfaitement pourquoi je ne pouvais pas franchir le détecteur.

– Par ici, a-t-elle dit en virant sur la gauche.

On l'a suivie comme trois canetons égarés jusqu'au point de sécurité des premières classes. Un homme en uniforme, qui surveillait le défilement des sacs dans le scanner, a échangé un regard si rapide avec Zelda qu'il fallait être un pro pour le détecter.

Moi, je l'ai vu, et j'ai su que ce type travaillait avec nous. D'un côté, ça m'a soulagée. De l'autre, ça m'a rendue encore plus nerveuse. Combien étaient-ils comme ça, à avoir été trahis par le Collectif ? Combien d'autres personnes étaient en danger ?

Zelda a franchi le détecteur la première, avec la nonchalance de quelqu'un qui fait ça tous les jours. Jesse l'a imitée, avec une grande inspiration au moment où il posait ses affaires sur le tapis. Le détecteur n'a pas bipé, et l'agent de sécurité ne lui a pas accordé une seconde d'attention. Roux est passée sans encombre, et j'ai franchi le portique à mon tour en retenant mon souffle. Les pièces d'or me brûlaient presque à travers le tissu de mon jean, tant j'avais conscience de leur présence. Impossible qu'elles ne déclenchent pas le détecteur, et une ruée d'agents de sécurité sur nous. Je voyais déjà surgir Dominique, et…

Je suis passée sans provoquer un bourdonnement.

Surprise, j'ai fixé Zelda, qui m'a répondu par un petit coup d'œil satisfait, l'air de dire : « Alors, tu vois ? » Puis on a continué au pas de charge. Il était plus de vingt et une heures et l'aéroport ne désemplissait pas. Je n'avais pas mis les pieds dans un terminal depuis des années – on ne prenait plus que des avions privés depuis le 11 Septembre – et j'observais les alentours en cavalant derrière Zelda.

– Il y a des Starbucks, maintenant, dans les aéroports ? ai-je chuchoté.

– D'où tu sors ? m'a répliqué Roux sur le même ton. Tu prétends être une espionne d'envergure internationale et tu ne sais même pas qu'il y a des Starbucks dans les aéroports ?

– J'ai été un peu occupée ces derniers temps.

– On ne peut plus faire un pas nulle part sans tomber sur un Starbucks. C'est ça, le monde moderne. Faut te mettre à jour, Maggie, a-t-elle conclu avec un sourire railleur, un peu tremblant, mais quand même.

– Katherine, ai-je rectifié.

– Oui, bon, OK.

J'ai senti les doigts de Jesse me frôler et je lui ai pris la main. Elle était froide, presque autant que la mienne, et il s'est calé sur mon pas. On avançait tous les quatre en rythme, Zelda devant, Roux derrière, suivis discrètement par deux nouveaux agents de sécurité, et notre petit groupe m'a fait penser tout à coup à un bataillon en marche vers le combat. On avait déjà survécu à une fusillade et on allait vers l'inconnu, mais on formait une équipe, maintenant. Roux et Jesse étaient aussi impliqués que moi, et j'étais incapable de dire si c'était un bon ou un mauvais point.

25

Zelda nous a conduits dans une salle d'attente pour les premières classes aux lumières feutrées, au mobilier confortable d'apparence récente, qui faisait un peu penser à un hôtel. La salle était presque déserte, et quand les portes coulissantes se sont refermées derrière nous, je me suis sentie en sécurité pour la première fois depuis des heures. Tout ce que je voulais, c'était m'affaler sur un de ces canapés douillets et ne plus penser à rien. Mais Zelda, dans le cliquetis de ses petits talons, nous a guidés jusqu'à un spa.

– Il y a un spa à JFK ? a dit Jesse, surpris.

– Et toi, t'as grandi où, dans une étable ? a fait Roux.

Mais elle était visiblement aussi étonnée que lui. Ça m'a fait penser à ses parents, qui n'arrêtaient pas de voyager, qui devaient avoir de (vrais) passeports criblés de tampons de pays du monde entier. Pas elle. Il était même tout à fait possible qu'elle n'ait jamais quitté les États-Unis. Ça m'a paru tellement moche de la part de ses parents que j'ai chassé cette idée. Je pourrais toujours y repenser plus tard. J'avais déjà le cerveau assez encombré de gravats comme ça.

– Il y a des douches, nous a signalé Zelda en se campant devant la porte. Je vous attends ici.

Jesse a disparu dans la section pour hommes tandis que Roux et moi partions de l'autre côté. Des haut-parleurs diffusaient une musique douce et on s'est regardées du coin de l'œil avant d'éclater de rire.

– Jamais rien entendu d'aussi crispant! a-t-elle gloussé.

– Tu paries combien que Jesse adore, ai-je ajouté, ce qui l'a fait rire de plus belle. Mais pourquoi on doit prendre une douche, au fait? On ne pourrait pas juste monter dans l'avion et...

On s'est soudain retrouvées face à un grand miroir.

– Oh...

– Oui, ça explique, a confirmé Roux.

On avait l'air de deux orphelines en haillons sorties d'un roman du XIXe siècle. Roux avait les cheveux tout emmêlés et ma tresse était aux trois quarts défaites. L'une de mes manches était légèrement déchirée et Roux arborait une petite entaille sur le front. Ce n'était pas flagrant au point d'attirer les regards, mais on voyait qu'il nous était arrivé quelque chose. Et pas simplement à cause de nos cheveux et de nos vêtements;

ça tenait aussi à nos expressions. J'avais bien remarqué que Roux était toute pâle et gardait les yeux légèrement écarquillés, mais je n'avais pas songé que je pouvais être encore plus pitoyable. J'étais livide, avec les lèvres blanches tirant sur le bleu ; on aurait dit un spectre. « Ressaisis-toi, me suis-je intimé. C'est à toi de tirer les autres de ce cauchemar. »

– Comme ça, tu la connais ? m'a demandé Roux en me montrant la porte d'un mouvement de la tête.

– Zelda ? Ouais, je l'ai croisée l'an dernier. Elle travaille – enfin, elle travaillait – pour le Collectif.

Roux m'a observée quelques secondes avant de s'examiner dans le miroir.

– Et tu crois qu'elle serait capable de, disons, *tuer* quelqu'un ?

– Évidemment, ai-je dit en défaisant ce qui restait de ma tresse. Sinon, qu'est-ce qu'elle ferait là ?

– C'est ce que je pensais, a murmuré Roux en me suivant dans le couloir.

Je suis restée sous la douche de longues minutes, à laisser l'eau dégouliner de mes cheveux jusqu'au bout de mon nez, immobile, les mains appuyées sur le mur carrelé, en m'appliquant à calmer ma respiration. Profitant de ce que Roux et Jesse n'étaient pas là pour me regarder, j'ai enfin laissé libre cours à ma panique. Mais qu'est-ce que j'allais faire de ces deux personnes innocentes et de ces dix pièces d'or ? J'avais dit à Jesse et Roux que je faisais confiance à Angelo, et je n'avais pas menti. Mais ça devenait plus dur de me raccrocher à cette confiance et à l'idée que tout se passerait bien alors que je ne savais même pas où il était, ni même quand, ou si, je le reverrais.

L'eau est restée chaude plus longtemps que je ne l'aurais espéré, compte tenu du fait qu'on était dans l'un des aéroports les plus fréquentés du monde. Mes doigts étaient fripés et je voyais des taches roses apparaître sur mes jambes et mes bras, signe que ma peau commençait à se rebeller contre la température. Je ne l'ai pas baissée pour autant. L'eau brûlante secouait ma léthargie et forçait mon cerveau à réfléchir plutôt qu'à flotter.

Je ne savais pas à quelle heure partait notre avion, mais ça n'avait pas d'importance. Je pouvais compter sur Zelda pour me sortir de la douche par la peau du cou si elle trouvait que je traînais. Je me suis demandé ce qu'Angelo lui avait expliqué, ce qu'elle savait ou pas. Elle était au courant pour les pièces, c'était clair, vu le coup d'œil qu'elle m'avait lancé au point de sécurité. Elles étaient toujours dans ma poche de jean, je les voyais même luire faiblement à travers le tissu. Je me suis rincée sans les quitter des yeux. J'avais fermé le verrou, bien sûr, mais n'empêche. Je ne prenais plus de risques.

Quand l'eau a fini par refroidir, je me suis décidée à sortir de la douche. Les serviettes étaient rêches et sentaient le détergent. Une fois sèche, j'ai fouillé dans le sac que m'avait donné Zelda. Il contenait des affaires de toilette, deux jeans pile à ma taille et de la même marque que celui que je portais ce jour-là, deux chemises et deux sweat-shirts qui avaient justement disparu de mes affaires. Encore un coup d'Angelo. Il me les avait volés, pour moi. Ils sentaient l'eau de toilette de Jesse, l'odeur de notre lessive, de notre loft et de la cuisine de mon père.

– Toc toc ! m'a appelée Roux.

Je me suis dépêchée de m'habiller pour aller lui ouvrir. Elle avait les yeux rouges, mais a agité la main avec un sourire pour chasser mon inquiétude.

– Si on ne peut plus craquer sous la douche, où le peut-on, je te le demande ? a-t-elle commenté. Pas la peine de flipper, ça va beaucoup mieux. L'eau salée, c'est un remède pour tout, pas vrai ?

– Si tu le dis, ai-je répondu lentement. Mais tu es sûre… ?

– Qu'est-ce que ça change ? Sincèrement ? De toute façon, je suis dedans, que ça me plaise ou non.

Ce n'était pas une récrimination ; juste un constat.

– Cela dit, Angelo aurait pu me trouver mieux comme fringues, a-t-elle ajouté en me désignant son tee-shirt noir à manches longues, son jean et ses baskets. Là, on dirait que Gap m'a gerbé dessus.

– Une image très poétique, ai-je dit en souriant malgré mon sentiment de culpabilité.

– N'est-ce pas ? Il faut bien que ça serve, les cours de littérature. Ah, et il n'a même pas pensé au mascara ni rien. Tu crois que je pourrais emprunter celui de Zelda ? À voir sa tête, je suis sûre qu'elle est équipée.

– À mon avis, si tu lui demandais, elle risquerait de te poignarder avec, ai-je répliqué en me brossant les cheveux.

– Ça se pourrait. Ou peut-être avec un de ses talons aiguille. Encore un truc qu'Angelo n'a pas prévu, d'ailleurs.

– Parce que tu penses que tu vas avoir besoin d'une paire de talons aiguille ?

– On va à Paris, Maggie ! m'a-t-elle rappelé d'un ton de reproche. C'est bête que je n'aie pas pu préparer mon sac moi-même. J'aurais fait beaucoup mieux, sans vouloir te vexer.

– Pas de problème. Je prierai Angelo de bien vouloir nous consulter sur les questions vestimentaires, la prochaine fois qu'on essaie de nous tuer. Ne perdons pas le sens des priorités !

– Exactement, a approuvé Roux en me souriant dans le miroir. Bon, on va retrouver Jesse ? On ne sait jamais, si on traîne trop, Zelda pourrait lui faire du gringue ?

L'image de Zelda en train de faire un numéro de charme à Jesse m'a fait éclater de rire.

– Je paierais cher pour voir ça.

– T'as pas de fric, m'a rétorqué Roux.

Si elle savait.

Je vous rassure, Jesse n'était pas en train de se faire séduire par Zelda, ni par les deux hommes d'affaires assis à l'autre bout de la salle d'attente. Les cheveux encore humides de la douche, il portait une chemise à carreaux, un jean et des baskets.

Je sais, l'heure était grave et j'aurais dû me concentrer sur des choses plus importantes, comme... bah par exemple, retrouver les gens qui avaient essayé de nous tuer. Mais quand Jesse a levé les yeux vers nous, j'ai sauté une respiration. La teinte de sa chemise faisait ressortir ses yeux (merci, Angelo) et ses cheveux bouclaient tellement à cause de la douche qu'ils retombaient en tire-bouchon sur ses yeux.

– Salut, m'a-t-il lancé en me tendant une main pour que je vienne m'asseoir à côté de lui.

Je me suis perchée sur l'accoudoir du canapé à deux places et il a glissé son bras autour de ma taille tandis que je passais le mien autour de ses épaules.

– Allez, pousse-toi un peu, lui a dit Roux. Il n'y a

pas écrit PROPRIÉTÉ EXCLUSIVE DE JESSE, INTERDICTION DE S'ASSEOIR, que je sache.

Il s'est exécuté en levant les yeux au ciel et elle s'est affalée à côté de lui. On n'a rien dit, mais il était évident qu'aucun de nous trois n'avait envie d'être assis tout seul à cet instant.

Les nouvelles régionales passaient sur un énorme écran de télé. Parmi les grands titres ont surgi des images de notre immeuble en flammes et d'une bonne dizaine de pompiers en pleine action. « À l'heure actuelle, la police privilégie l'hypothèse d'une fuite de gaz, disait le commentateur. Mais elle n'a pas encore pu déterminer si des personnes étaient présentes dans l'immeuble au moment des faits. Elle recherche actuellement les propriétaires. »

– Ouais, ben bonne chance, ai-je grommelé. Jesse, tu peux éteindre, s'il te plaît ?

Apparemment, les flammes n'avaient pas gagné les immeubles voisins, c'était déjà ça.

Jesse est allé appuyer sur le bouton avant de revenir s'asseoir à côté de moi. Zelda nous a regardés un moment, agglutinés tous les trois, mais s'est dispensée de commentaire.

– Il faut que je prenne vos portables, nous a-t-elle annoncé. Et toi…

– Moi, c'est Jesse.

– Jesse, oui, excuse-moi. Tu dois appeler tes parents pour les prévenir que tu vas être absent quelque temps.

Jesse a cligné des yeux, puis s'est mis à rire. Mais pas vraiment d'un rire qui disait « Hou, ha ha, Zelda, quelle comique vous êtes ».

– C'est une blague ? a-t-il répondu. J'appelle mes parents pour leur dire que je ne vais pas rentrer avant quelque temps. Tranquille. Vous savez qui est mon père ? Ça risque d'avoir un peu de mal à passer.

– Je suis on ne peut plus consciente de qui est ton père, a rétorqué froidement Zelda, sur quoi Jesse s'est rencogné dans le canapé. Tu lui dis que tu pars voir ta mère dans le Connecticut.

Jesse a pincé les lèvres, puis m'a regardée brièvement.

– Comment savent-ils que ma mère habite dans le Connecticut ?

– Ils savaient bien que la mienne était à Berlin, a observé Roux en haussant les épaules. Bienvenue dans le meilleur des mondes, mon pote. Va falloir t'y faire.

J'ai acquiescé en lui pressant l'épaule, et senti sa chaleur sous sa chemise.

– Ils te croiront ! lui ai-je assuré.

– Mais si ma mère appelle mon père et que… ?

– Ils ne se parlent jamais, l'a coupé Zelda, sans doute la remarque la plus malvenue qu'il était possible de faire à cet instant.

– Je rêve ! ai-je fait en haussant un sourcil à l'adresse de Zelda.

– Sérieux ?! a enchéri Roux.

Zelda a levé la main, l'air de dire : « Ben quoi ? Qu'est-ce que j'y peux ? »

– Bon, très bien, a cédé Jesse en sortant son portable. Euh… je leur dis quoi, exactement ?

– Que tu loges chez l'autre, a répondu Zelda, un peu plus poliment cette fois. Ne t'inquiète pas, tu pourras les appeler régulièrement pour les rassurer.

– On va être partis combien de temps ? a demandé Roux. Les cours reprennent dans quatre jours. Pas que je sois pressée de retourner en taule, hein. Moi, Paris, ça me va.

– Vous reviendrez quand le danger sera passé, a dit Zelda. (Puis, en se tournant vers moi :) Ça va surtout dépendre de toi.

J'ai hoché la tête.

– Allô, m'man ? Je suis chez papa. Papa ? Je suis chez maman, a récité Jesse. Une chance qu'ils se détestent, finalement, a-t-il ajouté avec un soupir en collant son portable à son oreille.

– Une chance que les miens *me* détestent, a enchaîné Roux, d'un ton où ne perçait même pas d'amertume.

– Tu ne peux pas dire ça, Roux, c'est… Allô, papa ?

Zelda, Roux et moi avons fait mine de ne pas écouter

pendant que Jesse parlait à ses parents. Tandis que mon regard errait dans la salle, mes yeux sont tombés sur les deux hommes d'affaires assis au bar.

– Rien à craindre, m'a soufflé Zelda.

Mais ce n'était pas pour ça que je les regardais. Je me demandais juste où ils allaient, quel métier ils exerçaient, s'ils avaient la moindre idée de la chance qu'ils avaient. Pendant quelques secondes, je me suis même surprise à avoir envie de les suivre, loin du maelström que j'avais déclenché, mais un soupir de Jesse a ramené mon attention sur lui.

– Ah, c'était horrible, a-t-il commenté en essayant en vain de sourire. Mentir à mes parents, c'est bien plus marrant que ça, d'habitude.

– Je suis désolée. Sincèrement, ai-je murmuré en lui caressant l'épaule, comme il aimait.

– Bah, qu'est-ce que tu veux y faire ?

Il m'a pressé la cuisse en lâchant un nouveau soupir. Je savais qu'il ne m'en voulait pas, que je n'avais pas besoin de m'excuser, mais je n'étais pas encore prête à me pardonner à moi-même.

– Maintenant, il faut que vous me passiez vos portables, nous a répété Zelda.

On les lui a donnés sans poser de questions. Puis elle nous a précisé que notre vol décollait à vingt-deux heures trente et nous a laissés seuls quelques minutes.

On s'est regardés tous les trois.

– Bon, c'est cool ! s'est exclamée Roux en se calant dans le canapé. Mon premier voyage à Paris ! Je n'aurais jamais imaginé que ça se passerait comme ça.

– Et toi, ça va, la petite ? m'a demandé Jesse.

– T'as que deux mois de plus que moi, ai-je protesté. Ne m'appelle pas comme ça, ça fait bizarre.

– T'as raison, Maggie, c'est un sujet hautement prioritaire, a dit Roux en inspectant ses ongles.

Je n'aurais pas su dire si son détachement était feint ou réel, mais c'était sympa de retrouver notre bonne vieille Roux. Sa crise de larmes sous la douche avait dû lui faire du bien.

– T'es sûre que ça va ? m'a redemandé Jesse, plus doucement, en caressant mon genou. Tu es toute pâle.

– Je vais te chercher un truc à manger, a décrété Roux en se levant d'un bond pour aller étudier les propositions de restauration. Un truc farineux, ce serait pas mal. Ou alors sucré. Ou peut-être salé. Tu crois qu'ils ont des frites ? Je vais voir ce que je peux faire.

– Oui, je vais bien, ai-je répondu à Jesse après son départ. À part le fait que je m'en veux à mort de vous avoir embarqués là-dedans.

– On ne peut pas dire que tu aies eu le choix, a-t-il observé. Et ce n'est pas non plus toi qui as essayé de nous tuer.

– Je sais, je sais. Seulement... Tu vois, tu pourrais être chez toi en train de prévoir une séance de ciné avec Claire.

Claire était son ex-petite amie, avec qui il avait rompu juste avant que j'arrive à New York.

– Ouais, ben sans vouloir dire du mal de Claire, je préfère encore être victime d'une tentative de meurtre que de ressortir avec elle.

Il m'a fait un grand sourire ultra-bright, pour me dérider.

– Ce n'est pas ta faute, Mags. Sérieusement. Je te l'ai dit, on est ensemble dans cette histoire, maintenant. D'ailleurs, c'est toi qui m'as plaqué au sol quand ils ont commencé à tirer.

– Ça, je ne risque pas de l'oublier.

– Tu m'as sauvé la vie ! Tu as un instinct stupéfiant ! Alors, pas la peine de t'en faire. Tes parents vont s'en sortir, et Angelo est Angelo, pas vrai ? Ils ont déjà dû vivre bien pire que ça.

– Si au moins je savais où ils sont ! ai-je répondu en tirant un fil de sa chemise. Sympa, comme couleur, ça te va bien. Ça met tes yeux en valeur.

– Je trompe la mort et en plus, j'ai le look qui tue. James Bond, gare à toi, me voilà !

– Ça me rappelle ton déguisement d'Halloween, le soir où on s'est rencontrés.

– Le soir où on s'est embrassés, tu veux dire.

Mon cœur s'est mis à gonfler comme une baudruche, presque douloureusement. Je me suis penchée pour l'embrasser.

– Je t'aime, ai-je murmuré contre ses lèvres.

– Et maintenant, tu sais ce que ça fait d'embrasser un espion, m'a-t-il signalé.

Je l'ai regardé avec un petit sourire triste, et il m'a embrassée de nouveau.

26

On a passé la nuit dans l'avion.

Quand on est montés à bord, il n'y avait que quelques hommes d'affaires avec nous en première classe. Sur le coup, j'ai quand même pilé, créant un carambolage avec Jesse puis avec Roux.

– Super, l'ai-je entendue bougonner. Maintenant, on joue *Les Bronzés prennent l'avion*. Top.

– Est-ce qu'on… ai-je commencé à demander à Zelda.

Elle m'a rassurée d'un signe de tête.

– On les a tous contrôlés. Allez vous asseoir, s'il vous plaît. L'avion va bientôt décoller.

Jesse et moi étions placés de part et d'autre d'une allée et Roux était à côté de moi près du hublot. Mes mains ne tenaient pas en place. J'ai bouclé et débouclé ma ceinture trois fois, écarté les cheveux de mon visage avant de les remettre sur mes épaules, feuilleté le livret de consignes de sécurité jusqu'à les connaître par cœur.

– Maggie ? m'a dit Jesse. Tu ne serais pas un peu…

– Tu es agitée, a tranché Roux. Bon, où est le champagne ? On n'a pas droit au champagne sur ce vol ?

À cet instant, Zelda a surgi comme par magie au bout de l'allée avec des coupes sur un plateau.

– Hé, je suis télépathe ! a triomphé Roux en lui faisant signe.

– Pas question, a dit Zelda quand elle a compris ce qu'elle voulait. Vous êtes mineurs aussi bien en Europe qu'aux États-Unis.

Là, Roux a pris soudain une expression impassible qui, chez elle, n'annonçait rien de bon. Je me suis préparée à la tornade. Jesse, de l'autre côté de l'allée, a résumé avec un soupir :

– Et c'est parti.

Trois hommes d'affaires étaient en train de s'asseoir sans nous prêter la moindre attention, ce qui était déjà ça.

– Écoutez, Zelda, a déclaré Roux d'une voix posée qui représentait le calme avant la tempête. Je ne sais pas comment s'est passée votre soirée, mais moi, un dingue a essayé de me tuer. Ainsi que ma meilleure amie et ses parents. Et leur ami le plus proche.

Jesse s'est tourné vers elle d'un air incrédule.

– Euh… t'oublies pas quelqu'un, là ?

– J'y venais. *Et* Jesse. *Et* je viens de me faire un shampooing aux éclats de verre. Personnellement, Zel, ce genre de trucs, ça me met les nerfs en pelote. Je me sens un peu – ah, c'est quoi l'expression en français ? – prête à péter un plomb, là. Alors si ça ne vous fait rien, je vais prendre une coupe et avec un peu de chance – on croise les doigts, Zelda – ça va me faire oublier temporairement qu'on est traqués par un psychopathe. OK ? Ça vous va, comme ça ?

J'ai glissé un coup d'œil à Zelda en me demandant si elle allait lui faire une prise de catch avant de passer aux autres passagers, mais ses lèvres ont tressailli et j'ai vu passer dans ses yeux une brève lueur qui ressemblait à du respect.

Toujours est-il que Roux a eu sa coupe.

– *À votre santé**[1], lui a dit Zelda.

– Vous en faites pas pour ça, a répliqué Roux en levant sa coupe comme pour porter un toast, avant d'en écluser la moitié en une gorgée.

– Je croyais que tu avais diminué ta consommation, ai-je observé une fois que Zelda s'est éloignée.

– C'est vrai. Disons qu'aujourd'hui, je fais une exception. Tiens, m'a-t-elle dit en me tendant la coupe. Ça te redonnera un peu de couleurs.

Après une hésitation, j'ai pris une petite gorgée. Ça piquait un peu sur le coup, puis ça m'a réchauffé l'estomac, mais ça ne m'a pas apaisée pour autant. Je pense

1. *Tous les mots ou expressions suivis d'un astérisque sont en français dans le texte.*

que la seule chose qui aurait pu me calmer à ce moment-là, c'était un tranquillisant pour éléphant, mais je ne me serais pas hasardée à demander à Roux si elle en avait – elle aurait été bien capable de me répondre oui.

– C'est dingue, tu ne peux pas t'empêcher de faire une scène, lui a dit Jesse d'un ton réprobateur, sans pouvoir réprimer un sourire. Avec toi, pas moyen de se faire canarder et de filer ensuite pour Paris comme des ados normaux.

– Je t'entends pas, a-t-elle chantonné. Je flotte vers Paris sur une mer de bulles.

– Sans vouloir faire exploser tes bulles, ça ne va pas être tout à fait l'idée qu'on se fait de vacances sympas à Paris. On est en cavale, je te rappelle.

– Je sais. Mais sous la protection d'un réseau géant de criminels subversifs. Ça pourrait être pire.

Elle m'a souri d'un air bravache et j'ai su qu'elle cherchait à me remonter le moral.

– T'as raison, ai-je approuvé. Je ne vois pas ce qui pourrait déraper.

– Je parie que tu as une liste de tout ce qui pourrait déraper, classée par ordre alphabétique.

Avant que j'aie pu lui répondre, la voix du commandant s'est élevée dans le haut-parleur pour nous enjoindre de nous préparer au décollage.

J'ai regardé Jesse tandis que l'avion prenait de la

vitesse sur la piste. Il portait un sweat trouvé dans son sac, dont il avait rabattu la capuche sur son visage.

– Ça va ? ai-je demandé en lui tendant la main.

Il a replié la sienne sur mes doigts froids, et j'ai glissé l'autre main sous l'accoudoir pour prendre celle de Roux de l'autre côté. Elle m'a donné trois petites pressions de réconfort et quand je me suis retournée vers Jesse, il m'a envoyé un baiser.

– Détends-toi, m'a-t-il dit tandis qu'on quittait le sol. Tout va bien se passer.

On a atterri vers midi, sous un ciel pluvieux. Roux, fidèle à elle-même, avait dormi comme une bûche pendant tout le vol et Jesse avait réussi à somnoler quelques heures. Moi, je n'avais pas fermé l'œil. J'avais passé le temps à regarder par le hublot, à suivre des films débiles sous-titrés en anglais et à réfléchir. Il m'avait fallu quelques heures pour absorber le choc, mais maintenant que c'était réglé, je découvrais que mon cerveau fonctionnait à plein régime.

La première chose à faire était de découvrir où étaient passés Angelo et mes parents. J'aurais rêvé qu'ils nous attendent à Paris, mais je savais que ce n'était pas possible. C'était bien trop risqué de se retrouver tous au même endroit. J'allais devoir les localiser. Une petite voix sombre me disait que j'allais d'abord devoir découvrir s'ils étaient encore vivants, mais je n'arrivais pas à penser à ça. Bien sûr qu'ils étaient vivants. Markus avait dit qu'ils étaient sortis de l'immeuble. Bien sûr qu'ils en étaient sortis. Il n'y avait pas à discuter.

Je n'avais aucune idée d'où se trouvait l'adresse fournie par Angelo. Je me doutais qu'il y aurait quelqu'un pour nous y conduire, mais après ? On était censés faire quoi ? Attendre des nouvelles ? Rester cachés ? Angelo ne m'avait donné aucun détail. Je savais juste une chose : si je devais rester enfermée dans un appartement à jouer aux petits chevaux avec Jesse et Roux pendant qu'Angelo, Zelda, mes parents et tous les autres se battaient contre ces tarés, je deviendrais dingue avant la fin de la première journée.

Roux et Jesse se sont réveillés pile avant l'atterrissage, et le temps que notre avion se pose, on avait pu se rafraîchir à tour de rôle dans les toilettes. J'ai quand même évité de croiser mon reflet dans le miroir pendant que je me brossais les dents. Pas besoin de voir ce que je sentais déjà : les traits tirés, le teint pâle, le regard fixe et des poches sous les yeux.

Une fois au sol, Zelda a attendu que tout le monde soit descendu pour nous faire sortir et nous guider dans l'aéroport.

– Ça faisait des années que je n'étais pas venue à Charles-de-Gaulle, ai-je déclaré en suivant Zelda vers les tapis à bagages, main dans la main avec Jesse.

Il marchait d'un pas étonnamment dynamique, pour quelqu'un qui venait de traverser la moitié de la planète.

– Moi pareil. Je suis venu avec mes parents quand j'avais douze ans. Le voyage touristique classique.

– Si je comprends bien, tout le monde ici connaît Paris sauf moi, a observé Roux avec une moue boudeuse. La honte.

Dehors, une chaleur humide collait à nos vêtements et à nos cheveux. En coupant une file de voyageurs, Zelda nous a menés droit à une Mercedes noire aux vitres teintées garée sur le trottoir.

– *Au revoir**, nous a-t-elle dit en ouvrant la portière. Je vous quitte ici.

– Mais attendez ! Qu'est-ce que…

– Dépêchez-vous, nous a-elle intimé en faisant le geste de nous pousser dans la voiture. Et *bonne chance**, a-t-elle ajouté à mon adresse avant de refermer derrière moi.

Le claquement sec de la portière m'a donné un coup au cœur.

Le chauffeur a démarré en croisant mon regard dans le rétroviseur. Il m'a saluée d'un bref hochement de tête et d'un «Bonjour, Maggie», et j'ai répondu à son salut. *A priori*, je ne le connaissais pas, mais je n'avais pas d'autre choix que de lui faire confiance.

– Roux ? ai-je demandé.

– Ouais ?

– Tu as déjà fait une crise d'angoisse ?

– Évidemment, quelle question. J'ai dix-sept ans et je vis à Manhattan. Pourquoi ? Tu vas en faire une, là ? s'est-elle informée en se penchant pour me regarder.

– Non, je ne crois pas. Mais on ne sait jamais.

– Euh, sans vouloir t'angoisser davantage... a commencé Jesse.

– C'est drôle, pourquoi ai-je l'impression que tu vas nous sortir le truc qu'on a le moins envie d'entendre ? a coupé Roux.

– ... tu as une idée d'où on va, Mags ?

– À l'adresse que m'a donnée Angelo.

– Et le type qui nous conduit la connaît ?

– Oui, lui ai-je assuré, sans en être sûre à cent pour cent. C'est son boulot, tu sais, Jesse ? Alors s'il te plaît... fais-moi confiance.

Il a pris une grande inspiration en rabattant sa capuche sur son visage. Ses boucles partaient dans tous les sens, presque comme si elles se rebellaient sur son crâne, et Roux n'a pas pu s'empêcher de glousser.

– Quoi ? s'est énervé Jesse. C'est la tête que j'ai au

réveil, ça te gêne ? Au moins, je n'ai pas la marque de l'oreiller !

– C'est trop chou ! a commenté Roux, toujours en gloussant. On dirait un gamin de cinq ans ! Trop craquant !

Je me suis mordu la lèvre pour ne pas me mettre à rire aussi, mais c'était dur.

– Quoi, toi aussi, tu vas te moquer de mes cheveux, maintenant ? a grondé Jesse.

– C'est vrai que c'est chou, ai-je enchéri en commençant à pouffer aussi. Attends, je vais juste...

J'ai un peu aplati ses boucles et remis ses mèches en place.

– Tu ne mets pas de filet pour dormir ? lui a demandé Roux, qui avait le plus grand mal à reprendre un ton normal. Ou un bonnet de douche ? Ça pourrait aider. Ou on pourrait te faire une couette...

Jesse a gémi en enfouissant le visage dans ses mains.

– J'arrive pas à croire que je suis en cavale avec vous deux. C'est de la folie.

– Allons, allons, a repris Roux. Au moins, tu ne te sentiras jamais seul, avec tes cheveux...

C'était la goutte d'eau qui nous a pliées de rire.

On s'est calmées à l'approche de Paris, et on a traversé le sixième arrondissement en silence. Même les cheveux de Jesse semblaient avoir perçu la gravité de la situation, et en partie retrouvé leur position normale. La ville était aussi belle que dans mon souvenir, et Roux était scotchée à la vitre.

– C'est tellement mieux en vrai, a-t-elle soufflé tandis qu'on longeait un petit parc.

J'ai ressenti une vague de colère contre ses parents, qui n'avaient jamais pris la peine de l'emmener à Paris, ni à Bora Bora, ni nulle part. Ce qui m'a fait penser à mes parents à moi, et ce rappel m'a rapidement replongée dans l'inquiétude.

– Ils vont bien, me suis-je murmuré à moi-même.

– Qu'est-ce que tu dis ? m'a demandé Jesse.

– Rien.

La voiture a ralenti, tandis que mes battements de cœur accéléraient, et s'est garée le long d'un trottoir.

– Attendez, nous a dit le chauffeur, avant de sortir pour venir nous ouvrir en inspectant du regard les immeubles alentour.

Je savais ce qu'il cherchait, mais je me suis gardée de faire un commentaire à voix haute.

On s'est retrouvés devant une grande porte laquée noire à double battant, ornée de deux heurtoirs dorés en forme de tête de lion serrant chacun un anneau entre leurs crocs. Il y avait aussi une poignée en cuivre classique sur le battant de droite.

J'ai regardé le chauffeur, qui m'a regardée.

– Bon, OK, ai-je dit en me décidant à frapper.

Le son a résonné, laissant deviner un hall vide derrière la porte.

– Moi, je te parie qu'ils ne vont pas venir ouvrir, a prédit Jesse, sa capuche sur la tête pour s'abriter de l'averse.

Roux, les cheveux fourrés à l'intérieur de son sweatshirt, se tenait à côté de lui les bras croisés, les yeux vers le ciel, imitant la pose du chauffeur.

– C'est qui, « ils », d'abord ? lui a-t-elle demandé. Tu ne sais pas qui habite ici. Peut-être qu'il n'y a personne.

– Merci pour cette idée rassurante, ai-je répliqué.

– Pardon.

– On peut toujours essayer d'ouvrir, a suggéré Jesse en désignant la poignée. Si ça se trouve, ce n'est pas fermé.

– De plus en plus rassurant.

Le chauffeur, qui continuait à scruter les fenêtres voisines, ne nous était pas d'un grand secours. J'ai respiré à fond et tourné la poignée. La porte est restée fermée, mais une porte miniature qui se découpait dedans, elle, s'est ouverte, un peu comme dans *Alice au pays des merveilles*.

Et j'ai découvert ce qui se trouvait derrière.

– Qu'est-ce que c'est que ça ? a demandé Roux.

– Ça a un air moyenâgeux, a observé Jesse. Genre du temps de la peste bubonique.

– Jolie, ton image, a commenté Roux.

– Non, ce que je veux dire, c'est que…

– C'est moyenâgeux, ai-je confirmé avec un soupir.

Eh oui, la serrure qui m'avait donné tant de fil à retordre au cours des six derniers mois et que je n'avais *jamais* réussi à ouvrir, se dressait entre nous et l'intérieur de l'immeuble.

– Attends, a dit Roux lentement. C'est pas la serrure sur laquelle tu t'énervais l'autre jour ? Celle que tu n'arrivais pas à débloquer ?

– Merci pour ce bel optimisme, lui a soufflé Jesse.

– Excuse-moi, mais notre chauffeur est en train d'inspecter toutes les fenêtres à la recherche d'un sniper, a-t-elle riposté entre ses dents. Désolée si je ne suis pas vraiment d'humeur à te chanter *La Mélodie du bonheur,* là. Mais bonne chance, Mags. Et je dis pas ça pour te mettre la pression.

– Non non, bien sûr.

J'ai inspiré un grand coup, je me suis agenouillée et je me suis mise au travail.

27

Ouvrir cette serrure était déjà une gageure en temps normal. Mais en plein Paris, sous la pluie, six heures (ou peut-être douze ? Ou dix-huit ? Avec le jet-lag, j'étais complètement perdue) après m'être fait tirer dessus et avoir pris la fuite, on appellera ça un défi.

Notre chauffeur, qui s'appelait Mathieu, a eu la gentillesse de m'apporter une trousse à outils de base pour crocheter les serrures. Je l'ai regardé et j'ai sorti la mienne de ma poche, où je l'avais fourrée quelques milliers d'heures plus tôt après m'être introduite chez Dominique. Mathieu m'a adressé un petit signe de tête pour m'exprimer son respect. Je me suis demandé ce qu'il y connaissait en ouverture de coffres-forts.

Moi, j'avais intérêt à être bonne.

Je me suis calée dans une position plus confortable. La rue était déserte, le bourdonnement de la circulation atténué par la distance. Angelo avait sans doute choisi cet endroit pour sa tranquillité. C'est toujours plus facile d'entrer et de sortir discrètement d'un immeuble dans un quartier peu fréquenté.

Ou d'y pénétrer par effraction.

J'ai eu les genoux trempés en quelques secondes, et tout endoloris au bout de quelques minutes. La première des quatre serrures était toujours la plus facile, la deuxième un peu moins ; et le temps que j'arrive à la troisième, mes muscles commençaient à trembler. Ce n'était déjà pas facile d'habitude, mais là, après une nuit blanche...

– Bon sang, ai-je grogné en sentant la troisième serrure m'échapper. Nom de Dieu. Bon, OK. Désolée, je dois recommencer.

– Prends ton temps, m'a dit Roux.

Mais elle s'était mise à frissonner. L'air s'était refroidi depuis l'aéroport.

« Elle s'ouvrira quand tu en auras vraiment besoin », m'avait promis Angelo. Mais ces paroles ne m'aidaient pas, au contraire. Je devais lutter contre l'envie de tout lâcher et de rester là à attendre qu'on vienne m'expliquer ce que je faisais là, et pourquoi on avait essayé de nous tuer, et où étaient mes parents, bon sang. Une fois que j'aurais les réponses à ces questions, peut-être que je parviendrais à ouvrir cette serrure, mais jusque-là, aucune chance.

Mais comme rien de tout ça ne risquait d'arriver, j'ai continué.

La troisième serrure m'a filé entre les doigts une deuxième fois, puis une troisième. La pluie n'arrangeait rien, et Mathieu a fini par faire remonter Jesse et Roux en voiture. Sage précaution ; deux personnes debout sous la pluie en train d'en regarder une autre essayer de crocheter une serrure, ça n'était pas particulièrement discret.

– S'il démarre avec nous dans la voiture, je pique une crise d'hystérie, nous a prévenus Roux en se glissant à l'intérieur.

– C'est bien noté, ai-je dit en repoussant mes cheveux avant de m'attaquer à mon quatrième essai.

À la dixième tentative, j'étais au bord des larmes. Parfois, ouvrir une serrure s'apparente à un sprint, d'autres fois, à un marathon, mais là, j'avais l'impression d'être engagée dans un triathlon. Je commençais à avoir des crampes aux bras, mais si je relâchais la tension sur mes outils, la serrure m'échapperait et je me retrouverais à la case départ. Mes jambes tremblaient à force de rester dans la même position. Mes cheveux dégoulinaient, et surtout, surtout, ma meilleure amie et mon amoureux attendaient dans cette voiture, probablement blindée, que j'ouvre cette porte et que je les mette à l'abri.

Je haïssais cette serrure. Je haïssais Paris. Je haïssais

mon travail d'espionne et même, je haïssais Angelo de m'avoir poussée dans ce métier. Je haïssais mes parents parce que pour la première fois de ma vie, ils ne m'avaient pas suivie. Je me haïssais d'avoir exigé d'eux plus de liberté, plus de responsabilités, plus d'autonomie. Maintenant que j'avais tout ça, le monde me semblait trop grand, et j'avais le sentiment que je ne retrouverais jamais le chemin de chez moi. « Chez nous, c'est là où se trouve notre famille », disait toujours ma mère. Sauf que je ne savais pas où ils étaient.

J'ai bandé mes biceps en serrant les dents pour me réattaquer à ce casse-tête diabolique. Crocheter une serrure, ça exige du talent, mais il y a aussi des moments où il faut savoir écouter ses émotions.

– Je te hais, je te hais, ai-je grommelé avant de pousser de nouveau. Bon Dieu, je veux juste rentrer chez moi…

J'ai senti la serrure se mettre en place, puis se bloquer en position ouverte sous la pression de mon outil.

– Ah ! me suis-je exclamée.

Prudemment, je suis passée à la serrure suivante. C'était la première fois que j'allais aussi loin. Je n'avais jamais souhaité aussi fort réussir quelque chose.

La quatrième serrure était si minuscule que j'avais à peine la place d'y introduire ma pince-monseigneur, mais j'ai réussi à l'ouvrir. Les muscles de mes cuisses tremblaient toujours, mais mes mains restaient stables, ce qui me remontait un peu le moral. « McGee les Nerfs d'acier », me surnommait mon père. J'entendais même sa voix, en glissant mon outil entre les dents de la serrure. J'ai retenu ma respiration, de peur que le moindre souffle d'air ne fiche tout par terre. C'était comme de bâtir un château de cartes, où un seul faux mouvement suffit à tout détruire.

Sous les regards pesants de Roux et de Jesse, et même celui de Mathieu, j'ai donné à la serrure un demi-tour à gauche. Si ça ne marchait pas, on était cuits. On n'avait pas de plan B, pas d'autre adresse, pas de solution de secours.

Avec un claquement sonore, les quatre serrures se sont ouvertes.

Ça avait marché.

Je me suis laissée aller sur mes talons en lâchant une grande expiration. Derrière moi, Roux a poussé un cri de triomphe, avant que Jesse ne lui intime de se taire. J'étais épuisée, affamée, les nerfs à vif, mais j'avais réussi. Une fois de plus, Angelo avait eu raison.

– Venez, les ai-je appelés. On y va.

Après nous avoir passé nos sacs, Mathieu est retourné s'asseoir au volant, prêt à nous dire au revoir. Il a attendu que je lui fasse signe pour repartir, nous laissant seuls pour la première fois depuis l'attaque.

– On est où ? a demandé Jesse.

– Aucune idée. Mais on le saura bientôt.

La porte, étonnamment lourde, donnait sur un hall seulement éclairé par un petit lustre en cristal. Contre un mur était calée une table surmontée d'un miroir, comme dans une entrée d'appartement.

– Quelqu'un d'autre voit des images de *Shining*, là ? a chuchoté Roux. Non ? Je suis la seule ? OK, j'ai rien dit.

On est montés dans l'ascenseur qui se trouvait au fond du hall. Un vieil engin grinçant, du genre de celui qui menait à notre loft.

J'ai rabattu la grille et appuyé sur le bouton.

– L'immeuble doit être vide, ai-je dit, dans l'espoir de me convaincre. Angelo a des adresses comme ça dans le monde entier.

Ils ne m'ont pas répondu. Pas besoin.

L'ascenseur s'est arrêté dans une secousse au quatrième étage et on en est descendus prudemment. Une porte se dressait en face de nous. Je n'ai eu qu'à tourner la poignée pour l'ouvrir. Mon cœur battait plus vite que lorsque je m'escrimais sur la serrure, et cette fois, mes mains tremblaient. J'entendais la respiration hachée de Jesse derrière moi. Roux, elle, ne faisait plus aucun bruit.

On s'est retrouvés dans un appartement au parquet bien ciré, doucement éclairé par des lustres en cristal.

– Eh bien, s'est élevée une voix dans le salon, vous avez mis le temps !

28

On s'est immobilisés à la porte du salon.

D'un coup d'œil, j'ai enregistré plusieurs canapés gris, une bibliothèque qui courait le long d'un mur, une grande table en bois, de longs rideaux de soie aux fenêtres, et un Gauguin.

Je connaissais la passion d'Angelo pour Gauguin.

Dans la pièce se tenaient un garçon et une fille qui devaient avoir un ou deux ans de plus que nous. Ils avaient l'air amusés, presque surpris qu'on ait réussi à entrer. Le garçon était de taille moyenne, vêtu d'un jean noir roulé sur des bottes à semelles épaisses. Son pull noir était troué aux coudes et aux poignets, mais artistiquement troué, pas mangé aux mites. La fille portait un tee-shirt oversize à l'effigie des Rolling Stones sur un legging et des ballerines, et des dreadlocks formaient une grosse masse noire au-dessus de son crâne.

– Ravie de te rencontrer enfin, Maggie, m'a-t-elle déclaré avec un sourire. On vous attendait.

– On n'était pas sûrs que tu arriverais à ouvrir la serrure, a ajouté le garçon. On t'a entendue te bagarrer avec.

Il avait un accent australien très prononcé, et je me suis rendu compte que ses grosses lunettes à monture noire n'avaient pas de verres.

– Comment vous me connaissez ? ai-je demandé.

– C'est bien Angelo qui t'envoie ? a dit la fille, avec un accent français plus discret. Il nous a prévenus de ton arrivée.

– Vous avez parlé à Angelo ? Où est-il ? Il est là ?

– Non, m'a répondu le garçon. Moi, c'est Ryo. Et elle, c'est Élodie.

– Salut, a-t-elle fait en remuant la main.

– Sympa, ta coiffure, l'a complimentée Roux.

– Merci.

– Attendez un peu, ai-je dit en agitant les mains devant moi. Je voudrais faire un petit retour en arrière. Vous êtes qui, vous ?

– Nous, c'est Ryo et Élodie, a répété la fille en pointant le doigt sur son compagnon, puis sur elle-même.

Je me suis agrippée à un dossier de chaise, un peu flagada.

– Je ne vous demande pas vos noms, mais qui vous êtes, ai-je insisté. Qu'est-ce que vous faites ici ? Comment vous connaissez Angelo ?

– Quoi ? Tu crois que tu es le seul membre du Collectif de moins de vingt-cinq ans ? m'a répondu Élodie avec un petit sourire.

– Vous aussi, vous travaillez pour le Collectif ? a demandé Jesse.

– Toi, tu es Jesse, lui a dit Élodie en souriant. Et toi, Roux.

– Ouais, a fait Roux. Cool appart !

– Il est à Angelo, nous a précisé Ryo. On s'en sert parfois pour… se réfugier.

– Vous réfugier, a répété Jesse. Vous êtes en cavale, vous aussi ?

– Je ne dirais pas ça, a répondu Ryo. En tout cas pas en ce moment. Mais qui sait ? Demain est un autre jour. Pas vrai, Élodie ?

Elle lui a rendu son sourire avant de se tourner de nouveau vers nous :

– Vous avez faim ?

– Une minute, ai-je éludé. Revenons-en à notre sujet. Où est Angelo ? Où sont mes parents ?

Ryo et Élodie ont échangé un petit coup d'œil.

– On ne sait pas, m'a-t-il répondu d'un ton prudent. On a juste reçu un appel d'Angelo qui nous demandait de vous retrouver ici.

– Mags, m'a soufflé Jesse derrière moi. Tu devrais t'asseoir. Et manger quelque chose.

Il avait raison, bien sûr, mais je ne l'écoutais pas. Je recommençais à trembler, rattrapée par la fatigue et le stress, qui s'insinuaient jusque dans mes os.

– Je veux leur parler, ai-je exigé. Appelez Angelo, tout de suite, je veux leur parler.

– On ne peut pas, a objecté Élodie. C'est toujours lui qui nous appelle. On ne sait pas comment le joindre.

– Alors qu'est-ce qu'on fout là ? ai-je explosé. Appelez-le tout de suite ! Je veux parler à mes parents ! Je veux être sûre qu'ils vont bien !

Je crois que je n'avais pas piqué une crise d'hystérie comme celle-là de toute ma vie. J'ai senti que Jesse essayait de m'attraper le bras, mais je l'ai envoyé balader. J'ai fait le tour de la table pour aller me camper devant Ryo et Élodie.

– Si mes parents sont morts, vous devez me le dire tout de suite, ai-je ajouté, les yeux embués de larmes. Et si vous me mentez, je vous tuerai de mes propres mains.

– Ils ne sont pas morts, m'a assuré Ryo. Je te le jure, Maggie. Ils ne sont pas morts. On ne te mentirait pas sur un truc pareil.

J'ai guetté sur leurs visages des indices qui auraient révélé qu'ils mentaient. Mais ils avaient l'air sincères, et un peu désolés. Ça a été la goutte d'eau qui m'a fait éclater en sanglots.

– Je veux rentrer chez moi ! ai-je hoqueté d'une voix étouffée que je n'ai pas reconnue. J'arrête ! Terminé ! Je ne veux plus de ce boulot !

Jesse a posé les mains sur ma taille pour m'obliger à me retourner.

– Allez, viens, Mags, m'a-t-il murmuré. Regarde-nous, tout va bien !

J'ai voulu le repousser, mais il était plus fort que moi.

– Mais non, tout ne va pas bien ! me suis-je écriée en prenant de plein fouet la réalité de mes paroles. Tout ne va pas bien ! Il n'y a absolument rien qui va !

Malgré mes protestations, Jesse a réussi à me prendre dans ses bras. Son odeur familière m'a ramenée à New York et j'ai enfoui mon visage dans sa chemise à carreaux en fondant en larmes.

– Je suis désolée, ai-je bredouillé entre deux sanglots. Je voulais seulement...

– Je sais, m'a-t-il dit à l'oreille. Pas besoin de t'excuser.

Mes sanglots me secouaient les côtes et les poumons à me faire mal. Tout mon corps me faisait mal ; j'étais exténuée, perturbée par le décalage horaire, et mes parents me manquaient comme si j'avais perdu physiquement une partie de moi-même.

Mais j'avais toujours Jesse. Il me serrait contre lui, sa main posée en coupe derrière ma tête, ses doigts lissant doucement mes cheveux, et j'entendais sa voix vibrer dans sa poitrine. Il parlait à quelqu'un, peut-être même à moi, mais je ne cherchais pas à comprendre les mots. Je ne faisais que pleurer.

Au bout de quelques minutes, j'ai senti qu'il me guidait en me soutenant fermement hors de la pièce. Je me suis laissé faire, sans cesser de hoqueter et de pleurnicher.

– Allez, viens, m'a-t-il dit d'un ton apaisant. On va s'allonger.

– Chuis pas fatiguée, ai-je reniflé.

– Hou, la menteuse, m'a-t-il répliqué tendrement. T'inquiète pas, tu pourras encore faire ta tête de mule demain. Je te suggère juste de faire un break aujourd'hui, OK?

Suivant les indications d'Élodie, il m'a conduite dans une chambre, sobrement meublée d'un lit recouvert d'une couette blanche, d'une table et d'un miroir, et dont la fenêtre donnait sur un ciel agité. Il a soulevé la couette, m'a fait m'allonger et m'a retiré mes chaussures. Puis il a enlevé les siennes, s'est tortillé pour ôter son sweat-shirt et l'a posé sur mes épaules. Je me suis drapée dedans en repliant les manches devant moi et je me suis poussée pour lui faire de la place.

Il s'est faufilé à côté de moi, il a rabattu la couette sur nous et il m'a prise dans ses bras. Je hoquetais encore un peu, et la chemise de Jesse n'a pas tardé à être humide de mes larmes. Mais ça m'a fait du bien d'être dans un vrai lit avec quelqu'un que j'aimais.

– Il faut qu'on dorme, m'a-t-il murmuré. Ça va aller, je te le promets.

– Ça, t'en sais rien, ai-je répondu d'une voix rauque. J'avais la gorge irritée et ma poitrine me faisait mal, comme si quelqu'un m'avait marché dessus.

– Mais si, je le sais, a-t-il insisté en posant le menton sur ma tête. Tout finit toujours bien quand tu es là. Tu n'as jamais remarqué ?

J'ai pris le temps de réfléchir. Le cœur de Jesse battait calmement, lentement, marquant tout doucement le temps. Nos souffles étaient doux et réguliers.

– Hmm ?

Mais je dormais déjà.

29

Quand je me suis réveillée, le ciel était gris et la chambre plongée dans la pénombre. J'étais toujours enroulée dans le sweat-shirt de Jesse. J'ai tendu le bras à l'aveuglette vers son côté, le lit était vide. Le drap était encore chaud ; il ne devait pas être debout depuis longtemps. Je me sentais mieux, comme si j'avais épuisé mon stock de rage.

Je suis restée allongée quelques minutes à regarder par la fenêtre, derrière laquelle je ne voyais que le ciel et des immeubles pâles en face. Leurs fenêtres étaient larges et cintrées, comme celles de l'appartement de Ryo et d'Élodie, ou plutôt d'Angelo. Je voyais des ombres chinoises passer derrière les vitres, leur journée de travail terminée, vivant leur vie.

Je me suis retournée en entendant la porte s'ouvrir.

– Salut, m'a murmuré Roux. Tu es réveillée ?

– Hmm hmm, ai-je marmonné en m'étirant.

Elle a pris ça pour une invitation à s'affaler à côté de moi.

– Alors, a-t-elle repris, ça va mieux ?

Je me suis assise en hochant la tête.

– Mes cheveux ressemblent à quoi ?

– C'est une horreur, m'a-t-elle assuré gaiement.

Ça m'a fait sourire.

– Quelle heure il est ?

– Presque six heures et demie. Du soir. Jesse s'est levé il n'y a pas longtemps. Il bavarde avec Ryo et Élodie. Ils sont cool, tous les deux ! Élodie va me teindre les cheveux.

Surprise.

– Tu as faim ? a repris Roux. Il y a à manger. Et du café, bien sûr.

– Il y a toujours du café. Mais toi, ça va ?

– Ça va, m'a-t-elle répondu en haussant les épaules. Même si hier n'était pas la journée de mes rêves. Je suis contente d'être ici. À Paris, je veux dire. Je ne suis pas encore sortie, mais ça me plaît déjà. Et toi ? Comment tu te sens ?

– Je crois que ça va aussi. J'avais juste besoin de piquer ma crise ; ça m'a fait du bien.

– Je suis une grande adepte des crises, a-t-elle approuvé avec un grand sourire. Juste un petit conseil : la prochaine fois, essaie de casser un truc. Sinon, ça fait un peu amateur.

– C'est noté. Une assiette, ça irait ?

– Ouais… Ajoute quelques verres s'il y a quelqu'un d'autre pour faire le ménage, m'a-t-elle recommandé d'un air machiavélique. Je te ferai une petite démonstration quand on sera rentrés à New York.

– Alors tu n'es plus fâchée qu'on ait dû partir ?

– En laissant en plan une bande de filles qui n'arrêtaient pas de m'insulter et des parents qui ne savent même plus comment je m'appelle ? Tu rigoles ? Le monde ne se limite pas à une ville ! Et puis, ça fait du bien d'être dans l'action, pour une fois, au lieu de glander en attendant que les autres fassent quelque chose pour nous.

– En bref, c'est mieux que la préparation au SAT ?

– Y'a pas photo. Je suis sûre que cette expérience me servira à quelque chose dans la vie. Viens, on va manger. Il y a du fromage !

Après son départ, je suis allée me rafraîchir et me brosser les dents avec l'une des brosses toutes neuves posées sur le lavabo. L'eau froide m'a fait frissonner, mais m'a réveillée. Je me suis peignée avec les doigts et j'ai pris la direction de la cuisine.

Ils étaient tous assis autour de la grande table en bois, sur laquelle étaient disposés une cafetière à piston à moitié pleine, du pain, du fromage, du poulet froid et des figues.

– Elle est vivante ! s'est exclamée Élodie en me voyant.

– Jolie coiffure, a observé Jesse en me faisant un clin d'œil.

OK, ça me pendait au nez, après la mise en boîte que je lui avais fait subir le matin. Je me suis assise à côté de lui avec un petit sourire.

– Désolée pour tout à l'heure, ai-je annoncé. J'étais fatiguée. Et stressée. Et en rogne. Mais je ne tuerai personne, c'est promis.

– On n'était pas inquiets, m'a assuré Ryo. Te prends pas la tête pour ça. Il n'y a pas eu de victime.

– Vous auriez dû me voir après notre dernière débâcle, a déclaré Élodie en levant les yeux au plafond. J'étais une vraie loque, demandez à Ryo. Bon, après, c'est lui qui a pété un câble quand... oui enfin, je vous raconterai plus tard.

Roux m'a passé l'assiette de fromage.

– Il est délicieux, m'a-t-elle dit la bouche pleine. Je te le recommande.

Je me suis servie et j'ai rempli de café une vieille tasse en porcelaine ébréchée. Il était fort et bien chaud et m'a remis les idées en place.

– Je sais que je vous l'ai déjà demandé, ai-je déclaré mais j'ai dû manquer la réponse, si réponse il y a eu. Vous faites *quoi*, vous ? Vous êtes qui ?

– On attend Ames pour vous expliquer, m'a répondu Ryo. Il ne va pas tarder.

Élodie a fait une remarque en français à Ryo en se marrant, et il lui a répondu par un sourire amusé. Le truc bizarre, c'est que Jesse a souri aussi.

– Mais dis donc, Jesse, lui a demandé Roux, tu as compris ce qu'elle a dit ?

Il a agrandi les yeux de surprise.

– Euh, non. Euh, Élodie, tu peux redire quelque chose en français ?

Elle lui a débité un chapelet de mots auxquels je n'ai strictement rien compris, et à ma stupéfaction, il lui a répondu dans un français impeccable.

– J'y crois pas ! s'est-il exclamé en me regardant, incrédule.

– Depuis quand tu parles français, toi ? me suis-je écriée.

– Mais j'en sais rien ! Bon, c'est vrai que j'apprends le français depuis la maternelle, et que je peux dire que j'aime bien *aller à la plage** avec *mes amis** et *boire de la limonade**, mais je croyais que je ne savais dire que des trucs idiots dans ce genre-là ! C'est dingue ! Il faut croire que mes parents ne se sont pas ruinés en vain pour mon éducation, finalement !

– « Boire de la limonade à la plage avec tes amis », a ricané Élodie. Effectivement, tu ne serais pas allé loin avec ça. Mais qu'est-ce qu'on vous apprend en cours ?

Mais Jesse ne l'écoutait pas et continuait à rire tout seul, ravi :

– Ha ! J'y crois pas !

– Si Jesse sait parler français, je me demande ce que je sais faire, a déclaré Roux d'un ton pensif. Quelqu'un aurait une étoile ninja à me prêter pour voir si je sais la lancer ?

– Non, lui a-t-on répliqué en chœur tous les quatre.

Ça n'a pas modéré son enthousiasme pour le nouveau talent de Jesse.

– Tu devrais prendre des cours particuliers de français quand on rentrera à New York, lui a-t-elle suggéré. Tu deviendrais une vraie bête et tu frimerais devant toute ta classe.

– Bonne idée, ai-je approuvé. Bon, moi, j'ai une petite question sans rapport avec les langues. Comment Ames va-t-il entrer ? Il ne sait pas ouvrir les serrures, j'imagine !

– Bien sûr que si, a fait Élodie en haussant les épaules. On sait tous le faire. C'est pas si compliqué.

– Pas si compliqué ? ai-je suffoqué. J'ai failli y laisser un doigt, dans cette foutue serrure. Au bout de six mois à m'escrimer dessus, je ramais encore comme une dingue !

– Ames a fabriqué un outil qui permet de l'ouvrir super facilement, m'a expliqué Ryo. Mais pour être digne d'entrer ici, il faut être capable de l'ouvrir sans. Celui qui n'y arrive pas ne mérite pas d'être ici. Une chance pour toi que tu aies réussi le test !

– La chance n'a rien à voir là-dedans, ai-je protesté. C'est une affaire de sang, de sueur et de larmes. Littéralement.

– Eh bien, tout le monde s'entend à merveille, ici !

On s'est retournés et on a vu entrer dans la cuisine un jeune gars équipé de grosses bottes et d'une veste en cuir. Il avait un casque de moto sous le bras, un grand sourire sur la figure, et un teint coloré qui devait lui donner en permanence un air joyeux ou gêné.

– Oh, a murmuré Roux derrière moi.

– Ça roule ? a-t-il lancé à Ryo et Élodie en posant son casque sur la table et un baiser sur leurs crânes. Quelqu'un a parlé de sang ? Qui sont ces personnes ? Pourquoi ne sont-elles pas déjà en train de bouillir dans une marmite ?

Puis, après m'avoir décoché un clin d'œil :

– Je blague. Je suis végétarien. Je ne mange que mes ennemis. Et seulement au petit déjeuner.

Tout ça débité avec un accent irlandais à couper au couteau. Roux gardait les yeux rivés sur lui.

Ryo m'a fait signe d'ignorer ces rodomontades.

– Ames, voici Maggie.

– Maggie ! s'est exclamé Ames, le visage illuminé d'un sourire. On a beaucoup entendu parler de toi. Alors, comment ça se passe, au lycée ? Rien qu'une perte de temps, pas vrai ?

– Exactement mon idée de l'enfer sur terre, ai-je confirmé. Pardon, mais comment tu sais que je vais au lycée ?

– On t'attendait pour leur expliquer, lui a précisé Élodie en tapotant la chaise à côté d'elle. Au fait, ne te presse pas surtout. On adore t'attendre.

– Tu sais ce qui me plaît le plus chez toi, El ? C'est ta manière de masquer tes émotions par de l'ironie. C'est tellement humain ! Et toi, tu dois être le petit ami, a-t-il supposé en se tournant vers Jesse. Tomber amoureux d'une criminelle, ça, c'est la ribouldingue !

Et il a conclu son discours par un clin d'œil appuyé.

Jesse lui a serré la main, un peu perplexe.

– Salut.

– Et moi, c'est Roux, a déclaré celle-ci en tendant la sienne.

Leurs mains se sont touchées et Ames a brusquement interrompu son numéro de charme. Ils sont restés figés juste l'espace d'une seconde, mais il était clair que quelque chose avait changé dans l'air. Les épaules de Roux, toujours à trois centimètres de ses oreilles pour cause de tension nerveuse, se sont légèrement abaissées tandis que les joues d'Ames rosissaient de plus belle et que son sourire s'élargissait.

– *Enchanté**, vraiment, lui a-t-il déclaré.

Roux lui a souri à son tour, mais pas du tout de son

sourire habituel. C'était un vrai sourire, chaleureux, celui qu'elle avait quand quelqu'un la remarquait et faisait enfin attention à elle. J'ai presque eu envie de détourner les yeux pour les laisser profiter de cet instant sans témoins.

Mais Ryo l'entendait autrement.

– Bien, maintenant que tu es là, c'est bon? On peut se mettre au boulot?

– Oui, oui, a acquiescé Ames en s'asseyant comme une masse entre Élodie et Roux. Alors, Maggie, paraît que tu as failli te faire tuer ? Bien joué, d'en avoir réchappé.

– Euh, merci?

– À ce propos, s'est inquiété Jesse, on ne risque rien assis près de ces grandes fenêtres? On n'a pas à craindre une deuxième attaque?

– Ces fenêtres sont en verre teinté et blindé, lui a répondu Élodie. Pas de danger.

– Ouais, sans vouloir vous vexer, je connais le refrain, a observé Roux. Laissez-moi deviner: c'est le Collectif qui a fait poser ces fenêtres. Si oui, ça ne risque pas de me rassurer.

– Le Collectif! a ricané Ames. Parce que vous lui faites encore confiance après tout ça?

Jesse et Roux se sont tournés vers moi et j'ai pris une grande inspiration.

– Je ne sais plus ce que je dois croire, ai-je reconnu. Mais ça me faciliterait peut-être les choses si vous me disiez ce qu'on fait là et qui vous êtes.

Ryo, Élodie et Ames ont échangé un regard.

– On faisait également partie du Collectif *avant*, s'est lancée Élodie. Jusqu'à ce qu'ils essaient de nous piéger et nous dépouillent de nos identités.

– Sans parler du reste, a conclu Ames en prenant un morceau de poulet avec ses doigts.

– Vous pourriez être plus précis ? a demandé Jesse.

– C'est compliqué.

– Vous savez ce qui est compliqué ? me suis-je impatientée. Passer la nuit dans un avion New York-Paris alors que quelqu'un vient de canarder toute votre famille, ça, c'est compliqué.

– Vous deux, vous aimez bien en faire des caisses, hein ? a dit Ames en nous désignant, Roux et moi.

– Ouais, ben, on ne travaille pas à la poste, Ames ! a protesté Élodie. C'est pas comme si on pouvait en parler tous les jours !

Elle a rattaché ses dreads, qui lui tombaient devant la figure.

– On peut revenir à notre sujet ? ai-je demandé. Expliquez-moi cette histoire d'*ex*-membres du Collectif.

– C'est la partie la plus sympa, a approuvé Ames avant d'enfourner son morceau de poulet en penchant sa chaise en arrière en équilibre instable. D'accord, je commence. Le Collectif m'a recruté quand j'étais au lycée à Dublin. J'étais assez doué pour la mécanique, les serrures, tout ça.

J'ai essayé de ne pas me hérisser de jalousie.

– Quand j'ai eu dix-huit ans, ils m'ont demandé d'aller plus loin, de me lancer dans des opérations plus dangereuses.

– T'as dû adorer ça, a marmonné Élodie.

– Évidemment. Mais le danger, c'est une chose, et ce qu'ils m'ont demandé de faire récemment, c'en est une autre. Espionner d'autres membres du Collectif, traquer ceux qui voulaient arrêter… Ces trucs-là, c'est pas pour moi, les gars. Moi, je m'en prends pas à mes amis. Alors j'ai dit non, et ils ont essayé de me tuer. Et je me suis planqué.

Il racontait ça comme il aurait parlé de ses courses à l'épicerie du coin. Jesse se tenait droit comme un i à côté de moi, Roux ouvrait des yeux grands comme des soucoupes, et je me suis rendu compte que j'avais posé la main sur mon cœur.

– Raconte-leur ton histoire, Ryo, lui a dit Ames. Elle est sympa aussi.

Ryo s'est passé la main sur le visage et je me suis dit que ces trois-là ne devaient pas dormir beaucoup.

– Moi, j'étais à Tokyo quand le Collectif a débarqué

pour me cuisiner pendant des heures sur Élodie, a-t-il expliqué.

– Et moi, pendant ce temps-là, j'étais à Dakar, au Sénégal, a précisé Élodie, et je ne me doutais pas une seconde de ce qui se passait. Côté boulot, c'était mou depuis un moment. Alors le Collectif nous avait conseillé de prendre un peu de vacances, d'aller voir nos familles. En fait, ils cherchaient juste à nous séparer.

– Vous vous connaissez depuis longtemps ? a demandé Jesse.

– Depuis l'âge de quinze ans, a répondu Ryo. On était dans la même pension à Paris.

J'ai pensé à mes parents, bien sûr, mais je n'ai rien dit.

– C'est à cette époque-là qu'on s'est fait recruter par le Collectif, comme Ames, a poursuivi Ryo. Et tout à coup ils essaient de me faire croire qu'Élodie a changé de camp et je n'arrive plus à la joindre.

– Et ils ont fait pareil avec moi, a-t-elle complété. Ils m'ont dit que Ryo avait trahi, qu'il avait fait disparaître des preuves ; et ils voulaient que je les aide à le confondre. Mais j'étais sûre qu'il n'avait rien fait.

Ses yeux luisaient de colère et ses ongles s'enfonçaient dans le bois de la table. Ryo a dû s'en apercevoir, parce qu'il a posé sa main sur la sienne.

– Alors, on s'est enfuis, a conclu Ryo. Et le Collectif n'a pas apprécié.

Je réfléchissais à toute vitesse, essayant de relier leur histoire avec la mienne.

– C'était quand, ça ? ai-je demandé.

– Au début de l'été, m'a dit Ames.

– Et c'est Angelo qui vous a sortis de là, ai-je deviné.

Ils ont hoché la tête tous les trois.

– Il m'a aidée à quitter Dakar clandestinement et il a fait revenir Ree à Paris, a confirmé Élodie.

– « Ree » ! s'est esclaffé Ames.

– T'es pas obligée de m'appeler comme ça, a marmonné Ryo à Élodie en piquant un fard.

– T'occupe pas de lui, c'est qu'un idiot, a-t-elle répliqué en lui désignant Ames. Angelo aurait mieux fait de le laisser à Dublin.

– Mais comme il ne l'a pas fait, l'histoire finit bien ! a claironné Ames d'un air triomphal. Bon, toi, tu ouvres des coffres, m'a-t-il dit. Mais les deux autres, ils font quoi ? Angelo ne nous avait pas dit que vous seriez trois pour notre petite fête.

– Mes trucs à moi, c'est le sarcasme, les coups de poing et les commandes de plats à emporter, lui a répondu Roux, tout sourire.

– Et moi, ma spécialité, c'est le rôle du pauvre gars innocent qui se retrouve toujours en danger de mort, a ajouté Jesse. C'est un don inné. Ah, et aux dernières nouvelles, je parle français.

Ames, Élodie et Ryo les ont regardés bouche bée.

– Vous êtes des civils ? s'est exclamé Ryo. Et ils ont essayé de vous tuer aussi ?

– Ils ont carrément fait sauter l'immeuble de Maggie, a confirmé Jesse en hochant la tête. Mais Angelo nous a tirés de là.

– Ce n'est pas la première fois qu'on essaie de nous tuer, en fait, a précisé Roux en prenant du pain et du fromage. L'an dernier, Maggie a ouvert le coffre d'un type que ça a mis en rogne et je lui ai collé mon poing sur le nez.

Ames a éclaté de rire et lui a lancé un coup d'œil admiratif.

– Dommage que j'aie raté ça.

– Patience, tu n'as qu'à rester dans le coin. Je sais me rendre utile, a-t-elle répliqué.

– Tu ne te lasseras jamais de cette histoire, hein ? ai-je fait.

Elle a confirmé en secouant la tête avec un sourire, la bouche pleine.

– Bon, en tout cas, on est à l'abri ici, du moins pour l'instant, a conclu Élodie. On est chez Angelo et c'est lui qui nous a amenés ici. Et il y a les galeries souterraines, en plus.

– Vous êtes au courant pour les souterrains ? ai-je lâché.

Roux a levé la main :

– On peut faire comme si certains ici ne savaient pas de quoi il est question ?

– Bonne idée, a approuvé Jesse.

– Vous ne connaissez pas l'existence des tunnels ? a demandé Ames, sérieux tout à coup.

– Mes parents m'en ont parlé, ai-je répondu en me redressant sur ma chaise. Vous y êtes allés ?

Ames a sorti un crayon de sa poche et s'est mis à griffonner sur la table avec la gomme qui se trouvait au bout.

– Il existe tout un réseau de souterrains en dessous de Paris. Un peu comme la face cachée de la Ville Lumière, quoi. Les touristes adorent. C'est sale, sombre et froid, mais les mômes s'amusent bien.

Il a souri, et j'ai vu Roux sourire aussi.

Aïe aïe aïe.

– Nous, évidemment, on s'en sert un peu… autrement, a enchaîné Ryo.

Ames et Roux continuaient à se regarder avec des yeux de merlan frit. J'ai entendu un choc sourd sous la table et Ames a eu une grimace de douleur, avant de se frotter le tibia en lançant un coup d'œil outré à Ryo.

– À l'allure où vous allez, on n'aura jamais fini, a ronchonné Élodie en posant sa tasse. Je raconte la suite. À l'époque du lycée, on organisait des événements dans les tunnels : des festivals de films, des expos… et on a commencé à prendre les passages secrets pour entrer en douce dans des vieux bâtiments culturels et les rénover.

Elle s'est radossée à sa chaise.

– Et voilà ! Pas besoin de deux heures pour raconter ça. Il suffisait d'une phrase.

– Comment ça, vous les rénoviez ? a demandé Roux. Genre, vous changiez les ampoules ou autres ?

– Ou autres, ont répondu Ryo et Ames en chœur.

– Il y a des bâtiments parisiens qui sont très chouchoutés, nous a expliqué Ryo. Comme le Louvre. Il attire des millions de touristes et il héberge la Joconde, alors forcément, l'État l'entretient.

– Cela dit, niveau sécurité, c'est lamentable, a précisé Élodie.

– Exact, a acquiescé Ames. Mais Ryo a raison, le Louvre est en parfait état. En revanche, il y a d'autres bâtiments qui mériteraient un peu d'attention, et dont l'État ne s'occupe pas du tout. Alors, on les répare, on leur donne un petit coup de jeune, et sans un merci, encore. Ouais, je sais, pas très poli, mais bon. Être une joyeuse bande d'artistes clandestins, ça a aussi ses avantages.

– Donc, vous preniez les tunnels pour entrer dans des bâtiments où vous alliez réparer des trucs, a résumé Jesse.

– Essentiellement pour ça, oui, répond Élodie. Souvent,

on s'installait dans plusieurs endroits en même temps. On avait une sorte de dicton, a-t-elle ajouté avec un petit sourire : ce qui a déjà été créé doit pouvoir être recréé. C'était ça, notre projet : recréer des morceaux de Paris. Mais ensuite on a intégré le Collectif, et chaque fois qu'on rentrait de mission, on découvrait que tout notre boulot avait été détruit. C'est là qu'on réalise qu'on ne voit pas tous les choses de la même façon. Mais ce sont eux, les crétins. On peut avoir un smartphone et *quand même* s'intéresser au passé.

– Est-ce que vous avez connu... est-ce que vous connaissez mes parents ? ai-je demandé.

– Tes parents sont trop cool, a déclaré Roux avec un soupir rêveur. Tu ne voudrais pas qu'on échange ? Ou juste leur demander de m'adopter ?

– Non, m'a dit Ryo, on ne les a jamais rencontrés. On connaît seulement Angelo.

– Avant, il se chargeait de nous fournir un soutien financier, a enchaîné Ames. Pour acheter des outils, du matériel pour les travaux. Et un chouette appart où loger de temps en temps.

– Maggie, j'ai comme l'impression qu'on n'est pas près de s'ennuyer, a observé Jesse avec un petit sourire en se passant une main sur les yeux.

– Maintenant, à notre tour de poser les questions, a dit Élodie. Qu'est-ce que vous avez fait pour mettre en rogne le Collectif ? Parce que si vous êtes ici, j'imagine qu'il y a une raison.

– Qu'est-ce qu'Angelo vous a raconté ? ai-je demandé, ne sachant pas trop ce que je pouvais révéler.

J'avais planqué les pièces d'or dans ma taie d'oreiller, mais j'avais encore l'impression de les entendre tinter et de sentir leur poids contre ma cuisse.

– Il a juste dit que tu risquais de débarquer un jour ou l'autre, m'a répondu Ryo. Mais il n'a jamais parlé de tes amis, évidemment.

– Une excellente surprise, a ajouté Ames en souriant à Roux. Je parle pour toi aussi, Jesse, bien sûr.

– Je ne t'en veux pas, lui a assuré Jesse, amusé. Ne te gêne pas pour faire de l'œil à Roux, je ne suis pas jaloux.

– T'as un vrai don pour casser l'ambiance, toi, a grommelé Roux.

– J'imagine que vous détenez quelque chose qui appartient à Dominique, a supposé Ryo. Étant donné que tu es la perceuse de coffre officielle du groupe.

– J'ai plusieurs choses qu'il voudrait récupérer, oui. Mais lui-même les avait déjà volées.

– Plusieurs choses ? s'est étonnée Élodie.

J'ai pris une grande inspiration.

– Vous êtes sûrs de tenir à le savoir ? ai-je questionné. Parce qu'une fois que vous serez au courant, vous serez dans le même bain que nous.

– On l'est déjà, m'a répondu Ames en englobant la table d'un geste de la main. À Paris, quand on mange ensemble, c'est le signe qu'on forme une équipe et qu'on est solidaires.

– Je reviens tout de suite, ai-je dit en me levant.

Je suis revenue une minute plus tard avec la bourse en velours.

– Vas-y, ouvre-la, je t'en prie, ai-je dit à Élodie en la lui tendant.

Elle a déversé les pièces sur la table, en écarquillant les yeux au fur et à mesure qu'elles tombaient.

– Mais c'est... a-t-elle commencé.

– Absolument, ai-je confirmé en voyant dans son regard qu'elle avait bien deviné. C'est ça.

Des étincelles se sont allumées dans les yeux d'Ames, mais Ryo s'est contenté de froncer les sourcils.

– Le Double Aigle d'or... Qu'est-ce qui te dit que ce ne sont pas des fausses ?

– Le fait que Dominique nous ait envoyé des tueurs après que je les ai prises est un assez bon indice, il me semble.

– Mais où va-t-on, je vous le demande ? s'est exclamé Ames. Si même le Collectif a perdu le sens de l'honnêteté... !

Il a pris une pièce, qu'il a fait rouler le long d'un doigt avant de la faire disparaître dans son poing.

– Oups, j'ai perdu la main, a-t-il repris. Faudrait que je reprenne l'entraînement.

– Ça vaut combien, tout ça ? a demandé Jesse. Dans les grandes lignes ?

– Environ soixante-quinze millions de dollars, ai-je répondu. Dans les grandes lignes.

Roux a eu un mouvement de recul, comme si les pièces allaient la mordre.

Ryo a émis un long sifflement.

– Et Dominique aimerait les retrouver, j'imagine ?

– Exact. Et comme le Collectif a accusé mes parents de les avoir volées, eux et moi, on risque gros s'il remet la main dessus. Et *vous* aussi, maintenant.

– Bien, dans ce cas, on est tous morts ! a lancé Ames d'un ton enjoué. Trinquons !

– Mais alors on fait quoi ? a demandé Roux. On l'appelle et on lui dit : « Salut, si on passait un marché » ?

C'était clairement une blague, mais ça n'était pas si bête que ça.

– Je n'en sais rien, ai-je avoué. Moi, mon boulot, c'est de prendre des trucs. Je n'ai jamais eu à les rendre, jusqu'ici. Et toutes ces pièces sont officiellement considérées par le gouvernement comme volées. (Ryo a confirmé d'un hochement de tête.) Angelo m'a expliqué qu'elles avaient disparu de l'hôtel de la Monnaie des États-Unis en 1933, ce qui explique en partie leur valeur. Les services secrets ont même essayé divers stratagèmes pour remettre la main dessus. Donc, on a ce problème-là aussi.

– De mieux en mieux, a gémi Jesse. C'est quoi, la suite ? Elles explosent ? C'est des grenades miniatures ?

Je lui ai adressé une grimace et il m'a répondu par un sourire idiot.

– Je te rassure, c'est juste des pièces d'or. Extrêmement convoitées par certaines personnes.

– Dominique les a déjà réclamées ? m'a demandé Ryo.

– Eh bien, ça, je ne sais pas, on a un peu de mal à communiquer, en ce moment. Genre, j'ai perdu son numéro de portable, quand je lui envoie un mail, il met trois semaines à me répondre, et on finit par se capter la semaine de mes exams, et là, je ne suis pas dispo, quoi.

– Cette nana me plaît, a signalé Élodie à Ryo.

– Ce que je *voulais* dire, a rectifié Ryo en nous balançant, à elle, un coup de genou et à moi, un regard du style « c'est malin », c'est qu'il va finir par se pointer ici. La seule vraie question, c'est quand, pas vrai ?

– C'est très probable, oui.

– Angelo saura quoi faire, est intervenu Ames en reprenant une pièce pour la faire rouler sur son bras gauche. Il passera par un tiers pour lui transmettre ses conditions.

– Au fait, il a appelé pendant que tu dormais, m'a

informée Ryo. Il m'a assuré que Dominique n'était pas à Paris. Pas encore, en tout cas. Il n'en savait pas plus. Mais Dominique sait que c'est toi qui as les pièces. Bref, on ne bouge pas d'ici, au moins dans les deux jours qui viennent.

J'ai senti une petite piqûre de jalousie à l'idée qu'il avait parlé à Angelo.

– Ça m'étonnerait que Dominique soit ravi, ai-je marmonné. C'est le genre de type qui ne doit pas avoir l'habitude qu'on lui pique ses jouets.

– Ça, on peut dire que le Collectif n'aime pas perdre, a enchéri Ames. Regarde Colton Hooper. Il a passé dix ans à essayer de t'enlever.

– Vous avez entendu parler de cette histoire ? ai-je demandé.

Hochement de tête général.

– Est-ce que je peux dire que le fait de lui casser le nez m'a procuré une grande satisfaction ? a glissé Roux. Parce que je l'ai fait. Même qu'il y avait du sang partout, genre, un geyser, et...

– Roux, l'ai-je arrêtée avec une grimace.

Le sang, c'est vraiment pas mon truc.

– Bien joué, l'a félicitée Ames en lui souriant.

Et là, elle a fait un truc dingue ; elle a *rougi*. Ce n'était pas flagrant sous cette lumière, mais ses joues ont rosi et elle a détourné la tête. Ames lui souriait toujours et j'ai regardé ailleurs avec le sentiment d'être une voyeuse.

– Ce serait possible de visiter les souterrains ? ai-je demandé à tout hasard.

J'avais envie de voir les lieux qu'avaient connus mes parents quand ils avaient mon âge. J'avais besoin de me sentir reliée à eux, dans ce nouveau monde de fous où le danger était soudain omniprésent.

– Ouais, assez parlé du Collectif ! a lancé Ames. Maintenant qu'on connaît les dons de nos invités, que ce soit pour casser la croûte, le nez de Hooper ou les serrures de coffres-forts, on va leur montrer comment on se balade dans Paris.

Il a tendu la main à Roux, qui l'a prise comme s'il s'agissait d'un pétard allumé.

– Allez ! a-t-il repris. En route pour une petite visite guidée !

30

On est sortis discrètement par une porte de derrière, équipée de la même serrure archaïque que la porte d'entrée, qu'Ames a ouverte en une minute avec un outil minuscule. Stupéfaite, je l'ai regardé débloquer sans encombre les quatre serrures, tandis que Jesse riait doucement.

– Il faudra que tu m'apprennes à me servir de ce truc, lui ai-je dit en m'efforçant de ne pas montrer combien j'étais épatée.

– Relax, m'a-t-il répondu en me tapotant l'épaule. Même si je sais ouvrir des serrures, c'est toujours toi, l'ouvreuse de coffres.

On a pris la rue jusqu'à une bouche de métro. Mais au lieu d'aller jusqu'au quai, Ryo nous a fait passer par une petite porte sur la droite, qui ressemblait à l'entrée d'un débarras. Et tout à coup, on s'est retrouvés dans un espace confiné qui laissait à peine la place de respirer, et encore moins celle de bouger. Il y faisait légèrement humide et nettement plus froid que dehors, et il m'a fallu une bonne minute pour m'habituer à l'obscurité.

À côté de moi, Roux, les bras croisés, frissonnait dans une veste d'Ames. Élodie m'avait prêté un pull et Jesse avait remonté la fermeture de son sweat jusqu'au menton. « On n'a pas trop eu le temps de faire nos valises », avais-je expliqué à Élodie.

– Ce n'est pas le bon moment pour mentionner que je suis claustrophobe ? a fait Roux d'une petite voix.

– Tu es claustrophobe ? s'est étonné Jesse.

– Moi non plus, je n'étais pas au courant jusqu'ici. Est-ce que les murs bougent ? J'ai l'impression qu'ils bougent.

– Détends-toi, ma belle, lui a dit Ames.

Il avait une voix toute douce quand il lui parlait. Je n'avais jamais entendu quelqu'un s'adresser à elle sur ce ton, et c'était cool. Il lui a montré une petite plaque faite de barres métalliques qui se découpait sur le sol, à travers laquelle on distinguait une flaque d'eau.

– On doit juste descendre par là, a-t-il ajouté.

– Oubliez, a-t-elle déclaré après avoir considéré la plaque un moment. Je vous attends ici. Et si je tombe sur Dominique, bah, c'était sympa, le coup de l'évasion, et on se sera bien amusés, et…

Ames s'est baissé pour soulever la grille, sauf qu'au lieu de prendre juste les barres, il a déplacé tout le truc, flaque d'eau comprise, et j'ai réalisé qu'il s'agissait d'un trompe-l'œil, une simple bassine d'eau destinée à donner l'illusion d'un trou.

– C'est une plaque coulissante, a-t-il précisé tandis que Roux a lâché un soupir de soulagement. Ça empêche que d'autres découvrent nos passages secrets. Pas pour me vanter, mais c'est moi qui ai eu l'idée de ce système.

– Je croyais que ces souterrains étaient tous des passages secrets, a observé Jesse.

– Certains le sont plus que d'autres, a répondu Ryo. Les dames d'abord.

À la suite d'Élodie, on a sauté dans le trou, Roux et moi, pour se retrouver dans un passage à l'allure presque civilisée, pas super propre, mais bien plus sec que le « débarras » d'où nous venions, et éclairé par des ampoules électriques.

– Ceux-là, ce sont *nos* tunnels, a dit Élodie. Ou plutôt *les tiens*, Maggie, puisque ce sont tes parents qui les ont découverts.

– Je vais avoir une sérieuse discussion avec eux, le jour où je les retrouverai, ai-je bougonné.

Mais la simple question de savoir quand je les retrouverais m'a serré le cœur. « Ils doivent être au courant que je suis à Paris, ai-je songé. D'ailleurs, cette ville, c'est aussi mon histoire, puisqu'ils y ont vécu. »

On a continué à avancer. De temps en temps, Jesse levait la main pour taper dans une ampoule.

– C'est dingue, je n'aurais jamais cru que les souterrains étaient éclairés, a-t-il déclaré. J'imaginais qu'il fallait descendre dans ces boyaux avec des lampes frontales, ou bien que ça ressemblerait au quai secret de Grand Central.

Ames l'a regardé avec surprise.

– Vous l'avez vu ? Je croyais que ce quai n'était qu'une légende !

– C'est du vrai de vrai, a confirmé Roux. On y a été.

– Alors, c'est comment ?

– Crade.

Ames a souri et voulu lui ébouriffer les cheveux, mais elle a esquivé.

– Gaffe, l'ai-je averti. Elle fait du taekwondo.

– D'ailleurs, je rate mon cours aujourd'hui, a-t-elle ajouté. Mais je ne perds pas au change.

– C'est Ryo qui a installé l'électricité, a précisé Élodie en le prenant par le bras. C'est notre électricien attitré.

– Et toi, tu fais quoi ? lui ai-je demandé en glissant ma main dans la poche du sweat de Jesse.

– Moi, je suis cartographe. Je dessine des cartes. Celles des galeries souterraines, par exemple. Mais celles-là ne sont pas pour tout le monde. On est sélectifs.

– Et toi, Ames ?

– Je suis horologiste, à votre service, m'a-t-il répondu avec une petite courbette.

– Pardon, euro quoi ? a fait Roux.

– « Ho », pas « eu », ma belle, a-t-il rectifié, amusé. C'est le mot classe pour dire « horloger ». Je répare les mécanismes, je remets les choses en marche.

Il l'a regardée d'un air fanfaron et elle a éclaté de rire.

– C'est comme ça qu'on appelle les types qui réparent des réveils ? a-t-elle gloussé. C'est horrible, comme mot. On dirait le nom scientifique d'un métier louche, genre « proxénète ».

Ames a rougi jusqu'aux oreilles.

– On ne choisit pas le nom de notre vocation, malheureusement.

– Je crois que je vais t'appeler Chrono-Man, c'est beaucoup plus flatteur, a-t-elle décrété en lui tapotant l'épaule, ce qui a eu pour effet de le faire rougir encore plus.

– Il y a des gens qui utilisent les tunnels pour venir boire ou pour faire la fête, a expliqué Ryo. Ce qui est super aussi, mais nous, on s'en sert comme d'un moyen pour aller quelque part dans un but précis. Cela dit, ces histoires de fêtes, ça nous fournit une bonne couverture.

Il s'est retourné pour me lancer avec un sourire :

– Se fondre dans la foule, ça doit te connaître.

– Carrément. Ça me fait drôle, de pouvoir parler de

mon travail et du Collectif comme ça. C'est nouveau pour moi, comme expérience. Mais c'est sympa.

– C'est marrant, a observé Jesse, en français, le mot « expérience », ça exprime la somme de ce qu'on a vécu, comme en anglais, mais ça a aussi le sens d'expérimentation. Je n'avais jamais réalisé ça.

– Alors, tu ne lui parles pas de ton métier, à elle ? m'a demandé Ames en pointant Roux.

– Ça ne se fait pas de montrer du doigt, l'a-t-elle rabroué en lui tapant sur la main d'un air sévère.

– Ça ne se fait pas non plus de casser le nez des gens, a-t-il rétorqué en bloquant sa main. Alors toi, la p'tite, occupe-toi de la poutre que t'as dans l'œil, au lieu de faire des remarques sur ma paille.

Elle a masqué un sourire derrière ses cheveux.

– Évidemment que je lui parle, ai-je repondu. Et à Jesse aussi. Mais je n'étais pas censée les impliquer dans cette histoire.

Ames, Ryo et Élodie se sont tournés vers moi avec curiosité.

– Il faut que tu nous racontes ça, m'a dit Ryo. Comment ils ont su que t'étais espionne ?

Cette fois, c'est Jesse et Roux qui se sont regardés, en se marrant.

– Vas-y, Mags, m'a dit Jesse. Raconte-leur comment on s'est rencontrés !

– Bon. Jesse était ma cible. Sauf que ça s'est un peu compliqué et que j'ai eu besoin de leur aide à tous les deux pour résoudre l'affaire. Bref, j'ai un peu enfreint les règles. Même beaucoup, en fait.

– C'est une très bonne chose d'enfreindre les règles, a approuvé Ryo. Moi, j'ai rencontré Élodie pendant des heures de colle. De toute façon, les règles, c'est fait pour être transgressé.

Il lui a pris la main pour y déposer un baiser.

– On dirait que ça a plutôt bien réussi à Jesse aussi, a observé Ames d'un ton taquin. Je me trompe ?

– Non, non, c'est exact, a admis Jesse.

– C'est un bon petit soldat, ai-je dit en souriant en douce.

– Parfaitement, a-t-il confirmé en riant. Maggie aime bien me maintenir sous pression.

– On est arrivés, a annoncé Élodie. Et c'est une cartographe qui vous le dit.

On a laissé nos pulls dans le tunnel et on est remontés à travers un autre plateau coulissant (qui, il faut le dire, était une invention assez géniale) qui nous a fait déboucher dans une rue par une petite porte.

– On ne peut pas s'éterniser, nous a avertis Ryo alors qu'on sortait. Quelques minutes, pas plus.

L'air était bien plus doux dehors que sous terre, et en tournant à l'angle de la rue, j'ai découvert devant moi le jardin du Luxembourg. Je n'y étais venue que deux ou trois fois, quand j'étais petite et qu'on faisait du tourisme en Europe. Roux, à côté de moi, a retenu son souffle.

– Wouah, a-t-elle murmuré, presque comme si elle était dans une église. Paris est magnifique.

Ames lui a souri et Jesse m'a jeté un coup d'œil en levant un sourcil. Je me suis contenté de hausser les épaules. Mais on se comprenait. Il était clair que Roux et Ames étaient sur la liste de nos prochains sujets de conversation.

Roux et Ames. Même dans ma tête, ça sonnait bien.

– Encore un parc fermé, m'a dit Jesse avec un petit coup d'épaule. Tu crois que c'est notre truc à nous, les jardins sous clé ?

– Possible, ai-je répondu en glissant mon bras autour de sa taille.

Le soleil était presque couché, et j'arrivais juste à discerner les traits de mes amis dans le crépuscule. Roux souriait en parlant à Ames, et je l'ai vu sourire à son tour, les mains enfoncées dans ses poches.

Je ne savais pas ce qui allait se passer, mais j'étais contente qu'on soit ensemble.

Tous ensemble.

31

Le temps qu'on regagne l'appartement par les tunnels («Sérieux, Ames, il faut que tu me montres comment tu fais ça», lui ai-je répété quand il a rouvert la serrure), on était tous épuisées, en particulier ceux d'entre nous qui subissaient le décalage horaire. Jesse et moi avons filé nous coucher presque aussitôt et je me suis endormie la tête sur son épaule, tandis que les voix de Roux et d'Ames, douces comme des murmures, flottaient au bout du couloir.

– Tu crois que c'est un mec bien, ce Ames ? ai-je demandé à Jesse, les yeux fermés. Parce que sinon, je lui arrache la tête.

– À mon avis, oui. Je suis quasi sûr qu'Élodie l'aurait flanqué dehors, autrement.

– Mouais... On peut être un bon espion *et* une personne horrible, ai-je argumenté. Regarde Dominique.

– Tu ne peux pas comparer. On peut dormir maintenant, s'te plaît ? Roux va très bien. C'est une grande fille. Et franchement, si je devais m'inquiéter, ce serait plutôt pour Ames.

– Tu sais, Roux, c'est un caramel mou, pas un caramel dur, ai-je marmonné en me sentant glisser dans le sommeil.

J'ai juste eu le temps d'entendre la réponse amusée de Jesse avant de sombrer :

– T'es trop bizarre, toi, parfois.

Je me suis réveillée à presque trois heures de l'après-midi. Les nuages s'étaient dissipés et un soleil brumeux luisait derrière la fenêtre. Je me suis douchée et je suis allée à la cuisine.

– Le café est là, m'a signalé Roux en me désignant la cafetière à piston sur la table. Il est tout frais.

– On voit que tu me connais, ai-je répondu en me servant.

– On ne peut pas dire que ton addiction à la caféine soit top secrète.

Elle avait les yeux rouges de fatigue, mais semblait bien dans sa peau, et je crois que c'était la première fois que je la voyais comme ça.

– Tu as l'air… heureuse, ai-je risqué.

– Quoi, tu m'insultes, maintenant ? m'a-t-elle répliqué par-dessus son mug de café. Quelle audace ! Tu pourrais être sympa avec moi ? La nuit fut courte.

– Ah oui ? Et qu'est-ce que tu as fabriqué ?

– On a parlé. Juste parlé, espèce de perverse. Il est chouette.

– Ah ? C'est bien la première fois que tu trouves quelqu'un ou quelque chose « chouette ».

– Ben c'est le mot qui lui va, j'y peux rien. Il est différent. C'est un horloger.

– Je croyais qu'il était horolo…

– OK, laisse tomber, ce mot ne franchira jamais mes lèvres. Donc, on a parlé. Il est de Dublin. Sa famille vit toujours là-bas.

Un silence a flotté entre nous.

Malgré le nombre de fois où je l'avais entendue mentionner les perpétuelles absences de ses parents comme si ce n'était rien, je savais que c'était une blessure à vif pour elle.

– Et toi, tu lui as parlé de tes parents ? ai-je demandé du ton le plus détaché possible.

– Oui, m'a-t-elle dit doucement. Je lui ai tout raconté.

– Sur tes parents ?

– Sur eux, sur Jake et Julia et tous ceux du lycée, sur toi, sur la façon dont on s'est rencontrées. Il est au courant de tout.

– Wouah, ai-je murmuré. Ça m'étonne. Tu ne parles jamais de tout ça.

Elle a haussé les épaules.

– J'ai parlé parce qu'il écoutait. En général, les gens

font seulement semblant de communiquer. Mais lui, il écoute vraiment.

J'allais dire quelque chose quand la porte d'entrée a commencé à s'ouvrir. Mes yeux ont fait l'aller-retour à toute allure du couloir à Roux.

– Tout le monde est là ? lui ai-je demandé. Ryo est sorti faire des courses ou...

– Non, on est tous là. Tous les six. Ames discute avec Jesse, et Ryo et Élodie sont...

Élodie a déboulé en courant, les yeux écarquillés de panique.

– Qui est là ? a-t-elle lancé d'un ton sec. Qui...

– Attends, l'a appelée Roux. Élodie, attends, c'est... !

La porte d'entrée s'est ouverte.

– Désolé de vous déranger, les chéris, a retenti une voix familière. J'espère que je ne vous ai pas effrayés !

On est restées figées l'espace d'une seconde, puis :

– Angelo ! a braillé Roux en se ruant sur lui. Tu es vivant ! Et ils ne vont pas essayer d'utiliser ton cadavre comme objet de chantage auprès d'Interpol ni rien !

Jesse et Ames ont accouru en nous entendant crier. J'avais emboîté le pas à Roux et jeté mes bras au cou d'Angelo, tandis qu'elle restait accrochée à lui en menaçant de l'étrangler.

– Angelo, ai-je souri, tellement heureuse de voir son visage et d'entendre sa voix que j'en aurais pleuré.

– Oui, oui, c'est moi, a-t-il confirmé en essayant de se libérer de l'étreinte de Roux pour pouvoir la serrer dans ses bras normalement. En chair et en os. Désolé de ne pas vous avoir avertis. Nos communications sont un peu compromises. Mais je suis vivant. Bien que je ne sache pas trop pour combien de temps. Euh, Roux, ma douce...

Il a achevé sa phrase par un petit toussotement.

– Pardon, a-t-elle dit en le libérant aussitôt. Désolée, je me laisse emporter par mon élan, quelquefois.

Elle se tortillait d'excitation comme un jeune chiot, et je serrais toujours Angelo. Je n'avais pas vraiment cru ne jamais le revoir, mais maintenant qu'il était là, je me rendais compte que j'avais bien failli le perdre.

– Je vais bien, ma belle, a-t-il murmuré dans mes cheveux en me tapotant le dos. Tout le monde va bien, et je suis là. Et toi, comment tu te sens ?

– Ça va. Je suis contente que tu sois là. Et mes parents, ils sont avec toi ?

– Malheureusement non. C'est trop dangereux pour le moment, et ils travaillent comme des forcenés. Mais on t'a dit qu'ils allaient bien, j'espère ?

J'ai acquiescé d'un signe de tête en essayant de cacher ma déception. Roux continuait à sauter sur place. Dès qu'Ames est arrivé, elle lui a saisi le bras en s'exclamant :

– C'est Angelo ! Angelo, le gars qui m'a appris à jouer aux échecs !

– Je sais ! a répondu Ames en riant, tandis qu'elle manquait de lui arracher le bras. (Autant savoir que plus elle est heureuse, plus elle devient dangereuse.) On se connaît, tu te rappelles ? Je le connais sans doute même depuis plus longtemps que toi.

Les retrouvailles ont pris un moment. Angelo a serré dans ses bras Élodie et Ryo, puis Jesse, qui avait l'air aussi heureux que moi de le revoir.

– Ça va, toi ? lui a demandé Angelo en abattant une main sur son épaule.

– Je m'en suis sorti avec une égratignure, l'a rassuré Jesse. Je suis un dur à cuire, vous inquiétez pas.

Angelo a ri.

– En tout cas, je te le souhaite, si tu comptes rester avec Maggie.

On s'est tous installés à la table de la salle à manger, à côté d'une cheminée purement décorative. J'avais passé les jambes au-dessus de mon accoudoir pour poser mes pieds sur les genoux de Jesse, tandis que Roux et Ames se collaient autant que leurs chaises le leur permettaient. Je me suis promis de cuisiner Angelo sur Ames. Si c'était vraiment un type bien, comme Jesse le pensait, Angelo pourrait me le confirmer.

– Bon, voilà où nous en sommes, a commencé Angelo.

Dominique est en Europe, mais pas à Paris, et il est très en colère contre toi, Maggie. C'est le moins qu'on puisse dire.

– Sans blague ! me suis-je indignée. Ce n'est pas *lui* qui a essayé de me tuer ? De *nous* tuer ? Qui est-ce qui a le droit d'être en colère ?

– J'en suis bien conscient, m'a répondu Angelo en levant une main apaisante. Je ne fais que vous exposer la situation. Dominique est quelqu'un qui aime bien savourer sa vengeance. Et quand on lui met des bâtons dans les roues et que ses plans ne se déroulent pas comme prévu, il devient particulièrement vindicatif. Ceci étant, on a conclu une trêve, en tout cas jusqu'à mercredi.

– Une trêve ? Avec Dominique ? s'est étonné Ryo.

– Il tient beaucoup à récupérer les pièces d'or, a expliqué Angelo. Au point que je me demande s'il n'y a pas derrière tout ça quelqu'un d'autre qui aurait barre sur lui.

– Mais oui ! Il doit du fric à quelqu'un ! s'est exclamée Élodie. En fait, il n'agit pas par vengeance ! Il lui faut ses pièces pour rembourser une dette !

– C'est ce que semble indiquer mon enquête, en effet. On ignore à qui, mais rien ne nous empêche de bluffer, au besoin. Je lui ai spécifié que s'il arrivait quoi que ce soit à Maggie ou à ses amis, les pièces seraient aussitôt fondues et détruites. Ce qui m'a permis de lui extorquer une espèce de cessez-le-feu.

– Jusqu'à mercredi, ai-je rappelé. Et ensuite, il se passe quoi ? Tu me suspends par la fenêtre au bout d'une perche ?

– On peut même bricoler un système de poulie, a proposé Ames, ce qui a fait rire Jesse.

– Je prends bonne note de ta loyauté, toi, le petit ami, lui ai-je glissé. Sympa.

– *Vive la révolution!** a lancé Jesse.

Mais comme il m'a caressé la cheville, j'ai décidé de le gracier.

– Mercredi, on est censés lui rendre les pièces, a repris Angelo. Ou ce qu'il prendra pour telles. C'est pour ça que je suis à Paris. D'une part pour vous voir, bien sûr, mais aussi pour dénicher de fausses pièces. Voire les fabriquer, si j'en ai le temps.

– Les contrefaçons, j'adore, a déclaré Roux en se frottant les mains. Mon passeport était un vrai chef-d'œuvre, Angelo. Je suis sûre que je pourrais faire le tour du monde avec.

– Je m'en réjouis, ma douce. Mais garde-le sous la main ; tu pourrais bientôt en avoir besoin.

Il avait les traits tirés et je me suis demandé d'où il arrivait, et à quel point il s'était fait du souci.

– J'ai dit à Dominique qu'on lui indiquerait le lieu et

l'heure du rendez-vous, pour mercredi. Des suggestions ?

Tout le monde a réfléchi en silence. Paris est une grande ville, à la fois en surface et dessous.

– Tenons-nous plutôt à l'écart des souterrains, a précisé Angelo, comme s'il lisait dans mes pensées. Se retrouver face à Dominique dans un tunnel, ça pourrait tourner au désastre, surtout si un malheureux touriste croise notre chemin.

– Ce qui réduit les possibilités à un millier dans une ville comme Paris, a calculé Élodie, toujours pensive. Bon, on trouvera, Angelo. Concentre-toi sur les pièces.

– Bien, a-t-il acquiescé. Mais je dois vous avouer que je suis aussi là pour une autre raison. Je serais lamentable si j'avais manqué l'anniversaire de notre Roux.

Toutes les têtes ont pivoté vers l'intéressée, qui a paru à la fois stupéfaite qu'Angelo connaisse sa date de naissance et gênée qu'il nous l'ait apprise.

– Euh, surprise, a-t-elle déclaré en agitant la main. J'ai dix-huit ans. Wouahou.

– Et tu comptais nous le dire un jour ? me suis-je écriée en bondissant de mon fauteuil pour faire le tour de la table en courant et la serrer contre moi. C'est ton anniversaire et je ne le savais même pas ! Je suis la pire amie du monde !

– C'est ton anniversaire, a fait écho Ames d'un air

consterné. Oh, non, non, ça ne va pas du tout. *Pas* du tout. On doit fêter ça ! Je ne sais pas, moi, il nous faut un feu d'artifice, des ballons, un…

– Pas de ballons, merci, l'a coupé Roux.

– … un truc, quoi, a repris Ames. Toi, tu ne bouges pas, d'accord ? Je reviens tout de suite.

Il a attrapé sa veste sur le dossier de sa chaise et il est sorti en courant, avant de revenir en coup de vent déposer un baiser sur la joue de Roux.

– Joyeux anniversaire, lui a-t-il soufflé avant de repartir à fond de train.

Roux a tressailli et posé les doigts sur sa joue comme pour empêcher le baiser de s'envoler. Un petit sourire s'est peu à peu étiré sur son visage, tandis que la porte d'entrée se refermait derrière Ames avec un léger *clic*.

– Trèèès intéressant, a commenté Jesse en s'approchant pour la serrer contre lui à son tour.

– Oh, toi, ça va, a grommelé Roux en lui balançant une tape sur le bras. C'est mon anniversaire, tu dois être adorable avec moi. C'est la règle.

– Mais comment tu as su, pour mon anniversaire ? a demandé Roux à Angelo un peu plus tard.

On attendait Ames, qui avait envoyé deux textos à Ryo, mais celui-ci avait refusé mordicus de les faire lire à Roux, même après qu'elle l'avait attaqué avec Élodie en renfort. « Jesse, à l'aide ! » avait-il crié.

Jesse lui avait pris son portable pour le tenir haut au-dessus de sa tête, hors de portée, jusqu'à ce qu'elles abandonnent.

– Eh bien, c'est une information qui n'a rien de confidentiel, a répondu Angelo. Et comme Maggie ne m'en avait pas parlé, j'ai supposé qu'elle ne le savait pas.

– Mais nooon ! ai-je geint. Je suis désolée, Roux ! J'aurais dû te poser la question !

– Tout va bien, tout va bien ! m'a-t-elle assuré, visiblement amusée par mon air catastrophé. C'est fou, on pourrait alimenter le Vatican rien qu'avec tes réflexes de culpabilité. Et je te rappelle qu'on a été un peu pris ces derniers jours. En ce qui me concerne, la semaine a déjà été assez remplie sans une fête d'anniversaire.

– Mais pourquoi on n'a *jamais* célébré ton anniversaire ? a demandé Jesse. Je ne me souviens pas qu'on ait fait une seule fête ni rien.

– Parce que ça tombe toujours juste avant la rentrée, a-t-elle éludé. C'est horrible, comme date, d'ailleurs. La perspective de retourner en cours, ça me coupe toute envie de fêter ça.

À voir la tête de Jesse, on était tous les deux en train de comprendre la même chose au même moment :

– Tes parents ne te l'ont jamais souhaité, ai-je lâché.

– Mais où est passé Ames ? a soudain murmuré Angelo d'un ton distrait en regardant sa montre.

– Bah, pas grave, nous a répondu Roux. Quand ils étaient en voyage, ils m'appelaient et je recevais des paquets énormes avec plein de papier et de rubans. De toute façon, j'ai grandi avec des nounous jusqu'à l'âge de douze ans, alors...

Elle a laissé sa phrase en suspens, puis s'est ressaisie pour affirmer :

– Je vous assure, ça n'a aucune importance.

Après un coup d'œil à Jesse et moi, Élodie lui a déclaré en passant un bras autour de ses épaules :

– À vous entendre, on croirait que tes parents sont des gens carrément horribles.

– Mais parce que c'est ce qu'ils sont, lui a répliqué Roux avec un petit rire. Enfin, dans l'affaire, j'ai gagné un œuf de Fabergé et du fric à ne savoir qu'en faire. C'est pas la mort. Et ...

– Me voilà ! a retenti la voix d'Ames. Me voilà, me voilà ! Tout le monde dans la cuisine ! Roux est toujours là ?

Je commençais à comprendre pourquoi Angelo avait insonorisé les lieux.

– Je ne vois pas où je pourrais être d'autre, a commenté Roux tout haut tandis qu'il déboulait dans la pièce les bras chargés de paquets, les yeux brillants et les joues en feu.

Si quelqu'un avait débarqué à ce moment-là, il aurait été persuadé que c'était l'anniversaire d'Ames et pas celui de Roux.

– Parfait ! a-t-il lancé, essoufflé comme s'il avait couru.

C'était super craquant, et Roux s'est mordu la lèvre pour empêcher son sourire de s'agrandir.

– S'il te plaît, dis-moi qu'il n'y a pas de ballons, lui a-t-elle demandé. Ni de clowns. Ça existe, d'ailleurs, les clowns, en France ? Ah, non, c'est vrai que vous avez des mimes, à la place. Pitié, dis-moi qu'il n'y a pas un mime qui attend dans l'entrée ou je...

– Pas de ballons, pas de clowns, pas de mimes ni rien d'autre de muet, lui a assuré Ames. C'est ton anniversaire, pas un cauchemar.

Ryo l'a regardé d'un air attendri.

– Il adore s'amuser, nous a-t-il informés. Il ne manque pas une occasion de faire la fête.

– Pareil pour Roux, a dit Jesse. Avoue-le, que tu adores ça.

– C'est vrai, a-t-elle reconnu. C'est juste que je n'en ai jamais fait.

– Ça, c'est vraiment trop triste, ma belle, a soupiré Ames. On va arranger ça.

Il a posé ses paquets et frappé dans ses mains.

– Autant s'y mettre tout de suite !

Une heure plus tard, la petite cuisine était le théâtre

de la fête la plus géniale à laquelle j'aie pu assister. Ryo et Élodie l'avaient décorée en accrochant des guirlandes de papier crépon entre les lustres et Ames avait préparé une playlist à base de Beatles, de Jay-Z et d'un groupe français génial, même si je ne comprenais pas un mot des paroles. Roux, elle, avait l'air de comprendre, et dansait pieds nus pendant que les autres mangeaient tout ce que j'avais pu dénicher de «festivement» comestible. (Principalement du fromage, des olives et de la baguette, mais Roux ne s'était pas plainte.)

– OK! a lancé Ames en arrêtant la musique. On est officiellement le soir, ce qui veut dire qu'on peut officiellement lever notre verre en l'honneur de Roux!

Il a sorti deux bouteilles de champagne, en nous rassurant sur le fait qu'il y en avait d'autres, mais qu'on pouvait déjà commencer avec ça.

Bien sûr, Angelo avait de superbes flûtes en cristal rangées au fond d'un bahut dans la chambre d'amis, et les a sorties pour l'occasion.

– Je ne m'en sers jamais, a-t-il signalé. Je suis content de leur avoir trouvé une utilité!

Roux n'avait rien dit jusque-là. Elle avait les joues roses d'avoir dansé, et aussi, à mon avis, de joie.

– Bon, ce n'est pas non plus mon premier verre, a-t-elle précisé à Ames qui lui tendait cérémonieusement une flûte à moitié remplie de Veuve Clicquot. Désolée de te dire ça, mais tu n'es pas le seul ici à enfreindre la loi.

– D'accord, d'accord, mais c'est ton premier verre de dix-huitième anniversaire et tu es à Paris, alors ça compte plus que tous les autres verres réunis. Portons un toast à Roux !

– C'est pas vrai, a-t-elle marmonné en se couvrant les yeux. J'ai honte.

– Je commence ! a annoncé Jesse en levant son verre (qui, comme il ne buvait pas, était rempli d'eau). À Roux, ma plus vieille amie. Je te connais depuis plus longtemps que n'importe qui, depuis le jour de la rentrée de maternelle où tu as volé ma figurine Transformer, que tu n'as jamais voulu me rendre. Ce n'est pas comme ça que j'aurais imaginé le début d'une amitié, et pourtant, nous voilà. Et j'en suis très heureux. Joyeux anniversaire !

– Oh, Jesse, a-t-elle protesté, la mine radieuse. Comment je vais faire pour continuer à te détester, maintenant ? C'était trop mignon.

– À mon tour ! me suis-je exclamée. Roux, tu es non seulement ma plus vieille amie, mais aussi ma meilleure amie. Tu es la seule au lycée qui m'ait adressé la parole l'année dernière, et tu as toujours été à mes côtés. Même quand on me tirait dessus, ce qui me touche beaucoup. Je t'aime.

Roux a secoué la tête avec des yeux embués.

– Vous voyez ? C'est pour ça que je ne fais jamais de fêtes. Je suis trop émotive.

– Ce qui nous amène à mon toast à moi, a déclaré Angelo en la regardant d'un air affectueux. Je déplore que cette célébration tombe au milieu de perturbations internationales, mais ta présence est la preuve que tu fais désormais partie de la famille. Je t'ai dit l'an dernier que tu étais une amie précieuse pour Maggie, et tu n'as fait que le confirmer depuis. Je ne sais pas si tu as l'habitude qu'on te le dise, mais je t'aime énormément, et tu auras toujours ta place chez nous, dans nos cœurs et dans nos vies. À Roux.

Et il a levé son verre en lui adressant un clin d'œil.

Sans réussir à contenir ses larmes, elle a traversé le salon pour le serrer très fort, sa coupe à la main.

– Elle n'a même pas fait tomber une goutte ! a observé Ames, déclenchant l'hilarité.

– Je te l'ai dit, que j'étais rodée, a-t-elle répondu en s'essuyant les yeux.

Ryo a éteint les lumières et Élodie est entrée avec sept tartelettes aux framboises sur un plateau, dont celle du milieu était garnie d'une grande bougie scintillante.

– C'est trop ! a dit Roux en se mettant à rire.

Ce qui ne nous a pas empêchés de chanter.

Quand on a eu fini, Ames s'est mis derrière Roux

pour lui tenir les cheveux pendant qu'elle soufflait la bougie.

– Tu dois faire un vœu, lui a-t-il précisé. Vite, avant que ce truc ne décolle comme une fusée !

– Alerte au spoiler ! s'est-elle exclamée. Il s'est déjà réalisé !

32

Quand les bouteilles de champagne ont été éclusées et que la playlist d'Ames a commencé à tourner en boucle, Jesse et moi, on est montés sur le toit par la fenêtre de la chambre de Ryo et d'Élodie. Elle en avait parlé dans la soirée en disant que la vue était magnifique.

Et elle n'avait pas menti.

– C'est extraordinaire, ai-je dit. Ça vaudrait presque le coup d'être en cavale, non ?

– Absolument, a acquiescé Jesse en s'asseyant à côté de moi.

Le ciel était bleu nuit, pas tout à fait noir, et tout Paris scintillait à nos pieds. La tour Eiffel se dressait dans le lointain.

– C'est un Mc Do, là-bas ? m'a demandé Jesse en me montrant un truc au hasard.

Je lui ai tapé sur les doigts et il s'est esclaffé.

– T'es vraiment trop bête, ai-je dit en prenant sa main

dans la mienne pour y déposer un baiser. Bien trop bête pour moi.

– Je fais de mon mieux. J'aime bien Ames, au fait. Il fait beaucoup de bien à Roux. Elle est tellement…

Il a fait des grimaces en agitant les bras.

– … Enfin, tu vois, quoi. Elle est bien plus calme, avec lui.

– Et je te rappelle qu'elle a eu dix-huit ans aujourd'hui, ai-je ajouté. En espérant qu'elle daignera encore nous parler, à nous les mioches.

– Je ne m'inquiéterais pas pour ça.

– Alors comme ça, tu crois qu'Ames est quelqu'un de bien ?

– Tout à fait, m'a dit Jesse. Franchement, Roux fait toujours tout un cinéma, elle part en vrille sur tout et n'importe quoi. Et au fond, tout le monde la laisse faire sans trop faire attention à elle.

– T'as raison. C'est vrai qu'en général, on laisse courir sans chercher à voir plus loin.

– Voilà. En moins de deux jours, Ames a compris ça et il a réussi à le désamorcer. Crois-moi, c'est un mec bien… Et s'il s'avérait que je me trompe, je l'expédierais vite fait par la fenêtre.

Ça m'a touchée de le voir aussi déterminé à voler au secours de Roux.

– Ah, Jesse mon héros. J'ai de la chance de t'avoir.

– Ça, c'est vrai. Presque autant que moi.

– Je peux te poser une question ? ai-je demandé, avant d'enchaîner pour ne pas me dégonfler : Pourquoi tu restes avec moi ?

Il s'est tourné vers moi, soudain très sérieux.

– Attends, c'est quoi, cette question ?

– Pourquoi tu restes avec moi ? Je n'arrête pas de te mettre dans des situations impossibles, et toi, tu t'accroches.

Il m'a dévisagée pendant une longue minute.

– Tu ne sais vraiment pas pourquoi je reste ? Sérieux ? m'a-il demandé, incrédule. Tu es sincère, là ?

J'ai hoché la tête. Je détestais me sentir vulnérable vis-à-vis de lui, lui poser une question dont la réponse m'effrayait plus encore que Dominique et ses sbires.

– Bon, OK, a repris Jesse en glissant le bras autour de mes épaules. Commençons par la lettre « A ».

– Quoi ? Mais qu'est-ce que tu… ?

– Attentionnée ! Belle. Curieuse. Déterminée. Enjouée.

– T'es en train de me comparer au père Noël ?

– Des millions de gens l'adorent. Tu peux te vanter de ça, toi ?

Il a fait semblant de se concentrer en coinçant une boucle de cheveux derrière ses oreilles.

– Bien, où en étais-je ? Ah oui. Fêlée…

– Je cherche le compliment, là.

– Généreuse. Hardie. Intelligente. Joyeuse.

– Je ne suis pas toujours joyeuse !

– Tu l'es de tempérament. Allez, aide-moi un peu, c'est dur ! Ah, mince, euh... Kaptivante.

– C'est de la triche ! ai-je protesté sans pouvoir réprimer un sourire.

– Chut, j'essaie de te faire la cour sur un toit de Paris, écoute-moi ! Alors... Ah. Loyale.

Il a fait une pause et m'a regardée.

– Super hyper loyale, même. Tu ne laisserais jamais tomber quelqu'un, quoi que ça te coûte, à la vie à la mort.

Là, on a dû prendre tous les deux une grande inspiration, et je me suis rappelé la sensation de sa chemise dans ma main quand je l'avais entraîné par terre avec moi au début des tirs, la façon dont j'avais senti battre son pouls contre le mien.

– Magnifique, m'a-t-il murmuré. Narquoise. (Ça, j'aime bien, chez toi.) Obstinée. Patiente. Retorse.

– T'as sauté le « Q ».

– Mince. Q... Q... Questionnante ? Ça existe, ça ? Questionneuse, voilà !

Je riais trop pour répondre, mais j'ai validé sa proposition d'un hochement de tête.

– J'ai dit « retorse » pour « R », on en est au « S »... Somptueuse.

– Là, on dirait que tu parles d'une baraque de nouveau riche.

– Tu vois ? C'est pour ça que je n'ai pas dit « optimiste ». Talentueuse. Unique. Vraie. Wonderwoman.

– Bon courage pour le prochain. Si tu dis classée X, je te frappe.

– À « D », j'aurais dû dire « dangereuse ». Euh, alors, pour le « X »... X... Xceptionnelle !

– Bravo, bien joué, ai-je applaudi.

– Attention, on approche de la fin de la deuxième mi-temps. Yperactive... et zarbi. Et but ! C'est une victoire époustouflante pour l'équipe à domicile, a-t-il annoncé. Gagné !

Il a levé les bras en l'air comme si tout Paris l'acclamait à ses pieds.

– Merci ! Merci ! Tout l'alphabet pour dire combien ma petite amie est géniale ! Le magazine *People* devrait m'appeler pour son prochain article sur l'homme le plus sexy de la planète... (il a regardé sa montre) d'un instant à l'autre.

– T'es totalement barge. Mais t'as du vocabulaire. Et t'es assez fort à ce jeu-là.

– Je suis allé à la maternelle et tout, a-t-il plastronné. Et je suis bilingue, en prime.

– Ça mérite un baiser, ai-je admis en posant la main sur son menton, qu'il n'avait pas rasé depuis deux jours.

Je l'ai embrassé tout doucement, comme s'il risquait de s'envoler.

– Je t'aime, ai-je murmuré. Tu es unique. Mon mec à moi.

– Moi aussi, je t'aime. Je sais que tu as du mal à le croire, mais j'ai vraiment de la chance de t'avoir.

– J'ai failli te faire tuer.

– Et nous voilà à Paris à contempler les lumières de la ville. Eh oui, que veux-tu, il y a toujours des hauts et des bas dans la vie, c'est comme ça, chérie. Personne n'y échappe.

On a continué à s'embrasser pendant quelques minutes. Au bout d'un moment, l'émotion a commencé à monter. J'avais l'impression que l'embrasser ne suffisait plus, que j'avais besoin de plus, encore, jusqu'à ce qu'il ne reste rien à prendre. J'ai fini par me glisser sur ses genoux. Sa main s'est posée au creux de mon dos pour me retenir et il s'est appuyé sur un coude pour que je puisse reposer mon poids sur sa poitrine.

Quand on s'est séparés, j'avais les joues en feu à cause de sa barbe et on avait tous les deux le souffle court.

– Les autres doivent être en train de nous observer, ai-je dit. Ou de nous chercher. Ou de nous attendre.

Il a acquiescé d'un signe de tête en essayant de ralentir

sa respiration. Sa main s'est glissée sous mon tee-shirt pour me caresser le dos.

– J'ai quelque chose pour toi, m'a-t-il murmuré.

– C'est un euphémisme ? ai-je demandé en haussant un sourcil.

– Pas tout à fait, a-t-il répondu en révélant ses dents blanches dans un sourire dans l'obscurité. Mais j'aime bien ton esprit salace.

J'ai posé un baiser sur sa joue tandis qu'il sortait quelque chose de sa poche et le tenait entre deux doigts. Ça luisait doucement, reflétant les lumières de la rue, et j'ai tendu la main pour le prendre. C'était une chaîne en or ornée de deux petites amulettes, si fine qu'elle semblait presque invisible.

– Si tu détestes, je ne t'en voudrai pas, m'a-t-il précisé d'une voix anxieuse.

– Je ne la déteste pas, ai-je affirmé. Au contraire.

Mais les mots me paraissaient faibles. Je me suis penchée pour examiner les breloques. Ils étaient minuscules, en or eux aussi, mais dans le noir je n'ai pas réussi à voir ce qu'ils représentaient.

– Je l'ai achetée après notre dispute, m'a-t-il expliqué doucement à l'oreille en posant le menton sur mon épaule. Je m'en voulais, j'avais été nul, alors voilà. Ça, c'est une boussole, a-t-il ajouté en donnant une pichenette à l'une des amulettes.

Puis il a sorti quelque chose de son tee-shirt, et j'ai découvert la même boussole suspendue à une autre chaîne.

– Je me suis acheté le même. C'est pour que tu retrouves toujours ton chemin jusqu'à moi, et réciproquement, où qu'on soit dans le monde.

Je ne pouvais pas parler. Ni penser. Même respirer, c'était difficile, tellement ma poitrine était gonflée d'amour pour lui.

– Et celui-là ? ai-je demandé en touchant le deuxième pendentif, qui ne mesurait pas plus de deux centimètres. C'est... c'est un *couteau* ?

Jesse a hoché la tête avec un grand sourire en m'embrassant sur l'oreille.

– Oui, pour mener le bon combat. Ce que tu fais toujours.

Je me suis tournée pour prendre son visage entre mes mains et je lui ai déclaré :

– Tu es un mec génial. Trop génial.

– Peut-être pas toujours, a-t-il nuancé. Mais j'ai mes moments, de temps en temps. Alors, elle te plaît, cette chaîne ?

– Je l'adore, ai-je dit en la passant autour de mon cou C'est toi le meilleur.

– Et c'est toi qui me rends meilleur. Dis donc, a-t-il ajouté en plissant le nez, on dit de ces trucs crétins parfois ! « Et c'est toi qui me rends meilleur. » Si Roux nous entendait, elle serait écœurée.

– Surtout, ne t'arrête pas de me dire des trucs crétins.

Je me suis penchée pour l'embrasser, mais il a interrompu mon geste en posant un doigt sur ma bouche.

– Chut, a-t-il murmuré.

J'ai regardé par-dessus son épaule.

– Roux m'a l'air occupée, pour l'instant, ai-je annoncé.

Elle était dans la chambre avec Ames, et ils s'embrassaient à la lumière du clair de lune. Elle se tenait sur la pointe des pieds et il avait les mains posées sur ses hanches, délicatement, comme s'il avait compris combien elle était fragile. Je me sentais un peu gênée de les épier, mais en même temps, j'étais tout émue de la voir enfin heureuse.

– Je te l'ai dit, que c'était un mec bien, m'a rappelé Jesse. Regarde-le, un vrai gentleman.

Et on s'est serrés l'un contre l'autre en attendant qu'ils aient quitté la chambre pour rentrer par la fenêtre.

33

Le lendemain matin, Angelo m'a réveillée au lever du soleil.

– Kessispass ? ai-je marmonné en m'asseyant dans mon lit. Y'a un problème ?

Jesse dormait à côté de moi, le visage enfoui dans l'oreiller, un bras jeté en travers de la tête. (Mon petit ami est bourré de qualités, mais ce n'est pas un modèle d'élégance quand il dort.)

– Désolé de te réveiller, ma puce, m'a murmuré Angelo. Je sais, il est tôt. Rassure-toi, tout va bien. J'ai juste besoin que tu me donnes les pièces. Je dois m'absenter quelques heures ce matin et je ne voudrais pas les laisser sous ta responsabilité, au cas où il y aurait un problème. C'est trop risqué pour toi.

J'ai pris la pochette sous mon oreiller. Je la trimballais partout avec moi depuis la veille, précisément pour la raison que venait d'invoquer Angelo : pour ne pas la laisser sous la responsabilité de quelqu'un d'autre.

– Sois prudent, lui ai-je recommandé.

Puis je suis retombée sur mon oreiller et je me suis rendormie avant qu'il ait refermé la porte.

Quelques heures plus tard, on était tous rassemblés dans la cuisine.

– On doit fixer le lieu de rendez-vous avec Dominique, nous a déclaré Ryo. Mais où ?

Il changeait de monture de lunettes tous les jours, et portait ce matin-là une paire vert jade qui luisait dans la lumière pâle.

Tout le monde s'est mis à réfléchir. Le problème, à Paris, c'était l'embarras du choix. Un immeuble sur trois a hébergé un personnage célèbre. Ou, comme disait Roux, « c'est peut-être là qu'est morte Marie-Antoinette ».

À cet instant, elle était en pleine concentration, tambourinant des doigts sur la table de la cuisine. Elle avait repris son éternelle partie d'échecs avec Angelo la veille au soir et fixait l'échiquier d'un air absent.

Soudain, elle a fait un bond sur sa chaise en s'écriant :

– Je sais !

– Bon sang, poupée, a soufflé Ames, la main sur son cœur. Préviens, la prochaine fois.

– Autant t'habituer, lui a conseillé Jesse. Roux a un peu de mal à brider ses émotions.

– Tais-toi, toi, lui a rétorqué Roux. Au fait, je l'ai toujours, ta figurine Transformer. Alors je disais…

– C'est vrai ? s'est exclamé Jesse.

– JE DISAIS, Angelo n'arrête pas de me répéter un truc quand on joue aux échecs : « Cavalier au bord de l'échiquier, pieds et poings liés. » Et chaque fois, je me demande ce qu'il a fumé. Mais ça y est, j'ai compris !

Elle avait l'air enchantée par sa découverte.

On l'a regardée fixement.

– Et donc ? a fini par demander Élodie. Tu comptes nous expliquer la suite ?

– Regardez, a repris Roux en soulevant son cavalier. Ne dites pas à Angelo que j'ai fait ça ou il en profitera pour dire que j'ai perdu. Bon, lui, c'est le cavalier, et il se déplace en « L ». Il bouge toujours de deux cases en ligne droite puis d'une sur le côté. OK ?

On a fait signe qu'on suivait.

– Du coup, a poursuivi Roux en illustrant son propos avec le superbe cavalier du jeu d'Angelo, s'il se trouve dans un coin de l'échiquier, il n'a que deux possibilités pour se déplacer. Mauvais. S'il est quelque part le long de l'échiquier (elle a fait descendre la pièce au milieu de la bordure), ça lui en donne quatre. Ce qui est déjà mieux, mais pas terrible quand même. En revanche, s'il est au centre du plateau, il a le choix entre huit possibilités. Huit échappatoires, quoi.

Elle a posé le cavalier au centre.

– Si on reste en bordure, là où on se sent le plus en

sécurité, on a plus de risques de se faire capturer. Alors que si on est au milieu de tout, même si on se sent plus exposé, ça multiplie les choix. C'est dingue, je ne m'en sortais pas, de ce truc !

Je l'ai regardée, sidérée.

– Tu te rappelles qu'il n'y a pas si longtemps, tu appelais le cavalier « le mec à cheval » ?

– Il n'y a pas de honte à ne pas savoir quelque chose, m'a-t-elle répondu d'un ton docte. Ça demande juste un peu plus d'efforts pour se mettre à niveau. Donc, ce que je voulais dire, c'est que si on doit se retrouver quelque part, ça doit être dans un lieu public, à découvert. On sera sept. Il faut que chacun d'entre nous puisse s'échapper sans se faire prendre.

Sur quoi elle a mimé le sens qu'elle donnait au mot « prendre » en passant les doigts à l'horizontale en travers de sa gorge.

On a tous grimacé, sauf Ames, qui la buvait des yeux.

– Merci pour cette, euh, charmante interprétation du sort qui nous attend, ai-je observé. Mais c'est du bon boulot, Roux.

– À votre service. Maintenant, on n'a plus qu'à décider où.

L'iPad d'Élodie était posé sur la table, affichant le Double Aigle d'or au format plein écran. Sans être aussi belle que l'originale, l'image restait détaillée et, une nouvelle fois, j'ai croisé le regard de la statue de la Victoire. J'aurais dit qu'il s'était écoulé des mois depuis que je m'étais trouvée sous sa protection à la Grand Army Plaza, alors que ça ne faisait que trois jours. Ses bras s'ouvraient tels des ailes et…

– Oh mon Dieu ! me suis-je écriée.

Roux a hurlé en portant une main à sa poitrine.

– Désolée, désolée, ai-je dit. Ou plutôt non. Ça t'apprendra pour tout à l'heure.

– Match nul, a-t-elle admis après un soupir de soulagement. Mais qu'est-ce qu'il y a ?

– Je sais où on peut se donner rendez-vous ! Cette pièce a été créée par Saint-Gaudens, d'accord ?

Ils m'ont regardée tous les cinq sans comprendre.

– Bon, si je vous le dis, vous pouvez me croire. Ce type a aussi conçu la statue du général Sherman qui se trouve sur la Grand Army Plaza, à New York…

– À Manhattan ou à Brooklyn ? m'a demandé Roux.

– À Manhattan.

– C'est bien. Continue.

– Le monument Sherman comprend une statue de la Victoire, la même que celle qu'on voit sur la pièce. Mais à l'origine, elle s'inspire d'une sculpture qui se trouve au Louvre !

Prenant l'iPad d'Élodie, j'ai tapé quelques mots clés et retourné l'écran vers les autres.

– La voilà.

C'était la Victoire de Samothrace, l'une des œuvres les plus célèbres du Louvre. Elle trônait sur le palier d'un escalier, les ailes ouvertes. Il lui manquait la tête, mais c'est tout juste si on s'en apercevait vu la taille de la statue.

– On n'a qu'à dire à Dominique que s'il veut ses pièces, il saura où nous trouver.

– Tu crois vraiment que c'est une bonne idée de le faire jouer aux devinettes comme ça ? m'a demandé Ryo d'un air dubitatif.

– Je m'en fiche. Il a essayé de nous tuer. En plus, tu peux être sûr qu'il s'est forcément renseigné sur ces pièces. Si moi, je suis au courant pour la Victoire de Samothrace, il l'est forcément aussi.

– En fait, a déclaré Roux, ça me plaît, qu'il y ait « victoire » dans le nom. C'est bon signe, non ?

– Après, va savoir pour qui, a observé Ames. Plus qu'à espérer que c'est bon signe pour *nous*.

34

Le lendemain matin, tout le monde était à cran. Roux, assise à la cuisine, picorait des bouts de son pain au chocolat tandis qu'Ames tournait et retournait sa cuiller dans son café.

Élodie et Ryo faisaient leurs bagages, se préparant à quitter les lieux.

– Vous allez vous installer où ? leur ai-je demandé.

De toute évidence, on ne pouvait pas revenir à l'appartement, même si notre plan se déroulait, euh, selon les plans.

– Peut-être à Sydney ? a suggéré Élodie avec un haussement d'épaules. Ça fait un moment que Ryo n'est pas retourné chez lui. À moins qu'on n'aille à Londres. Ou même…

– Élodie, ma belle, l'a appelée Angelo en passant la tête par la porte du bureau, où il avait passé la matinée à travailler. Je peux te parler une minute ?

Ryo a repris la conversation là où elle l'avait laissée.

– Élodie déteste l'Australie, m'a-t-il informée en riant. Ça m'étonnerait qu'on y aille. On va peut-être simplement rester à Paris.

– Je suis trop jalouse, a soupiré Roux. Moi aussi, je veux rester ici.

– Fais gaffe à ce que tu souhaites, ma belle, lui a lancé Ames avec un petit sourire.

– Il a raison, ai-je acquiescé en me rappelant avoir prié pour qu'il se passe un truc, n'importe quoi, juste avant que toute cette folie n'éclate. On va se concentrer sur la journée d'aujourd'hui, OK ? Ensuite, on se préoccupera de notre prochaine destination.

– Sans vouloir être négatif... a commencé Jesse.

– Ah, je l'avais oublié, celui-là, a grommelé Roux. Monsieur le Positif.

– ... est-ce qu'on a un plan B au cas où ça déraperait ?

Ryo et moi avons échangé un regard.

– Ça ne va pas déraper, a-t-on assuré d'une seule voix.

Je ne savais pas s'il y croyait vraiment ; moi, pas du tout. J'en avais subi assez ces huit derniers jours pour savoir que tout peut toujours partir en ville.

Mais je savais aussi que même dans ces cas-là, il reste souvent un moyen de s'en sortir.

– Tout ce qu'on a à faire, c'est s'en tenir au plan, ai-je soutenu à Jesse en m'asseyant sur ses genoux.

Il s'est mis à jouer avec la chaîne en or qu'il m'avait

offerte, en appuyant sur la pointe du petit couteau avec le pouce.

– Elle te va très bien, m'a-t-il murmuré.

– C'est un mec qui me l'a donné. Je vais peut-être continuer à le voir, pour l'instant. Un truc purement physique, tu vois.

À côté de nous, Roux a fait semblant de dégobiller.

– Je pense que t'as raison de le garder, ce mec, a approuvé Jesse en glissant ses bras autour de ma taille. En plus, je suis sûr qu'il a du vocabulaire. Il doit savoir faire rimer toi et moi...

Il y a eu un silence.

– Mais c'est super nul ! a couiné Roux tandis que j'éclatais de rire.

– Je suis d'accord, ai-je confirmé. Plus tarte, tu meurs.

– Atroce, mec, a enchéri Ames avec un soupir. Même moi, je m'en tire mieux.

Jesse s'est contenté de sourire en posant un baiser sur mon point secret dans le cou.

– Évaporation de la tension, a-t-il commenté tout bas tandis que je le serrais contre moi.

– Mouais, ai-je murmuré, je crois que je vais garder le mec en question encore un peu.

En allant chercher un pull quelques minutes plus tard, (cet appartement était superbe *et* plein de courants d'air), j'ai entendu la conversation entre Angelo et

Élodie. La porte du bureau était restée entrouverte et je me suis arrêtée, même si je savais que ça ne se faisait pas. Je suis une espionne, qu'est-ce que j'y peux ? Écouter aux portes, c'est un peu le b.a.-ba du métier.

Ils chuchotaient en faisant défiler des photos de passeports sur un écran d'ordinateur géant. J'ai vu passer les têtes de Markus, de Mathieu, de Zelda, de mes parents, de Ryo, d'Élodie et d'Ames. Puis Angelo a cliqué sur une touche et l'écran s'est couvert de dizaines de photos de gens que je ne connaissais pas.

– Ça ne te concerne pas, ma belle, a dit Angelo tout à coup avant de se retourner en souriant.

– Mais…

– Et referme la porte, s'il te plaît.

J'ai obéi, avec les photos de mes parents gravées dans ma tête.

Les voitures sont venues nous chercher vers quatorze heures trente, et toute la tension que Jesse avait réussi à alléger est remontée d'un bloc.

Je n'ai pas vu les têtes des chauffeurs en montant et je me suis demandé si Mathieu était parmi eux. Toutes les vitres étaient teintées et j'ai surpris un infime soupir de soulagement de la part d'Angelo quand les voitures ont démarré.

– C'est du verre blindé ? ai-je demandé en montrant les vitres.

– Bien sûr, m'a-t-il confirmé avec un hochement de tête. On se trouve actuellement dans l'endroit le plus sécurisé de Paris.

Puis il s'est absorbé dans la contemplation de la rue. Ames, Élodie et Ryo nous suivaient dans la seconde voiture et Roux n'arrêtait pas de se retourner pour regarder Ames.

– Il va bien, lui ai-je murmuré en lui prenant la main. Ames serait sans doute capable de survivre à un cataclysme nucléaire.

– C'est drôle, ça ne me rassure pas, mais merci quand même, Maggie.

Je lui ai tapoté la main.

En aparté, j'avais reproché à Angelo de se servir de Roux et de Jesse dans notre plan.

« On ne peut pas continuer à les impliquer ! avais-je protesté à mi-voix. Ils en ont plus qu'assez fait ! Ce sont des civils ! »

« Eh non, plus maintenant, m'avait-il répliqué, me laissant à court d'arguments. Dominique les connaît. Le Collectif les connaît. Encore plus grave, il sait qu'ils sont au courant de l'affaire. Tu crois sincèrement qu'aujourd'hui, ils seraient plus en sécurité seuls que sous notre protection ? »

Je n'avais pas eu besoin de réfléchir longtemps pour admettre qu'il avait raison.

« Si tu savais ce que je m'en veux de les avoir embarqués là-dedans ! » avais-je conclu.

« On ne choisit pas toujours son équipe. Et à ce stade, Roux et Jesse commencent à maîtriser les ficelles du métier. Jesse, en particulier, ferait n'importe quoi pour te protéger. »

« C'est bien le problème. Je ne veux pas qu'il fasse quoi que ce soit. »

« Comme je te l'ai dit, ma belle, m'avait répété Angelo en se penchant pour me faire un bisou sur le haut du crâne, on ne choisit pas toujours. »

Maintenant que notre plan était en marche, il m'apparaissait encore plus clairement qu'il aurait été impossible de les laisser derrière nous. Mais ce n'était pas une consolation.

Le rendez-vous au Louvre avait été fixé à quinze heures, avant tout pour éviter la ruée de visiteurs du début de matinée et celle de la fin d'après-midi. C'était quand même bondé, bien sûr, avec des touristes du mois d'août plein les couloirs, dont la plupart étaient américains.

On portait des badges nous identifiant comme un groupe d'un lycée du coin. Angelo arborait un badge de guide bénévole, ce qui nous a permis d'entrer sans passer par les contrôles de sécurité.

– T'as vu ça ? m'a chuchoté Ryo en secouant la tête d'un air réprobateur. La sécurité est super laxiste ! Ils n'ont même pas vérifié nos badges !

Roux avait des préoccupations plus immédiates :

– Si jamais quelqu'un pose la question, m'a-t-elle glissé en marchant à côté de moi, main dans la main avec Ames, je suis française.

– Pigé, ai-je répondu sur le même ton. Même si je ne suis pas sûre qu'on nous le demande.

Nos voix résonnaient sous les hauts plafonds, et mon cœur a accéléré. Je n'étais pas du tout dans mon élément. Moi, ce qu'il me fallait pour me sentir bien, c'était un truc à ouvrir, à percer, à déverrouiller ; pas cinq amis et dix pièces d'or dans ma poche.

À vrai dire, chacun de nous avait dix pièces d'or dans ses poches. Angelo avait distribué aux autres des copies plus vraies que nature.

– On va devoir retenir Dominique pendant cinq minutes le temps que la police arrive, nous a-t-il précisé.

– S'ils ne se mettent pas en grève d'ici là, a ronchonné Ryo, signe qu'il commençait à être à Paris depuis trop longtemps.

– Tout ce qu'on a à faire, c'est l'empêcher de sortir du musée, a repris Angelo. Dès que vous entendez la police arriver, vous filez. Par les tunnels, en voiture, peu importe, tant que vous filez.

Ames a inspecté la salle du regard avant de déclarer :

– Tant pis, je le dis : on va jouer au chat et à la souris avec un criminel au Louvre ? C'est ça, le plan ?

– Tout à fait, lui a confirmé Angelo.

– Mortel ! a répondu Ames avec un grand sourire. J'adore ce jeu.

Angelo a pris l'escalier qui menait à la Victoire de Samothrace et j'ai accéléré pour le rattraper.

– Angelo, lui ai-je chuchoté, je ne le sens pas. Je pense que c'est une mauvaise idée.

– Ne t'inquiète pas, ma puce. Ce plan a plusieurs facettes. Et plusieurs visages. Tu n'es pas prête pour une nouvelle aventure ? m'a-t-il demandé avec un sourire.

Je l'ai scruté en essayant de décoder ses airs mystérieux. Je voyais à ses yeux qu'il y avait autre chose, quelque chose de plus gros qu'un bête jeu de chat et de souris avec Dominique et une poignée de fausses pièces.

– Troisième règle d'or de l'espion ? m'a-t-il interrogée.

– Ne jamais regarder en arrière.

– C'est bien.

Puis son attention s'est déplacée vers un point dans mon dos.

– Que la partie commence ! a-t-il annoncé.

Je me suis retournée, et j'ai vu Dominique Arment entrer dans le musée.

35

On a attendu Dominique déployés en éventail devant la Victoire de Samothrace. Angelo se tenait quelques pas devant nous, un peu comme un bouclier. Des gens venaient admirer la statue, appareil photo au poing, et on se faisait bousculer, mais aucun de nous ne bougeait. C'était comme si les touristes n'étaient pas là.

Dominique portait un costume. Je me suis dit que ça devait être un de ces types qui mettent un costume en toutes circonstances, y compris celles-ci. D'ailleurs, je n'arrivais pas à l'imaginer en baskets et en survêtement. Il y avait quatre types derrière lui, mais je n'aurais pas su dire si c'était des agents de sécurité ou des hommes de main, ou des gros bras engagés pour la circonstance. Ou même des membres du Collectif.

– Bonjour, Dominique, lui a dit Angelo, comme s'ils s'étaient donné rendez-vous pour boire le thé.

– Toujours aussi suave, Angelo, a répondu Dominique d'une voix si grave et si douce que ça m'a donné le frisson. Tu l'es moins dans tes plans, en revanche. Ton petit groupe me paraît assez dépenaillé. Maggie et sa Joyeuse Bande de Criminels, a-t-il ajouté en me désignant du menton d'un air ironique. Où sont mes pièces ?

– Ah, oui, les pièces, a dit Angelo en rajustant sa montre sur son poignet tandis qu'il regardait l'heure. Tu leur attaches visiblement beaucoup d'importance, non ? Tout le monde les veut, tout à coup : toi, moi, Maggie, tes amis…

Il a laissé passer quelques secondes avant d'ajouter :

– Et à ce qu'on m'a dit, il y a aussi des messieurs en Russie qui seraient très intéressés.

Dominique a très légèrement pâli.

– Arrête ton boniment et donne-les-moi, a-t-il répliqué. Et on pourra tous rentrer gentiment chez nous.

– C'est justement là que vous avez essayé de me tuer, suis-je intervenue, sans qu'Angelo ne fasse un geste pour m'interrompre.

– Tu avais pris quelque chose qui ne t'appartenait pas, m'a répondu Dominique. C'est très vilain, Maggie.

J'ai senti Jesse se raidir derrière moi.

– Cela dit, Maggie n'a pas tort, a remarqué Angelo d'un calme presque inquiétant. On te rend les pièces… et ensuite ? Tu demandes au Collectif de nous oublier et il nous laisse tranquilles ? Ou tu nous traques tous les uns après les autres pour t'assurer qu'on tiendra notre langue ? À ta place, je sais ce que je ferais.

– Une chance pour vous que tu ne sois pas moi, dans ce cas, a grommelé Dominique entre ses dents.

Angelo a sorti son portable et appuyé sur une touche.

– Je viens de t'envoyer trois brouillons de mails, lui a-t-il déclaré. Un pour Interpol, un pour mon contact aux services secrets et le dernier pour une agence de presse. Cette histoire devrait tous les intéresser, tu ne crois pas ? Des intrigues internationales, l'une des organisations les plus secrètes du monde, créée au prix de décennies d'efforts, qui cède brusquement aux sirènes de la corruption... Je cite beaucoup de noms. Plus précisément, tous ceux qui ont essayé d'exploiter nos bonnes actions à des fins nuisibles.

Mon cœur battait à toute vitesse. C'était quoi, ce délire ? Il bluffait. Il bluffait forcément.

– Je suis sûr que ça ferait une histoire formidable, a-t-il poursuivi. L'existence du Collectif révélée au grand jour, avec tous ses écarts et ses sales petites combines. C'est très vilain, Dominique.

Angelo avait pris un ton glacial pour renvoyer ses propres mots à la figure de Dominique.

– Tu ne révélerais jamais l'existence du Collectif au grand jour, a ricané Dominique. Tu en fais partie. Toi et tous les autres.

Il s'est tourné vers Roux et Jesse en plissant les yeux, me faisant tressaillir :

– Vous en faites tous partie. En exposant un seul d'entre nous, tu exposes tout le monde.

– Peut-être, ou peut-être pas, a objecté Angelo. Voyons ce qu'en pensent mes acolytes.

Il a levé les yeux et fait signe à quelqu'un d'approcher.

J'ai suivi son regard, et soudain lâché une sorte de hoquet, parce que dans l'escalier, légèrement ébouriffés, se hâtaient mes ridicules, ringards et adorables parents. Derrière moi, Roux a émis un bruit qui ressemblait à un mini bêlement, mais je ne me suis pas retournée. Je gardais les yeux fixés sur mes parents qui arrivaient, en faisant un effort surhumain pour ne pas me jeter dans leurs bras.

– Désolée pour le retard, a dit ma mère.

Elle paraissait enjouée, un peu essoufflée. Mais moi qui étais sa fille, je voyais très bien à son expression qu'elle était en colère et prête à en découdre. Tous les enfants sont capables de sentir ça chez leur mère.

– La circulation, les manifs, tout ça, a expliqué mon père. Salut, Dominique. Je crois que la dernière fois qu'on s'est vus, c'était au lycée, à part ta petite visite de l'autre jour. Et là-dessus, tu essaies d'éliminer ma famille.

– C'est ça, ton plan ? a demandé Dominique en se

tournant vers Angelo. Échanger les Silver contre leur fille ? Pourquoi se contenter d'une nullité quand on peut en avoir deux pour le même prix ? C'est ça, ta logique ?

– Pas exactement, a répondu Angelo, l'air un peu surpris. Le Collectif est de plus en plus infesté de gens comme toi. On s'est dit qu'il était temps que cela cesse.

J'ai entendu Élodie inspirer à fond derrière moi, et je me suis rappelé qu'Angelo l'avait prise en aparté dans la matinée. Qu'est-ce qu'ils avaient mijoté ?

– En révélant l'existence du Collectif, vous vous dénoncez vous-mêmes, a répété Dominique.

– Dis-moi, ma chérie, a dit Angelo à ma mère, ça a été si dur que ça d'effacer nos noms de la base de données ?

– Un jeu d'enfant, a répondu ma mère avec un sourire angélique à Dominique. Il faut dire que le Collectif m'a donné une excellente formation. Vraiment très au point.

– Et vous, monsieur ? a demandé Angelo à mon père. Avez-vous eu des difficultés à trouver d'autres gens qui, comme nous, commençaient à être un peu las des dernières facéties du Collectif ?

– Au contraire, a répliqué mon père. Ils ne demandaient qu'à nous aider.

Dominique s'était mis à blêmir. Quant à moi, je sentais

mon pouls battre dans mes tempes. Visiblement, Angelo abordait le problème comme si le Collectif était victime d'une invasion de termites. Il n'allait pas juste les flanquer dehors à coups de pied; il allait brûler toute la baraque.

– Une fois que j'aurai envoyé ces messages, a-t-il ajouté en brandissant son portable, tu auras cinq minutes pour nous prendre les pièces et quitter le Louvre avant l'arrivée de la police. Si tu pars sans, je suis sûr que les Russes seront désireux que tu leur fournisses quelques explications. Ainsi que les services secrets. Et Interpol. Quoi que tu leur dises, je suis certain que ton histoire les passionnera. Personnellement, je regrette déjà de ne pas être là pour te l'entendre raconter.

– Il y a des caméras de surveillance dans tous les coins ici, a contré Dominique. Tu espères ne pas être sur les images ?

– Ah, merci de me le rappeler, a dit Angelo en se tapant le front. Excuse-moi, je suis un vieux bonhomme qui n'a plus toute sa tête. C'est pour ça que j'ai recours à ma charmante amie Zelda que voici.

Il a fait signe à quelqu'un dans la foule et Zelda en a surgi, suivie de Mathieu et de Markus.

– Zelda, ma belle, explique-nous ce que tu as fait aux enregistrements des caméras aujourd'hui.

– Tchac tchac, a-t-elle répondu en mimant le geste de

couper quelque chose avec des ciseaux. Je ne te remercierai jamais assez pour tout ce que tu m'as appris sur la manipulation des images de sécurité, Dominique, a-t-elle ajouté avec un sourire espiègle.

Dominique respirait maintenant par petits à-coups et ses sbires, qui se tenaient derrière lui, avaient des airs de lapins pris dans des phares. À l'évidence, c'était des mercenaires engagés pour l'occasion, qui n'avaient pas la moindre idée de ce qu'était le Collectif ni de son importance. Et pas davantage des raisons pour lesquelles il allait partir en fumée en quelques minutes.

– Tu ne vas pas faire ça, a dit Dominique à Angelo. Tu commettrais une énorme erreur.

Angelo a fait mine d'examiner son portable quelques secondes, et appuyé sur une touche.

– Oups.

Dominique s'est rué sur l'appareil, mais déjà, Angelo l'avait lancé à Ryo, qui l'a attrapé au vol avant de dévaler l'escalier quatre à quatre, Élodie à sa suite.

J'ai réalisé que c'était le signal. Le moment de filer.

Saisissant la main de Jesse, je me suis jetée à mon tour dans l'escalier en bousculant les visiteurs. Ames et Roux nous ont bientôt dépassés pour foncer tout droit, tandis que Ryo et Élodie prenaient l'escalier de gauche et nous celui de droite. L'un des hommes de main de Dominique s'est lancé à leurs trousses et j'entendais les pas d'un deuxième sur nos traces. En me retournant, j'ai vu mes parents qui descendaient en courant, avec Dominique sur les talons et Angelo aussitôt derrière.

La chasse était lancée.

Jesse et moi avons traversé en trombe une grande aile consacrée aux peintres impressionnistes.

J'ai vu Roux et Ames zigzaguer entre des sculptures à une trentaine de mètres et, plus loin, entendu Ryo crier quelque chose que je ne peux pas répéter ici.

– Tu sais qui a les vraies pièces ? m'a demandé Jesse.

Je me suis contentée de le regarder.

– Génial ! s'est-il écrié. Pourquoi il fallait que ce soit toi ?

– Parce que je ne voulais pas que ce soit toi ! ai-je répliqué.

On a pilé en voyant surgir Dominique au bout de la galerie parallèle.

– Demi-tour ! Demi-tour ! ai-je crié.

On devait réussir à le retenir encore trois minutes et demie, le temps que la police arrive. Ça commençait à devenir difficile d'éviter les agents de sécurité, qui semblaient un peu déconcertés de voir un groupe de touristes se mettre à cavaler dans le musée.

– *Madame ! Monsieur !** nous ont-ils lancé tandis qu'on filait dans un couloir rempli de portraits en s'éloignant de la Joconde.

C'était de loin la zone la plus fréquentée du Louvre, l'équivalent d'un bouchon dans une poursuite en voiture, et on ne tenait pas à se retrouver coincés.

Zelda et Mathieu sont passés en flèche, suivis par un des gorilles de Dominique. Zelda arborait un sourire radieux, comme si courir était son activité préférée dans ce boulot, et m'a fait un petit signe au passage. En tournant à l'angle d'une allée, j'ai aperçu mes parents et Angelo qui dévalaient un escalier. Leur emboîtant le pas, on a foncé au rez-de-chaussée et pris un virage. J'avais inspecté le plan du Louvre, mais à ce stade, l'important était moins de suivre un trajet précis que de rester en mouvement et, littéralement, de gagner une course contre la montre.

Encore trois minutes à tenir.

C'est là que je me suis rendu compte que j'avais perdu Jesse.

Il n'était pas derrière moi et je ne le distinguais nulle part dans la foule. Mon cœur, que j'avais réussi à maintenir à un rythme régulier, m'a paru s'arrêter. J'ai fait volte-face en cherchant Jesse partout des yeux, sans résultat. « Il va bien, me suis-je dit. Il va bien. De toute façon, il n'a pas les pièces. » Mais ça n'a pas réussi à me calmer. Avec une angoisse grandissante, j'ai foncé vers l'autre bout du bâtiment en cherchant des yeux une tête aux cheveux bouclés.

Puis je les ai vus, au bout de la galerie. Dominique se tenait devant un ascenseur, une main posée un peu trop lourdement sur l'épaule de Jesse, dont la grimace s'est muée en un air atterré quand il m'a vue. « Non, Mags », a-t-il articulé sans le son. Sans l'écouter, je me suis frayé un chemin à travers la horde qui se dévissait le cou pour admirer la Vénus de Milo, et je suis allée me camper en face de mon petit ami et de mon pire ennemi.

La foule qui attendait l'ascenseur était bruyante, et on pouvait parler sans crainte d'être entendus par les autres.

– Ce n'est pas lui qui vous intéresse, ai-je dit à Dominique en essayant de reprendre mon souffle. C'est moi.

– Décidément, Maggie, a-t-il sifflé entre ses dents, l'amour te rend idiote. Je t'observe depuis des années. Toi qui avais du génie, tu n'as plus aucun talent... Je me demande bien ce que Colton aurait pu faire de toi.

– Ah oui ? À ce point-là ? ai-je fait en tapotant ma poche bourrée de pièces.

Les yeux de Dominique se sont agrandis quand il a vu la bosse qu'elles formaient, mais il a fait de son mieux pour garder l'air calme.

– Je savais que tu les avais. Et que tu ne laisserais pas quelqu'un d'autre se faire prendre à ta place.

Il a resserré sa prise sur l'épaule de Jesse, lui arrachant une nouvelle grimace qui m'a noué la gorge.

– C'est moi que vous voulez, ai-je répété. Laissez-le partir.

Tout un troupeau d'agents de sécurité a surgi à l'angle du couloir, au moment où l'ascenseur s'ouvrait. Le temps qu'on leur jette un coup d'œil, Dominique avait écarté Jesse pour me pousser devant lui dans la cabine.

– Mags ! a crié Jesse.

J'ai juste eu le temps de voir Angelo et mes parents apparaître au bout du couloir, avant que la porte de l'ascenseur ne se referme sous leurs regards horrifiés.

36

Il faisait trop chaud dans l'ascenseur bondé. Dominique avait la main serrée autour de mon poignet.

– Si tu cries ou si tu dis quoi que ce soit…

– Très jolie collection de coucous suisses, ai-je marmonné entre mes dents sans le laisser finir. Je parie que vos maîtresses les apprécient presque autant que votre femme.

Un muscle a tressailli en haut de sa mâchoire. Il commençait à me faire mal au poignet, mais je me suis tue. Il ne me restait plus qu'une minute, et je savais qu'il en était aussi conscient que moi. On avait autant envie l'un que l'autre d'en finir le plus vite possible.

À la seconde où la porte s'est ouverte, il m'a poussée dans le couloir en lâchant mon bras pour me saisir à la nuque. En marchant devant lui, j'ai glissé une main à mon cou pour toucher le petit couteau et la boussole de ma chaînette, qui étaient froids sous mes doigts.

Dominique m'a fait avancer jusqu'à une porte à double

battant sur laquelle était indiqué ENTRÉE INTERDITE.

– Ouvre, m'a-t-il ordonné.

– Je ne peux pas ; je n'ai pas mes outils.

Il m'a projetée contre la porte et j'ai rebondi dessus, le souffle coupé.

– Tu crois que je suis là pour m'amuser ? a-t-il grondé. Tu crois que c'est le moment de faire l'idiote ?

Évidemment, il savait ce qu'on savait tous : que je ne me séparais jamais de mes outils.

– Pas sûr que ça marche, l'ai-je prévenu en sortant un capuchon de stylo-bille de ma poche arrière.

– Tu vas y arriver, a-t-il rétorqué, me laissant le soin d'imaginer toutes les choses désagréables que je risquais de subir dans le cas contraire.

J'ai mis moins d'une minute. Dominique s'est rué à l'intérieur avec une telle hâte qu'il en a oublié de refermer la porte. La pièce était vide, à moitié en travaux, et les fortes vapeurs de peinture étaient tout sauf écolo.

– Tenez, ai-je dit en lui lançant la pochette en velours. Amusez-vous bien avec vos pièces.

– Ah, tu crois que ça va être aussi simple ? m'a-t-il demandé en la fourrant dans la poche intérieure de sa veste. Tu crois que tu vas t'en tirer comme ça ?

Il a étreint mon poignet encore plus fort et j'ai cru qu'il allait me briser les os.

– Tu crois que tu peux m'humilier, entrer chez moi

par effraction, détruire mon système de sécurité ? Me faire courir à travers le monde et démolir tout ce que j'ai construit ?

J'ai gémi malgré moi, pas tant de douleur que de colère, une rage pure, chauffée à blanc, qui courait dans mes veines et anesthésiait mes sensations.

– *Vous* avez démoli tout ce que j'ai construit ! lui ai-je hurlé. Ma famille, ma maison ! Vous êtes pire qu'un serpent ! Vous prenez tout ce dont vous avez envie en vous fichant éperdument des dégâts que vous causez ! Vous avez essayé de nous tuer ! Vous ne valez pas mieux que Colton Hooper !

Il a réagi exactement comme je l'espérais :

– Colton n'était qu'un vulgaire amateur ! Il n'avait même pas compris quel trésor il avait entre les mains ! a-t-il sifflé en resserrant encore sa prise sur mon poignet.

– Il avait quoi ? Un boulot ? ai-je suggéré dans l'espoir de gagner du temps. Un boulot au Collectif et un plan de kidnapping pourri ?

– C'est bien la preuve, a craché Dominique d'un air dégoûté. Il se contentait de pas grand-chose. Il manquait d'ambition. Tu n'étais qu'une gamine ! Qu'est-ce que tu aurais bien pu faire pour lui ? Ce type a une armée à sa disposition et il mise tout sur une gosse !

Il se laissait gagner par la colère. J'ai tâché d'ignorer mon poignet, qui commençait à me brûler.

– Comment ça, une armée ?

– Je lui ai répété cent fois : « Mobilise tes troupes ! Mobilise-les ! Exploite ces gens ! Tu tiens littéralement leurs vies entre tes mains ! Arrête de perdre ton temps sur des dossiers qui mettent en cause des P-DG, c'est l'argent, le pouvoir qu'il faut viser ! »

Il s'échauffait tellement qu'il en postillonnait.

– Et pourquoi il ne l'a pas fait ? ai-je demandé.

J'essayais de toutes mes forces de ne pas grimacer de douleur, et j'y arrivais presque.

– Parce qu'il avait la trouille, m'a répondu Dominique avec un rictus de mépris. Et parce que c'était un faible. Il ne se rendait pas compte des atouts qu'il avait. Alors j'ai décidé de montrer à tout le monde ce qu'il était possible de faire. Colton a ridiculisé le Collectif. Je suis là pour réparer ça.

Il avait un regard presque halluciné, grisé par l'idée de tout ce pouvoir à portée de main.

– Dommage que vous ayez raté votre coup, ai-je commenté, aussi en colère que lui. C'est fini, maintenant. Angelo ne bluffe jamais. Tout votre plan va partir en fumée.

– Tu oublies que j'ai un otage.

– Eh bien bon courage, ai-je craché.

J'ai saisi ma chaîne que j'ai cassée d'un coup sec et je lui ai planté le petit couteau dans la joue avec un mouvement de vrille, en lui balançant mon genou dans l'entrejambe.

Il s'est plié en deux en me lâchant le poignet pour porter la main à sa joue.

– À l'aide ! ai-je hurlé en prenant la fuite. Je suis américaine, un fou a essayé de m'enlever !

En une minute, l'affluence à l'étage avait doublé. Des employés du musée sont arrivés en courant, suivis par des agents de sécurité, suivis par Angelo, mes parents, assez de touristes pour remplir la tour Eiffel pendant huit jours, Roux, Jesse, Ames, Élodie, Ryo, Zelda, et, ô joie, la police.

– Il m'a agressée ! ai-je crié en prenant mon air de victime le plus convaincant. Je suis juste venue au Louvre pour voir la Joconde, et je me suis fait agresser ! Un truc pareil, ça n'arriverait jamais chez nous !

Roux, percevant que son heure de gloire avait sonné, s'est jetée à corps perdu dans la bataille :

– C'est mon amie ! C'est mon amie ! s'est-elle écriée. On vient d'Amérique ! QUI EST CE DÉTRAQUÉ ?

Mon père argumentait avec un agent de sécurité en brandissant son badge de guide bénévole tandis qu'Angelo discutait en français avec un officier de police en lui montrant ses papiers.

Jesse s'est précipité vers moi et m'a prise par le bras.

– Ça va ? m'a-t-il demandé à mi-voix. Il ne t'a rien fait ?

– Non, tout va bien, l'ai-je rassuré sur le même ton. Va aider Roux.

Je n'avais qu'une envie, celle de le serrer dans mes bras, mais j'aurais le temps plus tard. Il nous restait du pain sur la planche.

Jesse s'est glissé aussitôt dans la peau de son personnage pour se lancer dans une diatribe en français. Élodie s'est approchée de moi pour traduire.

– Il dit que tu es américaine et que tu as été maltraitée, m'a-t-elle murmuré, en faisant mine de me consoler. Et que cet incident est intolérable ! Tu sais qu'il a vraiment un don pour parler français ?

– Il me surprend tous les jours, ai-je répondu en prenant sur moi pour que mes sentiments ne se lisent pas sur mon visage.

– Maintenant, Angelo explique que tu as été séparée du groupe. Ton père dit que le musée devrait vraiment améliorer sa sécurité, ou qu'il va finir par perdre de l'argent. Tiens, mets mon pull, tu auras plus l'air traumatisée.

J'ai eu un sourire furtif en me drapant dans le gilet d'Élodie. J'ai aperçu Ryo et Ames qui disparaissaient discrètement dans la foule, sans doute pour regagner les tunnels. Zelda a capté mon regard pour me faire un clin d'œil avant de s'éloigner sur les pas des garçons.

Mon père passait un savon aux agents de sécurité, qui

l'écoutaient d'un air penaud, et Roux faisait écho à Jesse, qui braillait toujours comme un forcené en français.

– Tout ce qu'il demande, m'a traduit Élodie, c'est que cette ville superbe soit un endroit sûr pour ses amis. Il y a trop d'instabilité dans ce monde pour qu'on puisse se permettre de relâcher sa vigilance..

– Mon héros, ai-je murmuré.

– Aïe, mon œil ! a marmonné Jesse entre ses dents en essayant d'esquiver Roux, qui faisait de grands moulinets avec ses bras, à l'apogée de son angoisse de touriste américaine.

– Mon amie aurait pu mourir ! geignait-elle. Personne ne se soucie donc des *jeunes* dans ce pays ?

– Ils ont capturé Dominique ? ai-je demandé à mi-voix à Élodie.

– Oui, ils lui ont passé les menottes.

– Alors c'est bon, tu peux y aller, je vais me débrouiller, lui ai-je chuchoté.

Elle a acquiescé d'un signe de tête et fait semblant d'aller parler à des touristes, puis s'est s'éclipsée dans l'escalier. Mes yeux ont croisé ceux de ma mère, chargés d'émotion. À ce moment-là, sans cesser de hurler en français, mon père m'a saisie par le bras pour m'attirer à lui, d'une main qui tremblait encore sous l'effet de la peur.

– On la ramène dans son groupe, a dit Angelo en

anglais à l'un des policiers. On ne va pas porter plainte. Elle n'a rien.

– Je vais bien, ai-je assuré au policier, tout en destinant ma phrase à mon père. Je peux voir la femme sans bras, maintenant? Je voudrais la prendre en photo.

– Ils mentent! a soudain retenti la voix de Dominique. Ce sont des voleurs, tous! Des menteurs! Angelo! Angelo, je te jure que je te tuerai!

– Et en plus, il délire, a commenté Angelo en secouant la tête d'un air désolé. Bon, si nous ramenions cette jeune fille dans son groupe, maintenant? Merci, messieurs. Il est regrettable que votre système de sécurité ne soit pas à la hauteur de votre amabilité.

Mon père m'a guidée vers l'escalier.

– Interdiction de prendre l'ascenseur, ai-je chuchoté.

– Toujours, m'a-t-il confirmé après un petit rire.

On a descendu les marches à la hâte, suivis de près par Roux, Jesse, ma mère et Angelo, on a fait rapidement le tour de la Vénus de Milo pour donner le change au cas où un policier nous observerait, et on est sortis du musée dans l'écho des cris de Dominique Arment.

Comme à l'aller, deux voitures nous attendaient et mon père m'a poussée dans la première, où Zelda se tenait déjà au volant. Angelo s'est installé dans la seconde, et je suis ressortie pour aller embrasser Jesse qui s'apprêtait à monter derrière lui.

– Bravo, m'a-t-il dit avant de me rendre mon baiser. On se retrouve sous terre !

– Hop hop ! m'a crié Zelda, une cigarette teintée de rouge à lèvres entre les doigts.

– Merci de veiller sur moi, Zel, ai-je dit en remontant dans la voiture, un peu tourneboulée par toute cette agitation et par le baiser de Jesse.

– *Pas de quoi**, m'a-t-elle répondu.

Je me suis glissée sur la banquette jusque dans les bras de ma mère. Elle était déjà en larmes, et je l'ai imitée dès qu'elle m'a serrée contre elle.

– J'ai eu tellement peur pour toi ! a-t-elle sangloté.

– Tout va bien, ai-je chuchoté en reniflant dans son cou. Je t'assure que ça va.

Mon père nous a enveloppées dans ses bras et Zelda a démarré sans s'émouvoir pour si peu.

On est restés un moment comme ça tous les trois, puis je me suis redressée en m'essuyant les yeux.

– Mais vous, vous étiez où ? ai-je demandé. Vous faisiez quoi ?

Mes parents se sont regardés par-dessus ma tête.

– On détruisait tout ce qui restait du Collectif, m'a enfin répondu ma mère avec un haussement d'épaules. Ça faisait un petit moment qu'on envisageait de démissionner ; en fait, depuis l'incident avec Colton Hooper. Mais cette histoire nous a décidés.

– Ta mère a détruit les dossiers de tous les espions innocents qui y ont travaillé, a enchaîné mon père. On leur a tous parlé et ceux qui n'étaient pas déjà partis étaient prêts à le faire.

– Et ceux qui voulaient rester avaient une bonne raison pour ça, a complété ma mère. Ils travaillaient pour Dominique. Ils volaient de l'argent, faisaient du trafic d'armes et j'en passe. Tu vas sans doute en entendre parler dans les médias, ma puce.

– Tu crois ? ai-je demandé, encore un peu sonnée. Au fait... on habite où, maintenant ? On ne peut pas retourner au loft. Et pour le lycée ?

– Tu peux continuer à y aller si tu veux, m'a dit ma mère. J'ai comme l'impression que tous ceux qui voulaient nous faire du mal seront arrêtés dans les deux heures qui viennent.

Je me suis calée sur la banquette en essayant de digérer tout ça.

– Alors, le Collectif, c'est vraiment fini ? Pour de bon ?

– Mort de chez mort, Hector, m'a confirmé mon père, me rappelant tout à coup que, même s'il m'avait horriblement manqué, j'avais assez bien survécu sans son « humour ».

– Et je m'appelle comment, maintenant ?

Ma mère a souri et posé un baiser sur mon crâne.

– Tu t'appelles Maggie, et tu es merveilleuse.

37

Zelda a garé la voiture près du Panthéon, non loin de l'issue du passage secret qu'on avait empruntée trois jours plus tôt. Elle a jeté les clés dans les égouts avant de nous rejoindre dans les tunnels, mes parents et moi.

– À propos de ces souterrains, ai-je déclaré tandis qu'on faisait glisser le plateau coulissant, il faut qu'on parle ! À ce que j'ai compris, vous aviez fondé une espèce de société secrète ici, à Paris ?

Mes parents ont échangé un sourire.

– Oui, mais on ne voudrait pas que tu croies que tes parents étaient *cool* ni rien de ce genre, a précisé ma mère en m'ébouriffant les cheveux, avant de sauter dans le tunnel comme si elle faisait ça tous les matins.

Ryo et Élodie nous attendaient, avec Ames et Jesse, qui m'a serrée dès qu'il m'a vue dans l'étreinte la plus étouffante possible.

– Ce que j'ai eu peur ! s'est-il exclamé.

– Tout va bien, l'ai-je rassuré avant de l'embrasser

devant tout le monde, mes parents inclus. Tu sais que tu as été incroyable ?

– Non, c'est toi, a-t-il insisté entre deux baisers.

– Berk, c'est pas vrai, ils recommencent à se bésouiller, s'est indignée Roux en sautant dans le tunnel, aussitôt suivie d'Angelo.

Mais son regard s'est adouci en se posant sur Ames et elle s'est jetée dans ses bras avec un sourire rayonnant.

– Non ! a chuchoté ma mère. Roux et Ames ?

– Vous connaissez Ames ? me suis-je exclamée.

– Qui ne me connaît pas ? a lancé Ames en s'écartant de Roux le temps de serrer la main à mes parents. Je suis ravi de vous rencontrer enfin ! Bravo pour le travail d'aujourd'hui !

– Bravo à vous aussi ! a répondu mon père. Faites attention avec Roux, a-t-il ajouté avec un clin d'œil et une tape sur la tête de l'intéressée. Elle mène toute la famille à la baguette.

– C'est surtout mon don époustouflant pour les mots croisés qui vous épate, lui a-t-elle rétorqué. Mais vous m'avez manqué, le duo infernal. Au fait, vous me devez un dîner.

– Oui, Roux, tu as raison de mentionner cette urgence, a dit ma mère en levant les yeux au ciel.

Mais je savais déjà qu'elle allait réparer ça avant la fin de la semaine.

– Bon, et maintenant, il se passe quoi ? a demandé Ryo. Élodie et moi, on va se poser un petit peu à Londres. Ou peut-être à Barcelone. On n'a pas encore décidé.

– Vous n'allez pas continuer à travailler ici ? me suis-je étonnée. Il vous reste des tas de trucs à faire !

– Tenez, est intervenu Angelo. Ça pourrait peut-être aider.

Et il a déposé deux pièces d'or dans la main de Ryo.

Élodie a plaqué sa main sur sa bouche en ouvrant de grands yeux.

– Mais, Angelo, on ne peut pas accepter ! s'est-elle exclamée. Tout le monde recherche ces pièces !

– J'avais des fausses ? ai-je piaillé.

– Je me suis dit que si la police s'apercevait que Dominique se baladait avec de fausses pièces, ça laisserait largement assez de motifs pour l'inculper, s'est justifié Angelo. Alors autant en faire profiter les arts, non ?

Élodie a jeté les bras autour de son cou et serré si fort qu'il en a eu le souffle coupé, avant de rire en lui tapotant le dos.

– Mais n'y touchez pas tout de suite, leur a-t-il recommandé. Attendez que les choses se tassent. On pourra peut-être voir quelles nouvelles aventures elles nous réservent à partir de l'année prochaine, par exemple.

Ryo l'a remercié par une énergique poignée de main, lui pompant le bras comme une pompe à eau.

– Je ne sais pas comment te remercier, Angelo. Tu n'imagines pas tout ce que ça va nous permettre de faire.

– Oh, j'ai déjà quelques idées sur des trucs à réparer, a observé Angelo d'un air mystérieux. Mais je crois que notre vol décolle dans quelques heures, on pourra en discuter une autre fois.

C'était dur de dire au revoir à Ames, Ryo et Élodie. Je les ai serrés de toutes mes forces en essayant de ne pas pleurer.

– Vous avez été géniaux, tous les trois. Je vous adore.

– Bah, en même temps, c'est logique, m'a répondu Ryo. C'est un peu comme si ta famille avait créé la nôtre. Bref, on peut dire qu'on est tous cousins, maintenant.

– « Chez nous, c'est là où se trouve notre famille », ai-je récité.

Je me suis écartée pour laisser la place à Jesse.

– Je ne repars pas avec vous, a dit une petite voix.

En me retournant, j'ai vu Roux et Ames côte à côte, le visage tendu.

– Ma belle… a-t-il commencé.

– Je ne repars pas à New York, a-t-elle répété. Je reste à Paris.

– Quoi ? me suis-je exclamée. Mais pourquoi ? Tu ne peux pas, tu dois rentrer chez toi ! On reprend les cours demain !

Elle a secoué la tête.

– Je ne repars pas.

– Roux, ma douce… est intervenu Angelo.

– Je vous aime tous très fort, l'a-t-elle coupé, et j'adore New York, mais il n'y a rien qui m'attend là-bas. Je me sens mieux ici. Plus heureuse. (Sa voix commençait à trembler et ses doigts étaient crispés sur ceux d'Ames.) Là-bas, pour moi, il n'y a qu'un appartement froid et des gens qui me traitent de garce et… et je ne veux plus de ça. Je veux être moi, et rester avec Ames.

Une larme a coulé le long de sa joue. Ames avait l'air à l'agonie. Il a pris son visage entre ses mains.

– Ma poupée, lui a-t-il dit à mi-voix, tu crois qu'on ne va pas se revoir ? Il faut que tu rentres à New York avec eux.

La bouche de Roux a commencé à trembler et il lui a caressé les cheveux, avec des gestes encore plus doux que d'habitude.

– Ça va aller, a-t-il murmuré. Je viendrai te voir. On doit juste laisser les choses se calmer un peu. Attendre que la tempête s'apaise.

– Mais ça ne sera pas pareil ! a-t-elle gémi en s'essuyant les yeux. Je ne veux plus être triste.

– Justement, les choses ont changé. C'est un vaste monde, ma belle, et on a tout le temps devant nous. On a déjà trompé la mort une fois, alors ?

Il lui a souri et elle a souri en retour.

– Ces cinq-là, ils t'aiment, et ils prendront soin de toi, a-t-il ajouté. Tu vas voir, à New York, ce sera déjà beaucoup moins dur cette année.

– Arrête d'essayer d'être gentil avec moi, a-t-elle reniflé en souriant. Mais tu promets que tu viendras me voir ?

Il s'est penché pour l'embrasser et on a tous détourné les yeux.

– Comme si j'avais envie d'être où que ce soit ailleurs qu'avec toi. Vas-y, maintenant. Vous allez rater l'avion.

Elle a hoché la tête et l'a embrassé à son tour. J'ai senti son désespoir, son besoin de s'accrocher à cet amour qui était tout ce qu'elle avait, et quand elle s'est enfin détachée de lui, je lui ai tendu la main.

– Allez, viens, ai-je dit doucement. La voiture nous attend.

Elle a pris ma main en lâchant celle d'Ames, l'air triste, mais résigné.

– À bientôt, a-t-elle dit au petit groupe avec un signe d'au revoir.

Et j'ai vu les yeux d'Ames briller tandis qu'on sortait du tunnel pour regagner le monde du dehors.

Mais cette fois, ils brillaient de larmes.

38

On a pris un avion privé à Charles-de-Gaulle. Je me suis demandé d'où il sortait, puisque ça ne pouvait pas être un de ceux du Collectif, mais Angelo avait tout organisé, et j'en avais assez de poser des questions. Mon cerveau était déjà saturé, et j'avais peur de ce qui se passerait si je le chargeais encore davantage.

Zelda était notre hôtesse. Mais à la différence de l'aller, elle a catégoriquement refusé de servir du champagne à Roux.

– Mais j'ai dix-huit ans, maintenant ! a protesté l'intéressée.

– C'est un vol pour les États-Unis. Et là-bas, on attend vingt et un ans pour faire la fête.

– Mais j'ai le cœur brisé !

– Comme tout le monde, a répliqué froidement Zelda.

Et elle lui a tendu un Coca.

– Pouh, a fait Roux, boudeuse, en ouvrant quand même sa canette.

Peu après le décollage, mes parents se sont endormis, écroulés l'un contre l'autre au fond de l'avion.

– Les pauvres, ai-je dit à Jesse, la tête sur sa poitrine. C'est l'âge.

– N'empêche qu'ils déchirent. Même les gens qui déchirent ont besoin de dormir.

J'ai jeté un coup d'œil à l'avant, où Angelo discutait avec le pilote, puis de nouveau vers mes parents.

– En fait, ils sont comme nous, ai-je réalisé soudain. Un petit trio toujours prêt pour la baston.

– Pas si mal, comme héritage, a murmuré Jesse dans mes cheveux.

– Hé, les gars ! a dit Roux. Comment vous avez su que vous étiez amoureux ?

Elle était affalée de tout son poids contre Jesse, dans un rare moment de calme entre eux, et il a passé son bras autour de ses épaules.

J'ai regardé Jesse, qui m'a regardée.

– Je ne sais pas, ai-je dit. Ça s'est fait tout seul. Il me faisait rire et je me sentais bien quand j'étais avec lui.

– Oh, moi, j'ai dû me laisser entortiller par ses mensonges et ses manœuvres de séduction. Je blague ! Ne me frappe pas !

– Avoue que tu adores ça. Tu crois que tu aimes Ames, Roux ?

– Je ne le crois pas, m'a-elle répondu en fermant les yeux. Je le sais.

– En fait, ça ne doit pas être plus compliqué que ça, ai-je dit à Jesse. On le sait, point. Ça se passe d'explications.

– Mags ?

– Hmm ?

– Et si on dormait ?

Il a bâillé bruyamment et je me suis blottie contre lui en souriant. Trois minutes plus tard, ils dormaient tous les deux, mais j'ai eu beau garder les yeux fermés et caler ma respiration sur celle de Jesse, je n'avais pas sommeil.

Il me manquait encore quelques réponses.

Je me suis levée doucement et j'ai posé une couverture sur Roux et Jesse avant de me diriger vers l'avant sans faire de bruit. Angelo y était assis avec un verre de whisky, devant les pages internationales d'*El País*.

– Tu n'arrives pas à dormir ?

J'ai fait non de la tête en me vautrant sur le siège en face de lui.

– Tu veux un jus de fruit ?

– Non merci. Dis, Angelo, tu as vraiment balancé le Collectif ?

Il a fermé son journal avec une grande expiration

– Désolé de ne pas t'en avoir parlé. Je ne voulais pas te faire courir de risques, au cas où ça tournerait mal.

– Mais ça n'a pas été compliqué ? Je veux dire, depuis le temps que le Collectif existe...

– Ta mère a pu supprimer les fichiers de tous les innocents, donc non, ça n'a pas été compliqué. C'est horrible quand quelque chose que tu aimes se transforme en une coquille vide. Il vaut parfois mieux le démanteler avant que ça ne se détruise de l'intérieur. Et qu'est-ce qui se relève de ses cendres, en général ?

– Le phœnix.

Angelo a souri en levant son verre.

– Exactement. Très beau travail, aujourd'hui, ma douce. On est tous très fiers de toi. J'ai hâte qu'on passe à notre prochain dossier.

– Moi aussi. Angelo ?

– Oui, ma belle ?

– Élodie a dit un truc en parlant de leurs travaux de rénovation. Elle a dit : « Ce qui a déjà été créé doit pouvoir être recréé ».

– C'est une idée intéressante, a-t-il approuvé en haussant un sourcil. Qu'est-ce que tu en penses ?

J'ai réfléchi une bonne minute avant de répondre :

– J'ai hâte de rencontrer le phœnix.

Et on s'est souri en filant à travers le ciel en direction de chez nous.

REMERCIEMENTS

Comme toujours, merci à ma merveilleuse famille pour son amour, ses encouragements et son don pour remplir ma vie de moments plus délicieux qu'il ne devrait être permis.

Je ne remercierai jamais assez mon agent Lisa Grubka de Fletcher & Company. Merci d'avoir pris la barre et de tenir le cap. (La métaphore nautique serait-elle trop insistante ?)

Écrire un livre n'est pas toujours facile, et j'ai la grande chance d'être entourée par des amis et des confrères écrivains adorables et d'être soutenue par une brillante équipe, qui trouve toujours le bon mot au bon moment: Adriana Fusaro, pour nos (gloups) vingt-sept ans d'amitié ; Maret Orliss et Johanna Clark pour former la plus adorable des tribus ; Steve Bramucci pour le guacamole et nos discussions ; Megan Miranda et Yelena Black pour le café de l'hôtel à cinq heures du matin ; Nora Ray pour le grand crazy ; Morgan Matson et Lauren

Strasnick pour les balades à Hollywood ; Dan Smetanka pour le Toast ; Stephanie Perkins pour les conversations épiques au téléphone ; Annie Spalding, pour avoir la même passion que moi pour la touche Verr + Maj.

Une dose de gratitude massive à la phénoménale équipe de Bloomsbury et Walker : Emily Easton, Laura Whitaker, Patricia McHugh, Cristina Gilbert, Katy Hershberger, Stacy Cantor Abrams, Bridget Hartzler, Erica Barmash, Emily Ritter, Beth Eller et Nicole Gastonguay. Vous êtes toutes fantastiques.

Merci à mes éditeurs étrangers, qui travaillent sans relâche pour mes livres : Caspian Dennis chez Abner Stein ; Jane Griffiths et Kat McKenna chez Simon & Schuster UK ; Femke Geurts chez De Fontein ; et Céline Charvet aux Éditions Nathan. Merci également à mon agent de droits étrangers, Rachel Hecht à Foundry Literay + Media ; et à mon agent pour les droits cinématographiques, Stephen Moore chez Paul Kohner, Inc.

J'exprime mon éternelle reconnaissance aux fans, aux bloggeurs, aux bibliothécaires, aux professeurs et aux libraires qui soutiennent et défendent mes livres au quotidien. Écrire des livres, c'est passionnant, mais rien ne vaut le plaisir de les savoir lus, et je vous remercie d'avoir lu celui-ci.

ROBIN BENWAY

Robin Benway vit à Los Angeles. Elle a gagné un premier prix d'écriture en fiction lorsqu'elle était étudiante à l'université de New York et a travaillé dans plusieurs librairies. Elle est l'auteure de *Comment je suis devenue célèbre (en larguant mon mec)*, de *April, May & June* et de *La Pire Mission de ma vie*, qui constitue la première partie de cette histoire.

Vous avez aimé

LA PIRE MISSION DE MA VIE

Découvrez d'autres romans
de **Robin Benway**

MIXTE
Papier issu de sources responsables
FSC® C022030

N° d'éditeur 10194600 – Dépôt légal : juillet 2014
Achevé d'imprimer en juin 2014 par CPI Bussière
(18200 Saint-Amand-Montrond, France)
N° d'impression : 2010378